主编
[中] 乐黛云
[法] 李比雄

执行主编
钱林森

跨文化对话

10

上海文化出版社

《跨文化对话》

由中国文化书院跨文化研究院
与欧洲跨文化研究院共同主办

并列入法国夏尔－雷奥波·马耶
人类进步基金会(FPH)

面向未来的文化向文库

1

《跨文化对话》编辑委员会成员

卷首语

乐黛云

[法]阿兰·李比雄

　　恩贝托·埃柯近著《完美语言之求索》在学术界引起了巨大反响，因为它提出了一个众所关切的问题：一方面，欧洲比任何时候都更需要一种"能够弥合其语言裂变的共同语言"；另一方面，欧洲又必须忠实于其作为拥有种种不同语言的一个大洲的使命，"因为这些语言中的每一种，哪怕是最边缘的，依旧是某个独特族群表达其特点的媒介，是上千年传统的见证和载体"。在对一种共同语言的需求与捍卫语言遗产的需求之间可以调和吗？未来发展的趋势如何？这是一个全球遭遇的问题。本刊率先登载了这部新著的《结语》，从中可以看到对这一问题的极其精到的分析。

　　《杜威实用主义与儒学的对话》扼要记录了 2002 年 4 月在美国波士顿召开的一次高层学术研讨会。会议的主要发言人有儒学造诣很深的哈佛大学教授杜维明，有杜威研究重镇美国杜威研究中心的主任拉里·希克曼，还有十几位对杜威和儒学各有所长的专家学者。他们聚在一起，为的是讨论夏威夷大学安乐哲教授有关杜威实用主义与儒学会通的最新学术成果（部分内容见本刊第七辑《儒家思想与实用主义》、第八辑《儒家民主主义》）。会议经过多次反复辩难，不乏尖锐的质疑和驳论，但主要倾向是充分肯定了安乐哲教授学术工作的重大意义，认为他"打开了解读语言的锁"，"启动了儒家思想生机勃发的资源"。有的学者还推而广之，指出儒家社会和"西方后现代困境"关系最为紧密的若干方面，进一步开启了未来研究的方向。这篇经过高手整理综合的记录不仅让我们见识了思想如何在辩难中深化，而且对我们如何提高会议质量也颇有启发。

　　后殖民主义著名理论家霍米·巴巴首次来到中国，在清华大学作了题为《全球性的尺度》的讲演，着重论述了第三世界国家和少数族裔批评话语的建构问题，和中国学者展开了热烈的讨论，《全球性后殖民语境下的跨文化对话》一文为这次讨论留下了真实的记录。

　　本期值得特别关注的是杨慧林教授的文章《读解"圣言"》：从扎实的材料出发，将神学的方法引入意义的解释，为解释学开拓出一片开阔的视野；本刊首发的欧文·白璧德与吴宓的六封书信则为新人文主义的研究提供了新的材料；数篇有关中外文化之间的文学对话也都很有新意。

目 录

新论快览

多声道

学海钩沉

说东道西

要籍时评

信息窗

本辑作者介绍

恩贝托·埃柯
Umberto Eco(意大利)
　　意大利波洛那大学哲学系教授

安乐哲
Roger Ames(美国)
　　美国夏威夷大学哲学系教授

杜维明(美国)
　　美国哈佛大学燕京学院院长、教授

王　宁(中国)
　　清华大学外语系教授

谢和耐
Jacques Gernet(法国)
　　法国法兰西学院院士

钱林森(中国)
　　南京大学比较文学与比较文化研究所教授

李福清
Борис Львович Рифтин(俄罗斯)
　　俄罗斯科学院世界文学研究所研究员

陈建华(中国)
　　华东师范大学中文系教授

川本皓嗣(日本)
　　日本东京大学名誉教授

王晓平(中国)
　　天津师范大学比较文学与比较文化研究所所长、教授

郑国和(美国)
　　美国印第安纳州立波尔大学日本文学教授

张　弘(中国)
　　华东师范大学中文系教授

杨慧林(中国)
　　中国人民大学中文系教授

李之鼎(中国)
　　对外经济贸易大学人文与行政学院副教授

齐宏伟(中国)
　　南京师范大学文学院讲师

欧文·白璧德
Irving Babbitt(美国)
　　已故美国哈佛大学法国文学教授

吴宓(中国)
　　已故原东南大学教授

克洛岱尔
Paul Claudel(法国)
　　已故法国著名作家

周桂钿(中国)
　　北京师范大学哲学系主任、教授

卫茂平(中国)
　　上海外国语大学西方语学院教授

在全球化进程中共创完美语言

[意]恩贝托·埃柯　文　　　郭泽民　译

　　译者的话:《圣经》里有这样一则故事,说人类曾试图在巴别建一座巨塔,直达天界。上帝为此大怒,遂作法淆乱了人类的言语,至令亚当后裔的努力遭到毁灭性重挫。所以,始自中世纪之初,人们即普遍有了一种想法,认为在巴别通天塔发生言语淆乱之前,人类曾共同拥有着一种能明白无误地完美表达一切事物和概念的实质的语言。为此,找回这一完美语言的念头一直萦绕在神学家、哲学家和秘教学家的心头,绵延数千载而始终不灭。语言学家恩贝托·埃柯的新作《完美语言之求索》正是以此为契点,以整个欧洲为背景,爬罗剔抉,索微探幽,对这一思想两千多年来的流布和嬗变进行寻访,进而揭示了它对欧洲的思想、文化和历史形成的巨大而深远的影响。在本书中,作者不仅为认识历史提供了很多深邃独到的见解,而且对未来的发展和趋势也贡献了诸多机智而发人深思的启示。这里我们选译了该书的结语,以飨读者(标题为译者所加)。人们不难发现,作者在这里阐发的互通有无、融合趋同,恐怕不止是指明了寻找完美语言的前途所在,同时对于当前欧洲的政治、经济和文化一体化的进程无疑也作了一种深层次的注解。那么它对于我们认识全球一体化是不是也富于某种启迪呢?

　　开篇之初,我就言明,在众人的想像中,更确切地说,在那些对语言的纷繁林立的情形进行思索的人们的大脑里占据主导地位的是《创世纪》第 11 章而非其第 10 章的叙述。尽管如此,诚如德蒙特所指出的(1992),时至"文艺复兴",人们已经开始对《创世纪》的第 10 章进行重新思考。这种思考,恰如我们所见到的,引发了对于自巴别通天塔时代起恒定地将希伯来语作为没有变化的语言的地位的重新认识。我们可以认为,迄止当时,语言的纷繁林立作为肯定的事实,已为希伯来文化和基督徒的神秘犹太教哲学界所接受(雅克米 1992)。可我们还是得等到 18 世纪才看到对《创世纪》第 10 章的重新认识激发了对巴别通天塔本身的重新评价。

就在《百科全书》最初几册问世的同一时期,普吕谢神父在其《语言机制与语言教学的艺术》(1751)中指出,迄止诺亚时期,语族与语族间已经发生了最早的分化,这种分化纵然不是词汇性的,但至少也是曲折形式有了变异。这一历史性的洞见进而促使普吕谢认识到:语言的繁衍(我们注意到已不再称作言语淆乱)不止是一个自然的事件;它从社会的角度讲堪称是上天的赐福。普吕谢推想:自然而然,当人们发现部落之间、氏族之间不再能轻松地相互理解时起先会感到不安。不过最后,

> 那些讲说一种相互能够理解的语言的人们形成了一个单独的群体,迁往世界的同一个角落去生活。因此,正是语言的多种多样为每一个国家提供了其居民并将他们固定在那里。应该指出,这一奇妙而异乎寻常的变化所带来的益处贯穿了其后所有的时期。自那一刻以降,融合在一起的人们越多,他们在其语言中形成的融汇和创新也就越多;而这些语言衍生得愈多,则要改变国家也就愈难。如此一来,言语淆乱强化了作为爱国基石的归属感;同时它使人们变得更为固定。(pp. 17 – 18)

这已超出了对每一单个语言具体"特点"的推许:巴别通天塔这一神话的根本意义完全被颠倒了过来。语言的自然分化成了促成人

们分流到各自不同的疆土、创建国家并形成民族特性的一种积极现象。正是对意义的颠倒映照出了一位18世纪法国作家的爱国豪情：言语淆乱是一种全新的国家感得以萌生的历史性必要出发点。普吕谢实际上似乎是在对路易十四的那句"国家就是语言"进行阐释。

依照这一新的诠释，读一读生活在大量溯本求源的研究层出不穷的19世纪末之前的另一位法国作家约瑟夫－玛丽·德热朗多在其著作《符号》里发表的反对一种国际语言的意见同样有趣。德热朗多说，旅行者、科学家和商人（那些需要一种共同语言的人）相对于乐意呆在家中平静地使用本土语言的广大普通百姓而言始终是少数。不能因为少数旅行者需要一种共同的语言，就认为大多数生活固定的民众也需要。是旅行者需要理解当地人；当地人并不一定非要去理解一个旅行者，诚然，他比当地的人们拥有一个优势，那就是他可以将自己的思想掩藏起来，不为他造访之地的人们所了解。

至于科学交往，任何一种用于科学的共同语言都会逐渐远离文学语言，可我们知道科学语言与文学语言是相互影响、相互汲取力量的（Ⅲ,587）。而且，一种纯粹用于科学交流的国际语言将会很快演变成一种秘密工具，将使用同源本土语言的平民百姓排斥在外（Ⅲ,572）。至于在文学中不妨一试的应用（我们把这种常见的社会学论证的责任留给德热朗多），倘若作家们非得采用一种共同的语言写作，那他们将会被置于国际的竞争之中，始终担心着与国外作家的作品间日趋激烈的比较。这样看来，德热朗多似乎认为周到的安排对于科学是一种妨碍，对于文学倒是一种裨益——正像它对于精明、有教养、比其与之交谈的那些淳朴的当地人更有学识的旅行者那样。

当然，我们还处身于产生了德里瓦罗尔的法国语言之赞歌的世纪末。因此，尽管德热朗多认识到世界被划分为一个个势力影响范围，认识到在德国政治影响的区域内使用德语恰如在英伦三岛使用英语一样同属于正常的情形，他还是坚持：假使可以推行一种辅助语言的话，那么出于显而易见的政治影响力，欧洲再没有比选择法语更为合适的了（Ⅲ,578－9）。不管怎样，据德热朗多所言，多数政府的狭隘使得每一个国际项目都变得不可想像。"我们能够指望政府们情愿为一套改变自然语言的统一规则达成一个协定吗？我们又几曾见过那些政府在事关社会普遍利益的事情上达成过一个有效的协定？"（Ⅲ,554）

这一切的背后是18世纪——尤其是18世纪法国人——的一种偏见：人们根本不愿意学习其他的语言，不管是通用语言还是外语。面临多种文字的使用存在着一种文化上的拒绝，这种拒绝延续并贯穿了整个19世纪，乃至给我们自身留下了明显的印记。惟一例外的，德热朗多说，是那些北欧人，其原因完全是出于生活必须。这种文化上的拒绝如此弥漫泛滥，他甚至不得不极富鼓动地表示，学习外语并不真像多数人认为的那样是枯燥无味的机械练习。

有鉴于此，德热朗多只能以对语言林立的赞许来结束他那抱着极端怀疑态度的评说：语言的千差万别给外来的征服者设置了障碍，阻止了不同人民之间不甚相宜的混杂，而且帮助每一国人民保存了其民族特点和习惯，进而捍卫了其淳朴的民风。一国之语言会将一国的人民与他们的国家联系在一起，激发起他们的爱国之忱和对传统的崇敬。德热朗多承认，这些想法与世界睦邻共处的理想根本不相容；可他还是提出："在这个堕落的世界里，心灵必须首先拥抱爱国之情；自负的情怀越膨胀，成为世界公民的危险就越大。"（Ⅳ,589）

如果我们希望为这种对一国人民与其语言之间深厚的联系（作为巴别通天塔事件的一种遗赠）作出强烈肯定的情形寻找历史的先例，那么只须看一看路德就足够了（《创始演说》,1527）。也许，黑格尔对巴别通天塔事件作出定论性重新评价的背后动因也正是这一传统。在黑格尔看来，通天塔的建造不仅象征了将一国人民与他们的国家联系起来的社会结构，而且还触发了对人类集体劳动近乎于神圣的特性的讴歌。

"什么叫做神圣？"歌德曾在一个对句里问道，并回答说："将众人之心连接在一起就叫神圣。"……在广袤的幼发拉底平原上，一座庞大的建筑拔地而起；它是众心协力共同建造的成果，其目的和意义同时也就在于参加建筑的大军所组成的社会。这一社会结合并不只是停留在家族联合的基础之上；恰恰相反，纯家族的统一已经被超越，高耸入云的建筑物正是将这一早先联合的解体和实现一种全新的更广泛的联合作为了自己的目标。那一时期云集起来的所有各路人马全都投身于这一工作，并且鉴于他们汇集在一起来完成这样一项浩大的工程，那么通过开挖的场地、堆积的石料以及那不妨称之为全国性的建筑培训，他们的劳动结晶将成为一种纽带而把他们连接在一起（就像生活方式、风俗习惯和国家法规把我们连接在一起一样）。（黑格尔：638，诺克斯译）

依照这一认为通天塔是一种道德形态的预兆的观点看，言语淆乱的主题只能被解读为表示这一一统的形态并非一种具体的普遍，而是一种能衍生出不同国家的一统（"这个传说昭示我们，四面八方的人们为了建造这样一个工程，来到这一个集合中心点聚首后，再次又分道扬镳，四散而去了"）。然而，巴别通天塔的建造仍旧是一个先决条件，是社会、政治和科学史发轫的必需事件，是进步和理智时代最初的端倪。伴随着近似于雅各宾式沉闷的隆隆鼓声，老亚当登上脚手架，其语言的旧秩序宣告终结——这可真是一种惊人的直觉。

不过，黑格尔的观点并没有能判其以死刑。作为一种失败和一个戏剧性事件，通天塔的神话今天依然存在着活力。"巴别通天塔[……]展示了一种残缺，甚至是一种任何类似于建筑或建筑性建造的无法完成、无法完整、无法完满、无法实现的特性"（德里达1980：203）。人们应该注意到但丁（DVE，I，vii）为言语淆乱提供了一个"技术"版本的描述。他描写的与其说是不同族群的语言的诞生，毋宁说是技术行话的激增：建筑师有建筑师的语言，而搬石头的又有搬石头的语言（似乎但丁正考虑着的是他那个时代行会的行话）。人们几乎不禁想在此找到一个按照言语任务分工确定社会劳动分工的公式,或者至少说有类似的想法。

不管怎样,但丁的暗示看来还是穿越了几个世纪:里夏尔·西蒙在其《源自旧约的历史考证》(1678)中就曾揣测巴别的淆乱起自于这样的事实:当劳动的人们给他们的劳动工具命名时,各人分别按照自己的方式给了不同的名称。

隐约觉得这些暗示反映了对该故事的普遍理解中一个长久潜藏的意识的看法,为有关该主题有史以来的图像所强化(参见闵科夫斯基1983)。事实上,在自中世纪以来对巴别通天塔所作的图像描绘里,我们可以找到如此众多直接或间接提及人类劳动的地方——石匠、滑车、建筑石方、滑轮组、铅垂线、圆规、丁字尺、绞车、抹灰器具等等——以至这些描绘成了我们了解中世纪建筑技艺的重要来源。我们又怎么知道但丁自身的暗示不会源自诗人对他那个时代的图像描绘的熟悉和了解呢?

邻近16世纪末,巴别通天塔的主题进入了荷兰艺术家的各类作品之中,他们以无数不同的方法对之进行了重新表现(这里人们无疑会想起勃鲁盖尔),以至透过所描绘的数量众多的工具和建筑技艺,身躯雄伟坚实的巴别通天塔仿佛象征着坚信人类进步的一种世俗表述。时至17世纪,艺术家们理所当然地开始参照最新技术革新的进展,描绘出日益增多的关于机械装置的论著中描写的"神奇机器"。即使柯切尔这样一位断乎不会被斥之为有世俗主义的人也不禁为作为巨大技术成就的巴别通天塔的意象所深深吸引;因此,当阿塔纳修斯神父写作《巴别通天塔》时,他竟将笔墨集中于其工程方面,就仿佛他正描写着一座曾经竣工了的巨塔。

进入19世纪,巴别通天塔的主题开始逐渐被遗弃,因为对言语淆乱的神学和语言学方面的兴趣在减少。取而代之的情形是,在不多的表现这一主题的作品里,"对细节的描绘已让位于对代表'人类'的'群体'的描写,以'巴别通天塔'为背景来展现他们的情趣、反应和命运。在这些戏剧性的情景中,作品的焦点被投向了人群。"(闵科夫斯基1983:69)这里首先浮上脑际的例子是多雷的插图圣经。

至此我们已处身在进步的世纪，一个意大利诗人卡尔杜奇在被其意味深长地命名为《撒旦颂》的诗篇里为蒸汽机高歌的世纪。黑格尔早已教导这个世纪要为"早晨之子"的行为感到自豪。所以，主宰着多雷的版画画面的那个巨大身影的姿势的意义是模棱两可的。塔身将憧憧黑影投撒在搬运巨型大理石块的工匠们身上，一个裸体者仰脸用手指着乌云滚滚的天空。它代表的会是昂然蔑视的骄傲，是对一个重挫人类伟业的上帝的诅咒吗？无论如何，反正这一姿势决不表示面对命运时的屈从。

吉内特观察过言语淆乱的概念作为一种幸运的过失是多么频繁地出现在浪漫派作家如诺迪尔的笔下：自然语言只要众多就是完美，因为真理是多方面的，而虚假则会寄生于将这种众多削减为某个确定的单一整体之中。

今天，欧洲文化在历经长久的探索之后，比以往任何时候更加迫切需要一种能够弥合其语言裂变的共同语言。可与此同时，欧洲又需要忠实于其作为拥有种种不同语言的一个大洲的使命，因为这些语言中的每一种，哪怕是最边缘的，依旧是某个独特族群表达其特点的媒介，是上千年传统的见证和载体。在对一种共同语言的需求与捍卫语言遗产的需求之间可以进行调和吗？

这两种需求不仅显示出相同的现实可行性，而且也反映了相同的理论矛盾。任何一种可能的国际共同语言，其局限与其作为蓝本的种种自然语言的局限是完全一样的：大家都以一个可译性原则作为前提。倘若有某种通用的共同语言宣称其具有重新表达其他任何语言书写的文本的能力时，那么它必然认定：不管任何单个语言具有什么独自的特色，也不管每一种语言各自都建立有怎样严密而独特的观察、组织和阐释世界的方法，它仍旧始终能够将一种语言转译成另一种语言。

然而，如果这是任何通用语言内在的一个先决条件，那它同时也就是任何自然语言内在的先决条件。一种自然语言之所以能够被移译为一种通用人工语言，也正是缘于保障自然语言与自然语言之间互译的相同理由。

翻译本身就是以一种完美语言的存在为前提的问题在沃尔特·本杰明那里已经有了直觉的意识:鉴于不可能将译出语的所有语言意义在译入语里全部再现,人们被迫将指望寄托于所有语言的融合趋同之中。每一种语言"作为整体时,存在着一个预定的具有同一性的特征,不过这一特征是这些语言单独分开时谁也无法体现的,而惟有其互纳互补的全部意图的总和才能加以体现,我们将这一总和称之为纯语言 [rein Sprache]"(本杰明 1923)。这种纯语言并不是一种真实的语言。如果我们思考一下本杰明借以获取思维启迪的秘教和犹太教神秘哲学的资料读物,我们就会开始感受到圣灵语言、即某种与其说源自于先验语言的完美理念莫若说是源自于五旬节教派语言和鸟类语言秘密特点的幽灵扑面而来。"没有这种与上帝的思想的对应交流,即使翻译的愿望都是不可思议的。"(德里达 1980:217;另外参见斯坦纳 1975:64)

在许多最为引人瞩目的机器翻译研究中,都产生了一个参数语言的想法,这一参数语言的确具有种种先验语言的很多特征。据认为,一定存在着一个*中介比照物*,该比照物可以允许我们将语言 A 中的某一表述转换为语言 B 中的某一表述,其方法是通过确定两种表述都等同于元语言 C 中的某一表述。假如这个*中介*确实存在,那它就是一种完美语言;假如不存在,那它就只是每一种翻译所依据的一个公设。

惟一另外的办法是找到一种异常"完美"(异常富有弹性和富有活力)足以充当*中介比照物*的自然语言。1603 年,耶稣会会士卢多维科·贝尔托尼奥发表了《艾马拉语的艺术》一书(1612 年他又为该书增补了"艾马拉语词汇")。艾马拉语是部分生活在玻利维亚与秘鲁之间的印第安人至今仍在使用的一种语言,贝尔托尼奥发现它所展现出的接纳新词的弹性和能力、尤其对抽象概念加以表达的适应性如此强大,以至于竟引起了它会不会是一种人工杜撰的语言的怀疑。两个世纪后,埃米特里奥·维拉米尔·德·拉达将艾马拉语描写成以"必要和长久不变的理念"为基础的亚当的语言,是"语言形成之先的一种思想"的表述,因此,假如世上确曾存在过某种分析语言的话,那它尽可以称得上是一种分析语言。(《亚当的语言》,1860)

最近的研究表明,有别于以两值逻辑(非对即错)为基础的西方思维,艾马拉思维是建立于三值基础之上的,因此能够表达其他语言惟有通过繁复迂回的说法才能阐明的细微情态差异。为此,结果一直有人建议采用艾马拉语来解决计算机翻译的所有问题。(见古兹曼·德·罗萨斯,其中包含了众多参考文献)遗憾的是,"由于其算法特性,艾马拉语的句法会大大方便将任何其他的习语翻译成它的措辞(但反过来却不是这种情形)"(L. 拉米罗. 贝尔特拉尼,古兹曼·德·罗萨斯:Ⅲ)。这样,由于艾马拉语的完美,它可以表述任何其他无法互译的语言的每一点思想,但代价却是一旦这种完美的语言将这些思想转化为它自己的措辞后,它们就再也无法回译为我们自然的本国习语了。

摆脱这一困境的一条途径,正如有些作者最近所采用的那样,就是确立一个假设:翻译是一件必须根据文本完全在目的语(或译入语)内部加以解决的事情。这意味着,正是要在译入语的框架之内必须使所有译出语提出的语义和句法问题得到解决。这可是一个引领我们从完美语言、或中介比照物的难题之中脱身的解决之道,因为它的含义是我们首先得理解按照译出语特点构成的表述,然后再按照译入语的特点创造出"令人满意的"措辞。但是我们该如何确立什么才是"令人满意的"标准呢?

这些是洪堡早已预见到了的理论难题。如果一种语言里找不到一个词恰好对应于另一语言中的某个词,翻译是无从进行的。翻译至多是一种丝毫无法制约的、借助它我们得以理解我们自己的语言无法表述的东西的一种活动。

然而,如果翻译的含义仅至于此,那它就面临一个奇特的矛盾:在 A 和 B 两种语言之间,惟一能发生关系之际,当是在 A 认定它已理解了 B,有关 B 的一切已别无什么可言了,因为所有 B 要表达的至此都已由 A 表达过了,A 于自我完全实现之中封闭起来之时。

尽管如此,还是有一种可能性没有被排除,这就是我们可以制定出一个比较工具,当然不是参数语言。该工具本身并不是一种语言,它能够(只要大体上就行)用任何语言加以表述;此外,它能够让我们对两种自身看似不可比较的语言结构进行比较。这一工具或程序发挥作用的方式和原由,完全等同于所有自然语言在阐释性原则下对词语进行互译的方式和原由:按照佩尔斯的观点,任何自然语言通过一个无限的指号过程,都可以充当其自身的元语言。

兹有奈达(1975:75)提出的一个图表作为例据,该表展示了数个运动动词的语义差异。(见图)

	Run 跑	Walk 走	Hop 单足跳	Skip 蹦跳	Jump 跳跃	Dance 跳舞	Crawl 爬
1.One or another limb always in contact vs. no limb at times in contact. (一个或另一个肢体接触……偶尔无肢体接触)		+	–	–	–	±	+
2.Order of contact (接触顺序)	1-1-2-2	1-2-1-2	1-1-1 or(或) 2-2-2	1-2-1-2	Not relevant (无关)	Variable but rhythmic (可变化但有节奏)	1-3-2-4
3.Number of limbs (肢体数目)	2	2	1	2	2	2	4

我们不妨将该图表视作用英语——并通过其他符号手段,比如数学符号——力求阐明某一类英语词语意义的例子。当然阐释性原则还要求英语使用者对"肢体"(limb)的意义,确切地说是对其他一切出现在动词词语释义中的用词的意义作出解释。此处不禁让人想起了德热朗多就一切试图充分分析"走路"这样貌似简单的词语时出现的无穷无尽的倒退情形所作出的评说。然而,现实中可以说每种语言总是指望用相对容易、少有争议的字眼去阐释难词的,当然要借助推断、猜测和粗略估计等手法。

翻译正是依照与此相同的原则展开的。譬如,倘若有人要将奈达的这张图表由英语译为意大利语,那他一开始很可能会用意大利语中实际上与那些英语动词同义的词汇去替代它们:correre 替代 run(跑步),camminare 替代 walk(走路),danzare 替代 dance(跳舞),strisciare 替代 crawl(爬行)。可一当我们拿起动词 to hop 时,我们就不得不停顿一下。意大利语中并没有一个直接的同义词可用来表示,意-英词典中会定义为"仅用单足跳行"的这一动作。此外也没有一个适当的意大利语同义词能代替动词 to skip(蹦跳):意大利语中有好些个不同的词,如 saltellare, ballonzolare 和 salterellare,这些词大体上都能用来传达 to skip 的意思,但它们也可用来翻译 to frisk(欢跃),to hop(单足跳跃)和 to trip(轻捷地跳),因而并不能专门表达英语 to skip 所表现的那种一蹦一拖的步法的运动。

尽管意大利语中缺乏一个恰切传达 to skip(蹦跳) 意思的词语,图表中其余的用词——limb(肢体), order of contact(接触的顺序),number of limbs(肢体数目)——都是可以界定的。虽说不一定会用意大利语中的同义词,但至少可以通过对上下文和所指情形的参照来定义。即使在英语里,我们也同样得作出推测,在该图表中, contact 一词必须被理解为 "与运动发生的场所的表面的接触",而非"肢体间相互的接触"。所以,不管是解释还是翻译,我们无须现成有一个完善了的参数语言。我们可以假定,所有语言都具有对应于 limb(肢体) 这个词的某一概念,因为全人类的解剖结构都是相同的。此外,所有的文化多半也有办法对手与手臂、手掌与手指、以及手指上的第一关节与第二关节、第二关节与第三关节加以区分;哪怕在神父梅塞内设想中的那个连拇指纹的每个毛孔、每个罗纹都各具名称的文化中, 这一假定的真实性也同样毫厘不爽。这样,从意思已知的词开始,借助各种方法(或许也包括猜测)去解释意思未知的词,一步步依次加以调整,一个讲英语的人是能够向一个讲意大利语的人传达 John hops 这句话的全部意思的。

这些并不止是翻译工作的发展前途,它们也是一个负有多种语言使命的大洲和平共处的前途所在。普及推广多种文字的使用肯定不能解决欧洲的文化问题,正如博尔赫斯小说里那个记性很好的富内斯，一个使用全球多种语言的人，其大脑里会始终拥塞着过多的意象。未来的解决之道很可能在于形成一个民族交融的社会，在这个社会里人们吸纳同源语精髓、品味和欣赏同源语魅力的能力已大幅提高。多种文字的欧洲不会成为人人都能用所有其他同源语言流利交谈的一个洲；最佳的情形是，它会成为语言的差异不再构成交际障碍的一个洲，人们聚集在一起，可以用各自的语言发表讲话，同时尽最大努力去理解别人。这样一来，即便那些从没有学会熟练使用另一种语言的人也能以自己独有的特色参加交流，并在每个人使用其祖先的语言讲述其自身传统时能够领略他或她所表达的那个独特的文化天地。

使徒们获得的语言天赋的确切本质是什么呢？阅读圣保罗传（《哥林多书》前书12—13），似乎让人觉得它是圣灵赋予的一种口才，即：使用能让所有人像聆听自己的母语那样轻松理解的令人心醉神迷的语言表达自己的能力。可是阅读《使徒行传2》，我们发现在五旬节那一天，随着空中一声巨响，每个使徒身上都落上了一种语言的火焰，他们当即说起了各别的语言。假使是这样的话，他们获得的才能就不是口才，而是使用陌生语言的才能，也就是使用多种文字的能力——即或不是这样，至少也是提供一种神秘的同声翻译。该接受哪种解释可实在不是一个儿戏问题：因为在这两种说法之间存在着一个重大的差异。在第一种假说里，使徒们会回复至巴别通天塔之前那个全人类共说单一的一种神圣语言的情形中去。而在第二个假说里，使徒们会被赋予瞬间消除通天塔所遭挫折的能力，会感到语言的纷繁林立不再是一个必须不惜一切代价加以治愈的创伤，而是促使新的联合结盟和新的协调一致得以实现的手段。

我们的书中有如许多的人对《圣经》肆意扭曲以符合自己的需求，因此我们应该力戒重蹈覆辙。我们的描述讲说的是一个神话和一种愿望。但相对于每一个神话都会存在一个对立的神话，表明着另一种愿望的存在。假如我们开篇之初未曾将自己限制于欧洲的范围之内，我们也许会岔入其他的文明中去，找到其他的神话——

就像 10—11 世纪时恰恰在欧洲文明范围之内找到的、由阿拉伯作家伊本·哈兹姆讲述的那个神话。

鸿蒙初辟之际，曾经存在一个上帝赋予的单一的语言，一种令亚当得以理解事物本质的语言。那是一种为每一样东西——不管它是物质还是事件——准备了一个名称，也为每一个名称提供了一样东西的语言。但似乎伊本·哈兹姆的叙述又有自相矛盾之处，他说——如果同形同音异义词的存在会造成含混不清——大量的同义词并不会危害语言的完美性：是可以用不同的方式命名同一个东西的，只要我们做得恰当就行。

依哈兹姆之见，不同的语言不可能诞生于约定俗成：如果是那样，人们就不得不先有一种共同达成习俗的语言。但假使已存在这样一种语言，人们又为何要去从事那不胜其烦而又无利可图的创造其他语言的工作呢？惟一的解释就是曾经有一个包容了所有其他语言的原生语言。

言语淆乱(《古兰经》已经不再将其当作一个灾祸而是作为一个自然进程——参看博斯特1956－63：I，325)并非决定于新语言的创造，而是决定于一种独一无二的语言的分裂，这一语言存在于开天辟地之初并已包容了所有其他的语言。正是由于这一原因，不管《古兰经》用何种语言加以表述，所有的人们依然能够理解它。上帝用阿拉伯文书写了《古兰经》文本，目的是为了让经文为他选定的人们所理解，而不是因为阿拉伯语享有什么独特的优势。无论在哪种文字里，人们都可以发现最初使用多语种的精神、气韵、氛围和痕迹。

让我们接受这一来自遥远的启迪吧。我们的母语并非一个单一的语言，而是所有各种语言的复合体。或许亚当也从未曾接受到这一天赋才能的全部；这一才能本是允诺要赋予他的，然而不等其语言的学徒期满，原罪即割断了联系。这样，他留给子女们的遗产就是让他们自己去赢得对巴别通天塔完全而妥帖的把握。

(依据 1995 年的英文版"THE SEARCH
FOR THE PERFECT LANGUAGE"译出)

杜威实用主义与儒学的对话

[美]安乐哲/[美]杜维明等

Patti Maxsen 整理　　顾思兼 译

引　言

　　杜威研究中心主任拉里·希克曼(Larry Hickman)长久以来对儒学很有兴趣,他曾熟读安乐哲(Roger Ames)与郝大维(David Hall)合著的《死者的民主》(*The Democracy of the Dead*)一书。在波士顿研究中心的邀请下,希克曼曾来到剑桥,与本次大会组织者弗吉尼亚·斯特劳斯(Virginia Strauss)及杜维明一道参加了一次会议,商讨加深儒学与杜威实用主义两大传统之间联系的可能途径。那一次及以后的会议孕育了一个想法,即要为研究儒学和杜威的学者们办一个讨论会,探讨当民主正在中国崛起的情势下,促成儒学与杜威思想对话的可能性。这次讨论会终于于 2002 年 4 月在波士顿召开,与会者除在这份报告的其他部分已经具名者外,还包括正在哈佛燕京学社访问的五位学者。

　　拉里·希克曼在他的开场白中重申了会议的目标,确定这次聚会要提供机会,寻找一种方式,来促进儒学和杜威实用主义两种传统之间对话。他强调了求同存异的重要性。为了阐明他的观点,希克曼解释说,1919 年杜威的六十岁生日恰好与孔子(公元前551—前 479)2470 年诞辰同日,当时的北京国立大学校长在纪念会上谈到了两位哲人的好几处不同点:

"孔子说:'敬王',博学的博士(指杜威)鼓吹民主;孔子说:'女子难养',博学的博士鼓吹男女平等权利;孔子说:'述而不作',博学的博士鼓吹创造力。"

希克曼提请与会者注意,校长原本也可以强调儒家思想与杜威实用主义具有相当多的共同点,比如两种传统都拒绝本质先于存在的观点,两者都承认人性的不可靠,两者都强调适宜的文化背景对求知成功的作用,两者都反对分裂个人与社会的典型西方自由主义,两者都显示了对环境深切的关注,两者同样都认为方法先于内容。

出于对两大传统的理解与感激,希克曼对聚会在波士顿研究中心会议大厅里的各位"尊敬的解读者们"表示欢迎,宣称"今天我们纪念杜威、向杜威致敬,没有比这更好的做法了。"

安乐哲发言

夏威夷大学哲学教授安乐哲首先感谢讨论会组织者,说:"对一名学者而言,再没有比受到重视更令他受宠若惊了。"之后,他用阴郁的语调谈起他的合作者,谈起那本著作,那是他们合作的硕果。他说:"要说我和郝大维一起做过什么事,那或许就是向跨文化阐释工作推荐了合作这种方式。一加一大于二。"

安乐哲没有大声宣读会前已经传发给与会者的论文,他即兴演讲,努力造成对话的基础。他建议研究中国哲学的学生研究西方哲学,取其外部视野的价值,这好比是"喝凉水"。同样,由于美国实用主义作为过程哲学,代表了一种相对较新的发展,他建议西方过程哲学家们探索中国哲学,因为"从滥觞期开始,中国就一直进行着过程哲学的探索。中国哲学拥有资源和方法,西方传统哲学参考中国的经验,能够得到拓展和丰富"。

宣称"这一对话具有良好的前景"之后,安乐哲继而对中美关系表示了关切。他说:"在二十一世纪最重要的国际关系中存在着一种危机。"他提及中国占有全球总人口的22%。谈及这两个超级大国之间微妙的平衡,他把中美关系描述为"政治上很成问题",而那是"缺乏深度的文化理解"所造成的,"按我个人的看法,这一问题更多地来自美国,而非中国方面"。当前众多令人感兴趣的语言问题中,安乐哲首当其冲地指出 crisis(危机)一词,该词译成中文包含"危险"和"机遇"两层意思,或者表示"一个可以转败为胜的转折点"。

"在这两个伟大传统之间有对话的需要,而在文化上或许存在一个突破口。"他在话中婉转地提及当前中国进行着的民主化进程。此外,安乐哲指出美国的民主也并非已经完成,它也可以在与其他文化的互相对话中得到丰富。

作为对话的起点,安乐哲提议以"何为两种传统中的人"为中心开始讨论。作为哲学讨论基本内容列在安乐哲的讲话与讲稿中的有:在过去、现在和将来,相对于他人的自我与人类关系的概念,相对于社会的关系,和相对于自然和宇宙的关系。谈到杜威的观点,他提出:"在这种个人概念中,关系不是外在的,它将个人视作一个过程,能够自己创建民主,这是一个起点。"

继而他在儒家传统里找来了"仁",为这一概念找来对应的成分。他讲了一个典型的儒家故事。孔子要考他的学生,问他们什么是仁。有学生答是"爱人",他得了六十分。第二个学生答是"使他人爱你",他得了八十分。第三个起来回答的是孔子最喜爱的一个学生,他回答说"爱你自己"。听到这个回答,老师笑了,给了他一百分。

安乐哲告诉与会者他对这个故事的理解。他解释说,在"个人利益互不相关"的社会中,"爱自己"可能是一种局限。"可是在'个人利益极端互嵌'的社会中,'爱自己'其实就是爱那将你固着在社会中的角色和关系"。按照他的解释,一个人的善不能分立于"与某人为善"或"在某处为善"。这种对于情景的关注在杜威的思想中处处可见,而安乐哲认为,这是儒家情感的核心。对安乐哲而言,正是这种相关性价值的互相涵盖的观念为有意义的儒家和杜威思想的对话创造了基础，提供了出发点。安乐哲在他的论文中也将"仁"阐述成"有权威的人"，但这并不是西方观念上的"有权威的身份"。相反，这个典型译法为"benevolence（仁爱）"或"humanity（人道）"的儒学概念"仁"在安乐哲的推介下，指"一个人的全体，即一个人在礼仪化的角色和关系中体现出的得自教养的对认知，对美，对道德和对宗教的感受能力"。

在结语部分，安乐哲提到了他即将出版的一本书，《道德经：不虚此生》(*Dao De Jing: Making This Life Significant*)（系与已故郝大维合作），谈到"欣赏特性"的观点，即人生经验具有魅力以及这如何揭示了"具体的情感是认识的场所"这一事实。考虑到这一点，他从《实用主义文集》(*Pragmatism and Other Writings*, 1899) 中选读了一段威廉·詹姆斯(William James) 的文章《什么使人生有意义》(*What Makes a Life Significant*)。作者对他人真实的内心生活有完美的感受，表达生动，如同得自自身，引文如下：

　　　　每一位杰克都能在他的吉尔身上看到自己的魅力与才具，而我们这些迟钝的旁观者不得其妙，于此形同木石。他和我们究竟谁更好地看到了真正的事实？对于吉尔存在的本质，实际上谁拥有更多至关紧要的洞察力？在这件事情上，是他因疯狂而举止过分？还是我们有所欠缺，面对吉尔不可思议的伟大，如同接受了心理麻醉一般视若无睹？当然是后者；更深层的事实当然透露给了杰克；吉尔搏动着的生命脉搏当然更配得上充满共鸣的关心；而我们其他人应当感到羞耻，我们无法像杰克那样感受。杰克对吉尔有切身的感受，我们却没有。他奋争着要与她内心的生命结合，深潜入她的情感，预想着她的渴望，尽他所能像个男子汉那样理解她的局限，然而也做得不够好；毕竟在这件事情上，他也有盲目的地方。可我们呢，我们笨如土石，竟没有想过该过问一下这些事，心满意足地觉得那个叫作吉尔的永存之物永远会为我们着想，决不给我们添麻烦，好像她根本

17

不存在一样。吉尔有知己之明，知道杰克对待这事的方式——如此郑重其事——出于真诚，严肃而认真。于是她还以真诚，同样严肃而认真地回应杰克。但愿旧日盲目的烟云再不将他们俩裹胁！如果没有人愿意了解真正的我们，如果没有人愿意回报我们知音般的洞察力，我们会处于怎样的境地？我们所有人都应当怀着热情和怜悯，去认真地认识对方。

你会说这真荒唐，我们不可能一下子爱上所有人，我只想指出，其实有些人具有广泛接纳友谊的能力，他们能从他人生活的幸福中感受到愉悦。这些人之所以了解更多的真实，则多亏了他们的热情。

儒学学者对安乐哲论文及其发言的回应

哈佛燕京学院院长**杜维明**接起安乐哲发言中相关性这一话题。他认为，每个人都具有深深植根于生活的本质。按照杜维明的解释，这一本质使得我们能把不同的环境和生存状况当作人性不可分割的一部分来接受。他认为："这能够检验我们是否是实实在在活着的人。"谈到通过"人性合作创造的独特本质"拥有完全人性的过程，他为这一对话定下议程，认为重点在于具体的相关性、社会角色以及（我们掌握）人性的独特途径。

他解释道："挑战在于要把我们的具体现实变成自我实现的工具或资源。要知道在我们是什么与我们能够成为什么之间的那条鸿沟永远不会完全被逾越。无论如何努力，始终总有可以改进之处。"

然而，杜维明也强调，相关性的问题涉及的不只是人的关系。换句话说，人类必须将自己置于整个世界和整个宇宙的秩序当中。他认为："人的本性属于整个宇宙。我们不能绕过'修身、齐家、治国、平天下'来达到非物质的境界。"他解释道："人类的本性就是非物质的，在这个涉及全宇宙的过程中他们是参与者。"

为了说明这一点,他对比了西方和亚洲的山水画传统。在西方山水画中,人经常被作为主题描绘,一切创造物都为了他而存在。而亚洲艺术的传统是使自然胜过人工,掩盖人的存在。可是,他问道:"谁画的画呢?"很清楚,安乐哲提出:"人是宇宙的心脏和头脑。"他把这一观点联系到人类经验的价值,联系到人生之中过程性的"行为与经历",正是这些"行为与经历"从文化英雄和"那些走在我们前面的人"当中提炼出一种集体的精神性。

他说:"如果你没有这样的超验观,非要把上帝作为真、善、美的居所,那么此生就是人性的创造。这样,创造了这一切的人们得以擢升,来为我们阐释意义地平线的奥秘。"

对于史蒂文·安格尔的评论,安乐哲承认,或许是到了我们对叙述的重要价值侧目相看,继续进行与它相关的研究的时候了,而且要尽可能广地顾及到传统。他也同意儒家思想不等于中国特色的观点,认为波士顿的儒学学者们就是一个重要的例证。他谈到了传统的"可渗透性",谈到了儒学的"一以贯之",也谈到了中国人对自我的理解并非儒家思想的附属物。他认为安格尔的这个观点非常好。安乐哲对安格尔"权利得自约定俗成"的看法表示了赞同。

论及玛丽·埃芙林·塔克的观点,安乐哲称她的"消除基督教阐释对儒学的影响"一说颇为巧妙,可是他认为完全褪去基督教的外衣,使儒家思想只剩下世俗的外观,是有危险的。他说:"我们已经尽了很大努力,试图找到一种语汇,以表达这一传统的深刻宗教性质。我们的尝试是维特根斯坦式的,即如果我们语言的局限就是我们世界的局限,那么我们需要更多的语言。"在这一语境下,当有人要求对仁作一个更完整的解读,安乐哲回答说,虽然他认为能够为"权威的个人"这一解释作辩护,他真正的目的是避开公式,而敦促研究儒家思想的学生们"学到仁的真义"。

安乐哲拒绝"用杜威主义的方式解读儒家思想"的观点,指出杜威只是使儒家思想能够为西方读者接受的一个渠道,它并不是塔克所说的一个"焦镜"。此外,他同意塔克对杜威思想中"扁平"宗教性的描述,这无法和那种从中国传统中找到的宗教性的愉悦相提并论。他说:"儒家思想不是一种伦理学上的人本主义。其实它比这丰富得多。"但是,安乐哲提醒道,这场对话的目标不应当是造出一个相似性的表格。他说道:"受到了两种传统中不同点的启发,我们才发起了这一项目。杜威提供了一种语言,使我们能够用一种西方传统听得懂的方式向他们讲述儒家思想中的人本主义。"

讨　　论

北卡罗莱那州大学的**迈克尔·艾尔德里奇**(Michael Eldridge)对这个既能发表相同观点,也能表示异议的机会表示感谢。然后他表示反对"杜威的扁平(思想)"的讲法,提出用另外一种方式看杜威。他认为,杜威的思想非常灵活,能够因地制宜地适应人们的文化传统和生活状况。"只要你不再用'学杜威,就要像杜威'的想法束缚自己,杜威的思想就会丰富得多",他这样补充道。

拉里·希克曼支持这种丰富得多的杜威世界观,儒学方面的学者们似乎有些忍无可忍。他从史蒂文·洛克菲勒的《约翰·杜威:宗教信仰和民主人本主义》(*John Deway: Religious Faith and Democratic Humanism*)(哥伦比亚,1991年)中引了一段话,描述杜威的宗教观:"对杜威而言,那种他称为一切的存在是个包涵所有经验的范畴,它时而寄形于诗的直觉,时而托身于美的模仿,时而又以神秘经验的面目出现。它无处不在。"

史蒂文·洛克菲勒(Steven Rockefeller)同样主张更全面地理解杜威思想的宗教性。他强调一个事实:杜威"不只是人本主义者",他也是自然主义者,因此他的宗教意识把人性经验置于自然的语境下。洛克菲勒说:"他认为任何一种经验都和宇宙相关。"他解释说,一旦这种意识"侵入人性经验",一种超自然的经验从中产生。换句话说,"真实"和"已知"并非惟一的意义层面,这观念是杜威思想的组成部分。进而言之,通过"自然崇拜"的观念(或称为对生命本源的热爱和对理想观念的信仰),杜威发展了一种对自然的虔诚,这种虔诚与自然和宇宙都建有深刻的联系。

波士顿大学的**鲍勃·尼威尔**（Bob Neville）区分了杜威所说的一切与儒家天的观念。他指出，人可能失宠于天，经历与天意断绝的时期，而杜威的一切观念免除了这种可能。他还认为，天有规范，而一切没有规范。他认为在上午的议程中有两种对宗教性的阐释：一、安乐哲对宗教性的认识，根据关系性定义，它可以在权威、优雅的自我的扩张过程中被感知；二、杜维明的深深植根的自我与宇宙之间更加辩证的关系（此观点超越了人的关系），并提出"杜威只是第三方"。他据此提议，为了实现对话，"我们需要某种超越性的东西，它独立于儒学和杜威主义两大传统"。

迈克尔·艾尔德里奇回到了在描述宗教性时人类状况的重要性这个话题。他说："这需要顾及背景。这取决于你是谁以及你在哪里。"

玛丽·埃芙林·塔克（Mary Evelyn Tucker）提出"我们最好关注个人的正确判断能力与宇宙哲学共鸣的那些维度"，关注杜维明天人一致所描绘的那些同心圆，这样就会理解我们是如何和宇宙息息相关。她认为："人类与宇宙的动力深刻地联系着。"

夏农·沙利文（Shannon Sullivan）问及祖先所扮演的角色，承认自己"对传统有"实用主义的"尊重"，只是想知道，在儒家思想中，是否会有更多的东西。安乐哲解释道，在儒家传统里，"你是一种尚在发展中的意识的延伸"，这种意识包涵了以前的世代。他补充说，正如杜威主义，儒家思想也关系到那些必须不断被再发明、再认可的活的传统。沙利文认为，要等待真正变革降临，世人就只能等待上一代的死亡。她问道："在这两种传统中，变革是如何并通过何种途径发生的呢？"塔克回答了这个问题，指出了延续性的价值，并把具有深远意义的祖先们和今后的世代描绘成儒家思想"相互联系的源泉"的一部分。

洛克菲勒谈了"我们作为其中一环的连续的人类群体"，特别提到在发生了社会问题时杜威会对变革极其感兴趣。他说："杜威对结果感兴趣。对他来说，这比尊重过去的权威更重要。可能这就是两种传统主要的不同之处。（杜威鼓励我们）不要对传统如此执迷,以免窒碍创新。"

杜维明把儒家的智慧说成"知己所不知"的能力,指出先辈积聚的智慧提供了判断和信息与意义的基础。他又解释道,儒家传统中的仪式涉及了先前诸代共同的智慧。他说:"个人经验是暂时的。儒家的现世观念与过去的智慧不可分割。"他补充道,杜威建议中国学者们用他的"实用主义"方式发现并解决问题,"这正说明他对中国发生的一切知之不周"。

希克曼回到尼威尔的话题,强调历史"影响教育与我们推动自我前进方式的形式"。希克曼说:"杜威的观点是,过去的历史往往就是今天的历史。"他提出一种"平台"的隐喻,作为理解杜威对待过去以及社会变革的可能性的途径。他解释说:"杜威放弃了基础的观点,提出了平台概念。而我们借这些平台立足,以构建日后的平台。有时我们得下来,去以前的某个平台收集材料。"希克曼很想知道这种向过去索求经验的观念是否类似儒家的祖先智慧观,并与之一致。

安乐哲试图描述"创新/延续"和"不确定性/解决问题"这两对问题,为讨论作总结。他说:"我认为我们正在努力找回'创造性'一词,将它安置在儒家意识的范围内。"为此,他解释了儒家"关注熟悉"(focusing the familiar)的观念。此观念与"自发性"有关,但并不包括英语中该词"随机"与"冲动"的细节含义。相反,儒家观念把"最大程度地使用不确定性"看作气质修养的结果。他说:"气质允许了不确定性因素的创造性运用。(不言而喻)人性经验中存在一种自发的创新。我们能够最大程度地利用自发性的机会,是由于我们对传统的参与、人的本性以及行为。"他还提出,儒家思想与杜威最大的差异在于儒家"尊重传统权威"的态度,而非儒家思想内部任何拒绝人生经验的创新性、自发性或创造性的欲望。

杜威学者对安乐哲论文及报告的回应

作家、名誉教授**史蒂文·洛克菲勒**一开始就用一幅图表来阐明杜威对社会中个人独立性的认识。这幅图表以两条相交线为基础,它具有四个边的中心代表"经验的宗教性质"。这一十字被覆盖在一系列同心圆上,代表生命和经验。"我想给大家看一种儒家符号的杜威主义解释,"他一边说一边解释:"自我产生于对世界与他人的联系。换句话说,我为故我在。"

他也谈到了一些问题,比如"对理想的信仰",指出"理想不是一成不变的。它们随着环境、语境和文化的变化而演化"。他提出,对杜威主义者们来说,上帝"不是人,他是一种幻像,是对理想的集中想像"。他也集中谈到了杜威眼中结果的价值。他说:"结果是行得通的观点。行得通的观点是好主意。"

关于在民主化进程中中国向杜威主义学习所能采取的途径,洛克菲勒解释道,由于杜威对基督教会的信心"趋于淡漠",民主兴起成为"至上的伦理观念"。洛克菲勒描述了民主的两个方面:道德的和文化的民主。他解释道,这一区分法在定义民主的私人和个体属性的同时,把它解释成群体和习俗的指导力量。与这一定义密切相连的是杜威"应当要求我们每一个人对社会作出回报"的观点。作为民主的天然构成,这观点和"机会应当延伸及民主社会中每一个人"的信仰相为表里。对杜威而言,教育是民主理想极其重要的一部分,因为它使得民主的本质成分——"理智而道德的选择"成为可能。

洛克菲勒把杜威对宗教信仰的理解定义成"心、智和意志,整个自我的承诺"。他进而把杜威的"宗教性"观念和他的民主观联系起来,解释说宗教信仰"能与个性融为一体,促成对自我和世界深刻而持久的协调(调整 adjustment)"。从中衍生出平安而悠远的意境就是杜威所说的人性经验中的"宗教品质"。洛克菲勒说,杜威同样相信,要建设群体和民主,一种"广泛分享的对理想的信念"不可或缺。

关于安乐哲论文原文中表达的观点"自主个性观受到杜威的反对",他提出安乐哲的观点"在杜威思想的语境下"会引起某些误解,它低估了杜威对民主的理解中隐含的对"道德自主"的看法。对于安乐哲语言中对以权利为基础的自由主义的明显"排斥"，洛克菲勒表示关注。他解释说："杜威绝不会把公民和政治权利、自由主义或是自由主义的民主看成和中国或其他社会无关的东西。杜威以自由主义者自许，认为自己就是重建那传统的人。"

宾夕法尼亚州立大学的哲学教授夏农·沙利文把她的回应集中到一个特定的问题：如何将儒家的"礼"和杜威主义对个人自由及变革自由的概念作比较？她开门见山地指出，"礼"的概念用英文解读是贬义词，因为它似乎是要把约束强加给个人。类似的，英语中"习惯"一词的用法也含有一丝贬义，比如"坏习惯"。"在这里，我的实验就是要把杜威的'习惯'概念作为资源，来理解'礼'。"她一边解释，一边继续对两者作比较，指出，和个人一样，文化也有习惯，好习惯和坏习惯。"习惯是结构性的，"她说道，"因为它赋予个人、习俗以及文化稳定的形态。"

沙利文把礼和"习惯"都描述成"与世界联系的方式"，指出两种概念一致承认个人和社会组织不能分割。她进一步解释说："在杜威那里，组织和自由从来就不是截然对立的。"所以，真正的自由存在于组织当中，而习惯和礼一样构建日常的组织。对于杜威，习惯既能限制人，也能赋人以能力。从这一认识基础出发，她提出礼应当被看成"赋人以能力的生活的约束……既不拒绝变化，也并非自由的对立面"。正如杜威所说，"把从限制中求得的自由看作它自己的终结，这是莫大的错误。要具有无上的价值，从限制（这是自由的反面）中求得的自由必须作为一种途径，导向能力的自由。这种能力使人构建目标，作理智的判断，从按照欲望行事而导致的后果来评价欲望本身，选择、操纵方法使预想的目标得到实现"。很明显，对于杜威，习惯、能力和自由三者是密不可分的。

她引用安乐哲和郝大维的《死者的自由》一书，认为"儒家的礼仪观涵盖广泛，包括从礼貌、角色、关系、情绪、个人姿态到社会政治习俗的一切。它是儒家文化的决定性结构"。

用杜威对"习惯"的复杂认识来审视"礼仪规范"以及它和"自由"的关系，沙利文提出，"和'习惯'相似，'礼仪规范'既是个人概

28

念,又是文化概念"。她进一步指出,儒家思想和杜威主义都承认,个人习惯在个人"与文化习俗的联系中"形成,因此,它和社会文化层面的含义不可分离。在结语中,她说,虽然并不是所有的"礼仪规范"都必定能够产生自由,但是,"如果要在为人的生活赋予能力的组织中找到自由,那么,作为这一组织一个重要的实例,礼应当被看作能产生自由。礼赋予人构建目标的能力,使人积极入世,实现期望的目标。在这个范围内,礼帮助人实现自由"。

迈克尔·艾尔德里奇在回应中首先基本上同意(安乐哲的)这一观点,认为杜威思想对中国的发展会有所助益。然而他提醒道,杜威思想不应"被当作一种生活方式而引进"。为了说明在这种情境下应当如何对待杜威思想,艾尔德里奇从杜威在哥伦比亚大学时的同事小约翰·赫尔曼·兰达尔(John Herman Randall Jr.)的著作中征引了一段。这一章节讲述了杜威的两位学生回归他们各自的中国和印度社会的故事。

在运用科学思想创建新社会时,中国学生将杜威思想理解成"写字板必须擦干净,中国的过去必须要忘记"。另一位印度学生也认为对他的挑战将是对文化和社会的重新思考,可他依然把杜威思想理解成他应当通过对自己文化的批判性检验来"审慎地操作"那种文化中的材料。艾尔德里奇说:"他最终得到了一种在科学批评面前站得住脚的印度精神的解读。"艾尔德里奇认为,这种运用杜威的科学方法处理一个人的"继承材料"的方式,正是对杜威思想恰如其分的使用。艾尔德里奇再一次引用兰达尔的话,指出杜威所感兴趣的不是"破坏",而是"重建"。用兰达尔的话来说,"他(印度学生)知道批评要求有一种传统,被当作材料来使用"。

艾尔德里奇进一步引用了杜威另一位同事威廉·佩佩莱尔·蒙塔克(William Pepperell Montague)的话。此人在 1939 年美国哲学学会的一次会议上称赞著名哲学家杜威"以毕生努力使智识实践化。"杜威不同意,坚持认为他努力所作的不过是"使实践智识化"。换句话说,艾尔德里奇敦促在座诸位理解杜威思想的灵活性以及杜威理念的语境性本质。他说:"在任何一个特定的社会里人只能从实践开始,然后想办法改进实践。"

在结语中,艾尔德里奇解释道:"杜威建议人应该在事情做到一半的时候开始问自己,做这些事的方法是什么,目的又是什么。如果一切顺利,询问方法和目的没有必要。但如果出了问题,她就该问自己能否把事情做得更聪明一点。这就是说:这一实践能否更好地为原计划中它要达到的目的服务?"艾尔德里奇说,如果答案肯定,杜威建议作些改变,或是替换。他暗示,对于为儒家传统下中国的民主化提供一种质询文化、引发社会变化的办法,这方法可能是一条途径。

安乐哲对杜威学者回应的评论

谈到儒家概念的中英互译,安乐哲认为语言是这场对话的挑战之一。他说:"杜威力图使用普通语汇,而用法过于新奇,几代而下,居然仍没有人真正得其奥义。"带着这个观点,他回到了洛克菲勒强调的"自主",提出它类同于儒家思想对"自爱"(或一种不可再分的社会自我的区别判断)的理解。他补充说:"如果我们指的是一个独特的个人,而不是一个孤立的个人,这样说对,然而像包含在'自主'这类语汇中的自我概念的确很让人费神。"

安乐哲对以礼仪为基础的自由主义有过评述。洛克菲勒对此持保留意见。为此,安乐哲对自由主义和"自发、自择不受羁绊的个性"作了区分。他也提议将杜威主义"对理想的信仰"和儒家"对传统的信念"作对比。

关于沙利文在儒家"礼仪规范"和杜威主义"习惯"之间寻找共鸣点的实验,安乐哲认为确实有"共同点"存在于这方面。他深入解释道,儒家传统中,一个人将非常之事做得非常之好,就成为非常之人,而这有赖于礼或习惯。但是他也举出一个不同点。他问,在多大范围内杜威的"习惯"概念与儒家的"范"(model)或"哲"(sage)相似?"于是又回到了权威和自由的概念。"他认为"睿哲和权威一样,在美国文化中是不受信任的"。

安乐哲对艾尔德里奇的观点作出回应，强调兼通两种文化的重要性。他还指出，过去十五年中，杜威解决问题的科学化、企业化方法在中国流传日益广泛。"我们有理由认为，杜威思想解决问题的那一面即将复兴。你能很容易地用杜威去阐释今天中国发生的一切。"

讨　论

杜威"对理想的信仰"成了针对杜威学者回应安乐哲和安乐哲继续论述的开放性讨论中的一个中心点。**史蒂文·安格尔**对安乐哲的"对传统的信念"为其密切等价体的提法表示质疑。他提出相反的建议，认为应当从新儒家对"范式"和"准则"的讨论中去寻求它的关联体。他说，与"信仰"相比，或许"对可能性的承诺"或"对理想范式的存在的信仰"是更好的译法。安格尔认为，关键在于范式并非"就在那里，只等我们去把它找出来"，相反，必须由我们人来将这"谐和的范式"引进存在。

艾尔德里奇不同意安格尔的看法。他引用杜威的《一个共同信仰》(*A Common Faith*)一书，提出此书印证了洛克菲勒认为的杜威"对理想的信仰"。艾尔德里奇又提出，能动地理解杜威的信仰观念必然会涉及"真实和行动之间的能动关系"。他继续说，"行动带来转变。这正是杜威所肯定的"他举了很多现代的这类例子，如甘地使印度从英国统治下得到解放的努力、美国民权运动、女性运动以及历史上其他产生变革的时刻。在和洛克菲勒面对面的谈话中，艾尔德里奇说他感到"对理想的信仰"的讲法不太合适，因为它建立了一种主客体关系。在一定意义上看，这离开杜威的本意太远了。

洛克菲勒答道："对于杜威，信仰的对象是理想。信仰的目的是唤起对过程的参与，就是您正在说的那个将真实与理想统一起来的过程。"

波士顿大学的**约翰·贝尔特隆**提出"礼仪"(civility)或许是儒家概念礼的可行译法。然后他谈到沙利文"极为出色的准则或范式的注解",并提请注意,"礼仪"和礼仪范式间的区别是新儒家学派当前的一个讨论点。贝尔特隆解释道,这个论题在朱熹学派那里导致了作为范式、准则或形式的理与作为生命力的气之间的一场二元论论辩。在这一语境下,理这个概念是指万物都有一个适应它的范式或形式;有时我们也叫它准则。

然而**安乐哲**宁可避免把"礼"译成准则。他认为,把"理"(指"范式"而非指"礼仪")译成"准则"的问题在于,"准则"指 principium,是一种决定一切、创造一切的秩序,它排除强劲的创造力意识。

玛丽·埃芙林·塔克再一次将议题集中到杜威主义思想如何才能对中国目前这一历史时刻有所揭示。她提出问题:"鉴于中国面临的挑战,把杜威思想当作儒家情感可以征引的一类资源究竟有什么意义呢?"她指出杜威对中国问题的回应已经证明不能"与具有强大吸引力的毛泽东路线抗衡"。她引用托马斯·贝里(Thomas Barry)一篇论杜威的文章(1962)说:"马克思共产主义提供了一套涉及人和社会的完整的学说体系。在这方面,杜威只有一套不断适应人们存活其中的多元生活环境的纲要。"然后,她又征引该书,读道:"在实现它重建社会的各项目标时,马克思主义学说提供了历史必然性这一途径。通过这种方法,它不但有了目标,而且具有了必然实现那个目标的必胜感。"最后,她认为:"它使知识分子获得了一种使命感。"

杜维明发表观点,认为杜威的实用工具论与中国人的一体观截然相反。他回到了早先强调过的个人、人类社会以及其他一些生命形态的关系性。"如果这一点成立,那么信仰就是通过个体人或群体人的努力来实现的转变能力,"他说道,"信仰就是人们能够做和应该做的事情。"他深入解释道,对儒家而言,"那种信仰并非简单地通过习惯的形成来表达,而是也能够在探索事物、人以及外部世界相关特征的能力中得以体现"。他指出,所谓"事物特征"逾越人和群体之间的社会维系,进而包涵宇宙的本源。

他同样谈到创造力问题,以及它与实践的关系,认为"在每个(礼仪)程式中都存在创造性"。他提出用"体现"这个词来描述通过礼仪实现的再发生与更新过程，他认为这包涵了情感和认知两个方面。他进一步将它与知识相联系，提出"知识并非简单到就是人们教我们的东西。知识不是技能的内化。它让你明白是怎么回事"。更进一层，他认为"人必须克服主观主义才能认知。人必须走到社会、大自然中去找出那种互动，获得那种搜求与更广阔关系性视野相连的范式的鉴赏力"。通过这一途径，教育成为启蒙的过程，"一种新生"。

综　　述

　　作出综述并主持最后阶段讨论的任务落到了波士顿大学神学院主任**罗伯特·尼威尔**肩上。他集中谈了几处互补点，认为在这里杜威实用主义和儒家学说虽有分歧，但仍然有互补之效。他认为，这些互补之处透出了一些既非儒家思想、亦非杜威主义的观点，它们提供了一些"新东西"。作为例子，他提了很多在术语翻译中产生的语言问题。他说："这种对话正在创造一批新语汇。"

　　尼威尔确认的互补点有以下几处：

　　一、杜威对以解决问题为目的、向前看的工具主义的鼓励与儒家思想求教于过去这个共享智慧宝库、以应对当今的现实之间的分歧；

　　二、具体特性(concrete particularity)主题。他指出，这并非儒家思想所特有，它同样是西方思想的一个"深层主题"。这关系到个人自我和个人意志如何与个人在共同或普遍现实和经验中的植根性一起存在并得到表达；

　　三、道德理论。对于杜威，道德涉及一种不断变化、受语境定义的为人的理想。在儒家那里，道德问题则通过礼仪标准得到解决，这集中体现在：实现一个为人之道占据首位的社会所需要满足的那些条件；

　　四、宗教性观念。杜威将此理解为真实与理想的统一。在儒家那里，这是个"与世界结成一体"(being one body with the world)的

问题,而尼威尔认为这可能导致集权主义的危险;

五、自主相对于植根性。尼威尔指出,两种传统都"努力将自主定义成既不拒绝自由,也不否定植根性的样子",然而由于权威性问题,两者都遇到了麻烦。他说:"在给权威性问题下定义方面,杜威实用主义和儒家思想都没有真正成功。"

六、过程哲学的局限。尼威尔回到那天早些时候安乐哲提出的一个观点,提出一个问题:"如果我们的目标是将民主带给中国并改善美国的民主,那么是否可能借助一种(以过程为旨归的)政治哲学以实现这一社会福祉?我们是否同样需要一种自然哲学?"尼威尔解释说,儒家素来就有一种自然哲学,可它不一定与科学相关。而另一面的杜威对自然哲学贡献颇丰,可他缺少一种"技术宇宙论"。

在详细论述了这些互补领域后,尼威尔还确认了"这次对话解决得不够好的"两处问题:

——如何对待那些没有"植根"的"激进的差异性";

——民主内部的权力和权威问题。

针对尼威尔综述的开放式讨论

接下来的讨论中出现了三个关键问题:一、尼威尔提出我们可能需要一种与当今世界相关的自然哲学,而两种传统对此都未作充分研究;二、两种传统当中宗教性含义的问题;三、两种传统谁也没有充分解决他所关心的民主内部的权力和权威问题。

拉里·希克曼首先发言,谈自然哲学的问题。他用强调语气问了这个问题:"自然中什么有价值?"他注意到这个问题暗示了自然有内在价值的可能性,而杜威是不同意这一观点的。希克曼解释道:"某物具有'价值',这观念是认知活动的产物。"他认为这一点导致了杜威的工具性观念。最后,他否认了尼威尔那个将政治哲学和自然哲学一分为二的问题,认为这一倾向是"虚假的二分法"。他说:"杜威会要你把政治哲学和自然哲学合成一体。"尼威尔那边的回答是，在儒家传统中的确有一种得到认可的"自然的内在价值"。尼威尔进一步提醒："没有自然哲学对'无用的科学'作鉴定，儒家思想和杜威主义对人道的研究方法都会被科学文化弃置路侧。"另一个令希克曼感兴趣的观点是尼威尔的陈述"杜威思想中没有技术宇宙论"。希克曼认为(在杜威思想中)可能含有"某种类似宇宙论的东西，它具有极微小的技术含量"。在这方面，希克曼指出，对杜威而言，经验的某些方面具有创造"惊愕"的力量。

史蒂文·洛克菲勒也讨论宗教性问题，提到杜威的"经验的宗教性质"，他将其定义为："一种对自我和世界的深刻而持久的调整。"安乐哲捡起这条思路，谈起"和谐"。在儒家看来，"和谐"源于家庭。他说："礼最大的功能就是造成和谐。"洛克菲勒回答道："如果你实现了和谐，那么在杜威看来，你就获得了宗教经验。"安乐哲还提出，在中文语境下，使用"宗教"这个术语不妥。因为在英文中，"宗教"必须具备一个以神为中心、而非以人为中心的信仰体系。他说："宗教性是共享经验的性质。"约翰·贝尔特隆认为，在儒家的语境下，问"你为谁奉献?"会比"你是否信教?"更好。

关于权力和自由的话题，希克曼引用杜威的讲法，即："对民主的信仰是对人类经验能力的信仰，这能力生成目标和手段，使其后的经验得以长成，有序而丰富。"尽管已经有早先的评论认为礼仪不断地得到再创造，并在事实上使人们能够生活和工作在一起，希克曼还是提出了在儒家社会中礼仪可能具有的约束性问题。他把自己理解中的儒家礼仪和杜威工具主义观念作比较，这一方法鼓励开发解决问题的新工具，从而避免了个人和国家之间的社会契约所包含的典型的"个人/社会分裂"。

迈克尔·艾尔德里奇注意到，随着时间的流逝，杜威对政府角色的看法有所改变，而这改变正是在二十世纪三十年代面临极权主义时发生的。

杜维明认为，中国平民社会兴起之后会要求各界公众作出反应，每一部分公众群体都对中央或国家有参与力。他说："没有这，难以想像会有持续的民主。"他认为，尽管儒家固有区分社会角色的观点，可是一旦提及公众中存在的巨大差异，一些角色具有特权，另一些则没有，这让他们很难受。于是他认为，中国的民主化过程要求"一套新的价值"，而杜威的工具主义或许会证明是一项资源，能向不同公众群体提出如何反应的建议。

拉里·希克曼和弗吉尼亚·斯特劳斯向所有与会者致谢。希克曼说："今天我们像一群少了联络官的乡下大兵，然而我相信，我们已经展示了哲学会话能够担当那个职位。"最后，杜维明代表全体与会者发言，宣布这一天显示了"区域认识的全球意义"。

安乐哲的结束语

安乐哲认为"对话的前提是承认各方都不自足"。比如，他认为"中国拥有礼仪（civility）而没有礼仪社会（civil society）。谈到中国的未来，他认为"儒家思想一直有缺陷。儒家方式的民主是一个现实的可能，但它必须走出中国的过去"。

谈到美国文化是中国的一项资源，安乐哲侃侃而谈。他讲了美国式民主的局限性以及儒家传统代表了对这种民主进行修正的机会：

> "我们习惯于把美国文化看作'老师文化'（teacher culture），这有些道理。在美国文化中，我们自我满足，这有些道理。在美国文化中，现代化等于西方化，这有些道理。然而美国社会有些不太舒服。一边是我们为之顶礼的自由……然而它可能表现为个性、自主、孤独、陌生、无耻，而终于演变成暴力。所有这些构成了一个连续体。我们从儒家学说得到了'礼'。无论我们对它作何种翻译，它都是一个非常强大的观念，无法被简单地植入西方文化。它具有引发深刻转变的潜力。我的个人兴趣在于我认为：中国传统中有一些资源可供移植，用以丰富美国的经验。如果我们没有认识到这场对话是一次机会，双方都可以从中得到丰富，那我们就是失败者。"

全球性后殖民语境下的跨文化对话

——清华－哈佛后殖民理论高级论坛述评

王 宁

　　清华—哈佛后殖民理论高级论坛于 6 月 25 日和 26 日在清华大学举行。出席此次论坛的有来自亚洲、欧洲、澳洲和北美一些主要高校和科研机构的专家学者一百余人。论坛由清华大学外语系和比较文学与文化研究中心以及中国比较文学学会后现代研究中心共同主办，我本人作为清华大学外语系教授兼比较文学与文化研究中心主任主持了论坛，并作大会发言。论坛特邀美国哈佛大学安·F·罗森伯格英美语言文学讲座教授兼该校历史与文学研究中心主任霍米·巴巴(Homi Bhabha)作主题发言。此外，巴巴还在清华大学作了一次公开演讲，题为《全球性的尺度》(*A Global Measure*)，内容基于他本人即将在哈佛大学出版社出版的一本同名专著。

　　巴巴的主题发言着重讨论了第三世界国家和少数族裔批评话语的建构问题，巴巴认为，虽然当前的人文社会科学领域的学者都在谈论全球化问题，但他们似乎都忽视了另一个颇有生机和潜能的话题，那就是关于少数族裔群体的问题，他们是帝国主义的寡头政治统治下的少数人群体。他们的批评话语始终有着自己的独特传统。这一传统完全可以在美国已故黑人领袖杜波依斯的著作中见出端倪。巴巴通过细读杜波依斯的政治小说《黑公主》阐述了自己的后殖民理论和文化认同观念。接着，他在回顾并评述了葛兰西、巴里巴、赛义德、查特基、詹姆逊等人的批评理论后，提出了一个颇为引人注目的计划,这就是所谓的少数人化(minoritization)计划,这意味着另一种形式的全球化,它并非要取消历史,而是要担当起连接对过去的记忆和对当下的认识之桥梁作用。下面是巴巴发言的要点。

巴巴从分析杜波依斯小说《黑公主》入手,指出,一种为民主而实施的审美教育恰是杜波依斯的"富有才能的十分之一"之理论的基础,这种审美教育的热情和积极的精神来源于坚韧不拔的艺术与道德。作为受到种族歧视的少数族群体的一员,杜波依斯揭示了他后来所谓的"特别的道德曲解",它坚持民主,这种民主拒绝面对"多数族群体的问题"。少数族被逼出民族之外,被剥夺了完全的公民资格;但他们却发觉了一种可能性:在民族内部创立"部分性群体",以此作为一种审美与道德公正的对策。与带着热切想像力的道德的少数族群体一起,杜波依斯站在民族社会的边缘,既与黑人世界相毗邻,又接近白人的世界,朝着一种"民族间的"或准殖民地的方向发送具有双重目的的信息。

异族的家庭关系被当作隔离的原因,这样的事情已司空见惯,黑人士兵受到区别对待,被迫脱离"爱国的"民族,其根据是黑人士兵的"非洲血统"可能会使他们成为德国军队的盟友。但是这种种族主义的想像不仅误解了少数族,而且揭示了公开声明的现代民族的多元性和宽容性的脆弱和不堪一击。因为正如我们近来所看到的,这个想像的群体非常容易受到偏执的和迫害性的独立政策这一逆流的侵害,这一逆流将他们的偏执忘想和暴力转向"内敌"——常常是少数族群体——并且加之以种族歧视的标识。杜波依斯深刻地质疑多数人共谋的、不民主的捏造,藉此重新展示了这种误解少数族——"这个美国世界里具有远见卓识"的臣民——的害处。

黑人群体被强行排挤出民族的文化共识和同时代性的意识之外,这就促使杜波依斯将少数族这一概念另外阐发为一个富有权柄的"部分性群体":"一个由各种不同的小群体所组成的临时联合政府,它也许比较容易成为表达人类意志、解放人类灵魂的最有效的方法。"一个少数族群体决不仅仅是政治"存在"的数字形式;变成少数人是一种诗意的行为,是"做"或者制的一种模式,是一种临时的联盟或应急的政治团体,它通过利用隔离这一不利因素,创立起共同的事业,目的是为了恢复一种对文化力量的策略,恢复一种心怀敬意的认识。

如果我们仅仅推崇《黑公主》的解放性信息,将其看成是非洲裔美国籍的遭受种族歧视者杜波依斯与反帝的印度公主的崇高的合成,那我们就遮蔽了杜波依斯在小说中所探索的乖张偏执、很成问题的政治热情。1911 年世界大会的组织委员会向与会者呼吁东方和黑人的共同的重新觉醒。杜波依斯欢迎这次大会的信息,因为这些信息代表了他对种族隔离的理解上的一个转折点。然而,在《黑公主》的内部深处,杜波依斯以一种与历史先例和模仿模式之精神截然不同的方式,富于挑战性地提出了"种族歧视中的种族歧视,偏见之内的偏见"的观点,作为政治表述和叙述进步的问题。

借助种族歧视中的这一抹阴影,杜波依斯将一种女性化了的亚洲式的"古风"引入了叙事的语言上和视觉上的表演舞台,这种文化差异的风格非常感性地表现在黑公主身上。通过她的东方式的情感,她象征着一种政治热情和领袖魅力,这使得她与她进步的、准物质主义的或马克思主义的政治见解之间产生了明显的裂痕。一方面,她在很大程度上继承了贵族政治、皇族血统和印度的种姓制度,而另一方面,她又对毕加索、普鲁斯特——甚至马克思——都有着浓厚的"高度现代主义"的兴趣。这种颇具影响的裂痕将她变成了一个炙手可热的服务于世界和跨民族解放的偶像。她将古旧和先锋集于一身。本来很容易被解读为一种意识形态的或"阶级"的矛盾、一种对寡头政治的屈服的东西,在这里却被"并置原则"转化为聪明机智的政治信息。

亚洲和非洲的殖民主义种族歧视要求本土人民"证明他们的人性",方法是通过采用"西方化"的规范。它假定你愿意成为白人或被白人化或"现代化",而这种意愿只能被部分地或有选择地得到许可,于是你自身的区别被"标准化"了,你的欲望被归化成了多数人的主张。另一方面,英国的殖民势力精于"分而制之、各个击破"的策略,通过不断地制造"种族歧视之内的种族歧视的阴影"将不同地区不同文化的民族分割开来。反殖民主义的少数族的策略向殖民主义体制提出了挑战,这种策略是"重新划分"帝国主义强行分割的种族歧视的范围,将其分成外部领域(物质的机构)和内部领域(文化的认同)。通过将内部领域/外部领域的区分模式印刻到歧视性霸权的主要帝国主义话语内部的、殖民主义的自我/他者的二元模式上,反殖民主义策略逆转了帝国主义霸权,或者创立了一种"不恰当的"反殖民的模拟。在物质领域内西化的影响越大,在精神和文化的飞地之中的抵制就越激烈。这种亚洲/非洲式的"双重意识"的耍弄人的矛盾及其"双重目的"胜过了殖民者区别对待的政治隔离和文化双元论——前现代/现代,独裁/民主——其方法是在西化和本土化、跨民族的和民族的、现代和乡土(而不是古旧的和前现代的)之间进行大量的关联。

与杜波依斯所谓的"并置结构"保持一致,作为反殖民策略——推翻殖民主义者的种族歧视、照搬物质领域而在文化领域则认清自身——的双重模拟,允许受到种族歧视的人去设想一个文化"差异"的同时代,去争取一种区别之中有平等的权利。

杜波依斯的核心洞见在于强调少数族形成的"接合的"和偶然的性质;在这里,是否能够团结一致要有赖于超越自主性和主权,而赞同一种跨文化的差异的表达。这是一个有关少数族的富有生意的、辩证的概念,它是一个亲善契合的过程,是正在进行的目的和兴趣的转化;通过这种转化,社会群体和政治团体开始将它们的信息播向临近的公众领域。少数族化(minoritization)实际上是另一种全球化,这一理性概念远比少数族的人类学概念优越。

巴巴的这些颇有洞见的观点引起了与会者的强烈兴趣,不时地引发一个接一个的问题。

确实,诚如一些国内学者所认识到的那样,后殖民主义理论思潮是继国际性的后现代主义理论讨论之后西方学术理论界又一股有着强劲冲击力的理论思潮,它对帝国主义的文化霸权有着强有力的挑战性和批判性,并和广大第三世界国家的反对殖民主义和文化霸权的斗争密切相关。在当今的后殖民理论批评和文化研究领域，霍米·巴巴是与爱德华·赛义德和佳亚特里·斯皮瓦克齐名、并有着更大潜力的具有代表性和独特著述风格的大师级学者。他早年在牛津大学求学并获博士学位，后长期任教于英国萨塞克斯大学和美国普林斯顿大学、芝加哥大学。现任哈佛大学安·F·罗森伯格英美语言文学讲座教授和该校历史与文学研究中心主任。作为当代后殖民主义理论思潮的代表性人物，巴巴的著述包括《民族和叙述》(*Nation and Narration* 1990),《文化的定位》(*The Location of Culture* 1994)等。其论文散见于各主要英美理论期刊，有着极高的引用率和转载率。他的新著《全球的尺度》(*A Global Measure*)和另一本专题演讲文集将分别于近期由哈佛大学出版社和哥伦比亚大学出版社出版。

　　巴巴的报告引起了与会者的热烈讨论。作为中国学者，我在发言中着重讨论了当前的后殖民主义文化研究界十分引人注目的一个话题——文化身份问题，这也是巴巴建树颇多的一个领域。文化身份(cultural identity)在中文的语境下又可译作文化认同，主要诉诸文学和文化研究中的民族本质特征和带有民族印记的文化本质特征。近十多年来，身份政治已成为文学研究和文化研究领域里在比较两种不具有任何事实上影响的文学文本时，学者们完全可以侧重于比较这两种文化语境下的文学的根本差异，并透过这种本质的差异而寻找某种具有共性和本质特征的相同点，当然这种认同主要是审美上的认同。而对于两种有着直接的关系，例如东西方文化的相互交流和相互渗透的跨文化语境下的文学，探讨具有某个民族的文化背景的人在另一民族的土壤中是如何维系自己的文化身份，也是文化研究语境下的比较文学研究不可忽视的理论课题。显然，不管将文化身份视为特征或一种认同建构，都说明了文化身份问题在当今的人文社会科学研究中所处的重要地位。研究文化身份问题本身就是一个跨学科的比较文学研究课题，在全球化的时代，人的身份变得越来越不确定，因而便出现了从一种身份裂变为多重身份的现象，这一点我们完全可以印证出巴巴所阐述的文化的"混杂性"(hybridity)特征。因为在当今这个全球化时代，文化的旅行和传播可以通过信息高速公路、网络等媒介来实现，生活在当今时代的人，即使有着鲜明的民族身份，也很难说他的文化身份就一定和他的民族身份一样明显，特别是从事西方文学研究的学者，恐怕更是两种文化交织一体的代表。

当然，研究文化身份问题必然也涉及流浪文学、性别政治、文化翻译和后殖民的主题，特别是在当今这个全球性的后殖民语境下，认同政治或身份问题已变得越来越重要。

接着，讨论了中国现代文学的"殖民性"这一有争议的问题。我认为，对于中国文化这样一个有着悠久历史和独特传统的文化来说，它不可能不打上被殖民的印记，但另一方面，它又有着强大的防御机制，因此认为中国现代文化和文学被殖民的说法显然是偏颇的。诚然，在讨论中国现代文化和文学的身份时，使之变得不确定的一个重要因素就是大规模对西学的翻译。在这方面，鲁迅的贡献最大，林纾所起到的作用也不容忽视。我们从今天的角度来看林纾当年的翻译，并非要从语言的层面上对他的一些误译吹毛求疵，而更主要地却是要着眼于他的翻译对中国现代性进程所起到的积极作用。尽管林纾本人不能直接阅读外文原著，而且在翻译时所依赖的口译者也未必可靠，但他常常将自己的理解建立在对原著的有意误读之基础上，这样实际上就达到了用翻译来服务于他本人的意识形态之目的。因此，他在译出的文本中所作的有意的修改和忠实的表达常常同时存在于他的译文中，实际上起到了对原文形象的变异作用。但正是这种带有变异特征的改写和译述却构成了一种新的文体的诞生：翻译文学文体。五四时期的不少作家与其说在文体上受到外国文学影响颇深，倒不如说他们更直接地是受到了(林译)外国文学的影响。因此从当今的文学经典重构理论来看，林纾的翻译至少触及了这样一些问题：翻译文学究竟与本国的文学呈何种关系？翻译对经典的构成和重构究竟能起何种积极的和消极的作用？在使得中国文化"被殖民"的同时，林纾的翻译是否已经触及到了中国文化和文学的现代性认同问题？我们今天从文化身份的角度来考察就不难得出这样的结论：以林纾为代表的翻译文学本身也可算作中国现代文学的一部分。因为它使得我们今天的文学研究者得以将中国现代文学放在一个广阔的世界文学背景下来考察，从而在另一个方面实现了中国文化和文学的"非殖民化"和"去中心化"。这实际上也是翻译的双重作用和不确定的"身份"或认同：它一方面向原文认同，为了忠实而不得不臣服于原文，但另一方面它又得向自己的民族文化和语言认同，使得译文能够被本民族的读者所接受和理解。

同样，考察一个处于全球化语境之下当代知识分子的身份或认同问题也可这样。置身于后殖民理论批评的不少西方学者都试图保持自己的独特文化身份：斯皮瓦克至今仍宁愿用申请美国签证的方式来维持在美国的居留权，巴巴则同时持有英国护照和美国绿卡。但这两位出生在印度、从小受到东方文化熏陶的第三世界知识分子常常遇到这种民族文化身份"不确定性"的责难。就巴巴的情况而言，他虽然现在身居第一世界学术的中心，但是他所出生在其中的印度民族的文化印记却难以在他身上抹去，他一方面为了生存和进入所在国——先是英国现在又是美国——的民族文化主流而不得不与那一民族的文化相认同，但另一方面，隐藏在他的意识或无意识深处的民族文化记忆却又无时无刻不在与他新的民族文化身份发生冲突进而达到某种程度的新的交融。这样，我们完全可以在他身上印证出文化"混杂性"（hybridity）的特征。

参加论坛并作演讲的另几位学者包括廖炳惠（台湾清华大学外文系教授）、杰瑞米·坦布林（Jeremy Tambling，英国学者，现任香港大学比较文学系讲座教授）和张旭东（纽约大学比较文学和东亚语言文学副教授，华东师范大学紫江比较文学讲座教授），他们分别是中国大陆、香港和台湾以及旅美华人中研究后殖民理论的代表性学者。他们与巴巴教授的对话使得中国的后殖民文化研究迅速进入了国际前沿。巴巴对此次直接对话的效果感到满意，他认为，此次论坛在北京的举行为下次在哈佛举行类似的对话和讨论奠定了基础。

廖炳惠是中国港台地区最早介绍西方后结构主义、后现代主义以及后殖民主义理论思潮的学者之一，同时也是少数能够直接与国际学术界进行交流和对话的台湾学者之一。他的发言从后殖民理论视角出发，讨论了台湾文学创作和理论批评中的后殖民倾向，着重描述了后殖民主义理论思潮是如何在台湾的中文语境下受到接受和误读的。由于这一理论所具有的对帝国霸权的批判性和解构性，因此它同时被"统一派"和"台独派"用来作为自己的武器，但是这种误读无疑已经与后殖民理论家的初衷有了较大的距离，它所导致的后果也是人们所始料不及的。他的发言对与会的大陆学者了解台湾近年来的文学和文化研究之现状颇有启发意义。

　　来自香港大学的英国学者坦布林也以自己独特的双重身份介入了后殖民理论讨论。他的出发点和讨论的中心话题是偏执性（paranoia），这也是后结构主义思想家德勒兹等人始终关注的一个话题。他在指出存在着一种全球性的一神教的同时，批判了后殖民主义的偏执性。他认为，关于后殖民的论题同时也是关于全球化的论题，尽管前者并不可能被还原为全球化，这是因为后殖民主义所主张的是一种对强权的抵制，而包容一切的全球化则是一种新的帝国主义强权，理应受到前者的解构和批判。当前对全球化抵制的一个独特形式就是9.11事件之后与美国外交政策的认同，这是一种危险的一神教倾向。坦布林在发言中通过对一些文学作品，如莎士比亚的作品《威尼斯商人》等的解读，批判了美国霸权主义的偏执狂修辞和理论话语。

　　张旭东是近几年来在美国学术界崛起的一位华人青年学者，尤其在后现代主义和全球化领域内著述颇多，并有着一定的影响。他在发言中首先指出，后殖民主义理论产生于印度知识分子在思想观念上"去殖民化"和重写民族历史的努力；同时，它又是随着第三世界知识分子进入西方大学体制，在英美的学术空间和社会政治空间内部形成的理论话语。这种双重性决定了，后殖民主义在其他语境（包括当代中国语境）的相关性和适用性需要我们加以历史的、批判的界定。他反对对后殖民主义做简单的否定，强调该理论话语的意义并不局限于殖民地经验,而是在于对"现代性"观念体系内在的欧洲中心论进行深入的批判。他同意查克拉巴尔蒂(Dipesh Chakrabarty)在其新著《将欧洲外省化》中阐述的观点:欧洲知识分子(包括马克思主义知识分子)往往对非西方世界缺乏经验和实证的了解,但他们的思考仍然对非西方知识分子具有理论上的启发意义甚至行动上的指导意义。而非西方知识分子却无法在对西方一无所知的情况下有效地思考本民族的问题。他认为,后殖民主义的批判指向不是这种知识和文化生产的不平等,而是引导人们去思考它所得以产生的历史条件。由此着眼,问题并不在于非西方知识分子无法独立于现代西方思想体系思考,而在于西方自身特殊的价值观和政治自我意识把"现代"等同于"西方",从而把近代西方的独特的自我认识作为"普遍真理"和"世界历史规律"强加给非西方世界。在这一过程中,"西方"成为惟一的主权形态和惟一的理论来源;而"一切其他社会历史形态都成为西方历史的主题变奏"。他借用日本学者竹内好对中、日现代性的批判比较研究,指出,真正的"去殖民化"努力在于非西方知识分子在认识论和价值观上的自我批判,因为"欧洲中心论"往往在"后发现代性",在"现代化"和"西化"的边缘,通过民族国家及其精英阶层对欧美现代性的简单复制而得到更为充分的表现。非西方世界的历史和文化主体性重建不可能摆脱对自身现代化进程的批判反思,也不可能独立于"西学"及其内含的历史性问题。这要求我们回到中国现代性观念的源头活水。

毫无疑问,此次高级论坛在北京的举行,有着深远的意义。虽然后殖民主义理论思潮早在上世纪九十年代初就逐步介绍到了中国,并在中国的语境下引起了人文学者们的强烈兴趣,但是真正达到与国际学术界进行平等对话的境地却始自本次论坛。我们通过与巴巴等一批有着第三世界民族文化背景的西方学者进行面对面的交流和对话,不禁对中国的文学批评和文化研究现状感到不安:虽然"失语"的现象正在逐步克服,但毕竟,中国学者和批评家在国际性理论争鸣中发出的声音是十分微弱的。造成这种现象的原因究竟何在?恐怕这并不只是一个语言的问题。作为人文学者,我们有责任为之作出持久不懈的努力。

关于中西文化第一次实质性的接触

[法]谢和耐／钱林森

　　法兰西学院院士谢和耐 (Jacques Gernet) 教授于 1921 年 12 月出生于当时的法国殖民地阿尔及利亚，青少年时代在阿尔及尔接受正规教育。1942 年反法西斯战争开始，投笔从戎。1945 年回巴黎。1948 年毕业于法国高等实验学院。1949—1950 年间为法兰西远东学院的成员。1951 年进法国国家科研中心。1955—1976 年间，先后任法国高等实验学院的研究导师、巴黎大学文学院教授。1975 年起任法兰西学院教授，主持"中国社会和文化史"讲座。1976 年任汉学刊物《通报》法方主编，1979 年以惟一一名汉学家身份当选法兰西学院院士。谢和耐教授专事中国社会和文化史研究。1982 年利玛窦入华传教 400 周年，谢和耐在巴黎伽利马出版社出版了他的名著《中国与基督教》(Chine et Christianisme)，这部著作先后被译成多种文字在世界传播，在我国也有两种中文译本。1999 年 2 月 23 日和 2001 年 6 月 11 日，我曾两次在巴黎汉学研究所拜访过他，就他这部著作写作背景、东西方两种不同形态的文明首次相遇的问题进行了交谈。我据我们的交谈整理了若干问题寄给他，他又据我的提问，先后两次作了笔答，下面的文字就是依据我们两次交谈和谢和耐教授的笔答整理而成的。谢和耐先生两次法文笔答由马利红女士译成中文，在此一并感谢。——钱林森，2002 年 1 月 28 日，南京大学

　　钱林森（以下简称钱）：您的大著《中国与基督教》(Chine et Christianisme) 从 1982 年在巴黎出版以来，受到了西方和东方的读

者的广泛欢迎,引起学界的重视。据我所知,法国比较文学大家艾田蒲先生 (R. Etiemble) 就把您这部著作视为研究中西文化关系的权威性著作,给予了极高评价,在其两卷集的代表作《中国之欧洲》(L'Europe chinoise; 1988 – 1989; Gallimard) 多次加以引述。中国先后有两种译本问世,一是辽宁人民出版社 1987 年出版的译本,一是上海古籍出版社 1991 年出的译本,在中国读书界广泛流传。我首先想问的是,您花了多长时间酝酿、撰写这部著作?为什么要写这部书?这部书问世后在学术界和宗教界引起怎样的反响,这也是中国广大读者和学者感兴趣的问题。

谢和耐(以下简称谢):大约从 1970 年起,我开始对基督教与中国这个主题发生兴趣,那时我正应历史学家费尔南多·布洛代尔之邀,准备撰写一部关于中国通史的书《中国世界》(1972 年法文第一版,1980,1990,1999 年修订重版。这本书由黄建华、黄迅余翻译成中文,书名《中国社会文化史》,湖南教育出版社,1994 年出版)。它也促使我尝试去更好地了解明朝。我的第一篇文章《关于十七和十八世纪中国和欧洲的接触》开始写于 1972 年,紧接着 1973 年写了另一篇文章《将近 1600 年时利玛窦的皈依政策和中国精神生活的演变》,1976 年写了《从十六世纪末到十七世纪中叶的基督教主义和中国哲学》,可以说我准备和编写这本书花了十多年时间。

当我写这本书时,我的想法是,中国人对传教士行为提出的一些根本性的问题,由于存在一些根深蒂固的观念,这些问题在西方并没有被研究过。西方人仍旧认为世界的历史打他们的历史那儿开始,并且从他们自身来判断别的事物。认为西方文化具有价值典范的想法,在我们这里还没有完全消失,西方原则优越性的偏见也没有完全消失。因此,仔细研究 17 世纪中国人对传教士言行的反应是把这些观念再次提出来加以审视的途径。

我并不很关心我的书出版后的反响。我相信总体反应应该是好的(除了耶稣会士杂志《学习》中一篇一位耶稣会士写的恶意的文章。文章影射我不懂中文,因此我不能阅读我曾译过的文章)。内容上惟一的批评是基于最后三页,关于语言和思想的关系问题(这个问题一直使我挂虑。我认为人们不能借口剔除所有的思想和哲学,这一语言与思想的关系问题是可以从一种语言译至另一种语言的)。

钱: 您的这部书有一个副标题:第一次冲撞 (La première confrontation)。据此,第一个中译本书名干脆改为《中国文化与基督教的冲撞》。表明本书的主旨在于描述东西方两种不同的文明首次相遇时所存在的差异,所发生的矛盾与碰撞,正像您的导言和再版前言里所强调过的那样。这是您的书有别于同代人和前辈同类作品的地方。我以为,正是这种独特性,才决定了您这部著作的价值。您这部书不仅是一部历史著作,也是一部比较文化著作,给比较学者提供了较多的启发。我想请您就这部"充满深刻智慧的著作"(Simon Leys 语),就其构思、选材、论述及主旨诸方面的独特性,发表您的看法。

谢: 您问及我这本书的特色。我的观点是社会组织、政治体系、思想、行为、传统,尤其是作为主要要素的宗教形式所有这一切构成一个整体。作为整体的各个方面都应该予以考虑。相反,如果人们认为面对的只是可互相替代的个体,如果人们假设一个人在任何地方都是不变的,那么都没有什么可以研究的。

至于工作方法,在我看来应该以文献为基础。在撰写我的著作时,我最重视的就是中国和西方同一时代的文本比照,中西文本,法文和意大利文文本的对照。可以说,这本书就是中西文献的杂集。文献的对照和分析使得我给自己提出问题,就是这样,一点一点组成这部书的材料。若从先验的观点出发,注定只能讲些平庸的见解,并从一开始就走上歧途。正如在我看来是最伟大的中国哲学家王船山所言,有即事以穷理,无立理以限事。

钱: 推动东西方全然不相了解的两大文明在 1600 年第一次相遇,首批来华的传教士担当了重要的角色,他们是基督教在中国的先驱。他们最初的成功得益于他们灵活、机巧的方针策略:即如您在书中所描述的迂回、平和、回避对抗的文化策略。这种传教策略在当时基督教内部和中国文人内部就存在分歧的看法，后来一直在学术界争论不休，成了颇为棘手的课题。作为法国的汉学家和历史学家，您对这一策略有何总体评价？

谢：传教士初来中国时，他们深信自己掌握着真理，基督教不仅在中国而且在世界各地理应战胜一切困难。他们是怀着典型的西方人固有想法和他们对中国现实既定框架来中国的：有极力与他们和上帝争斗的魔鬼撒旦，就应有驱魔的人；是上帝使人们皈依；在他们和他们受洗的朋友中也理应有殉道者，因为真正的宗教往往是人们恶意攻击的目标。而殉道者证实了基督教的真理（总的说来，这是一套不太中国化的思想）。在头脑里有这样一套想法对于理解他们用以阐释中国人的反应的策略和方法是很重要的，因为中国人完全属于另一种文化，他们没有绝对的信仰，更没有不可触犯的信条。传教士，尤其基督徒之所以表现得那么迎合并随机应变（尽管他们不会因自己为了毁坏中国的寺庙和佛像而如此表现感到局促不安），是因为情况不同于在美洲、印度、菲律宾等地，他们本身在中国并没有实力。日本和中国远不同于美洲海岸国家。你应该读读那些讲述西班牙人如何在美洲定居的著作。基督徒是想使皇帝改变宗教信仰（他们认为这样做才是坚决彻底的），为了达到目的，首先就要赢得统治阶级和文人阶层的同情。因此应该随机应变，要点手腕，混入其中，而这样就不会被他们视作狡诈无礼，既然这一切在他们看来都为着中国人的利益和上帝最无上的荣耀，他们就要让整个中国都信仰他们的宗教，致使他们野心勃勃，因而就会根据不同的阶层使用不同的手段。利玛窦著名的适应说就在于此。但是他的一些同党却倾向采取严厉手段，短时间内达成其目的。著名的礼仪之争由此产生。

钱：就严格意义上的中外文化交流史而言，促进基督教文化和中国儒家文化的真正交融，利玛窦（Matteo Ricci）无疑具有举足轻重的作用。他是近代罗马天主教在中国传教的真正奠基人，保罗教皇在 1982 年庆祝利玛窦到达中国四百周年纪念会上称利氏为"欧洲文明与中国文明之间的真正桥梁"。他的重要贡献在于寻求地球两端独立发展的两个伟大文明首次对话的共同话语，力图将两种不同文化进行"调和"和"会通"，从而构成了中外关系史上永恒而迷人的话题。您对此有何看法？两种不同形态的文明，基督教文明和儒家文明能够"会通"和"调和"吗？

谢：似乎可以，实质上不可能，利玛窦曾经尝试过，有其历史功绩，但失败了。

要想理解传教士的行为和他们诠释中国人的反应的方式，就必须按照他们的思想来思考：传教士来到中国时是深信自己掌握着由上帝亲自默启的真理的。他们深信基督教应该在世界各地获得胜利。在他们看来，他们的胜利几乎是完全的，既然他们进驻到美洲、非洲、印度和东南亚。他们认为正如他们在别的地方所做的一样，他们是来拯救中国人于永恒的地狱，把他们从魔鬼的束缚中解脱出来，借助上帝的帮助使人们皈依。他们随时准备必要时去为了证明基督教的真理而献身，因为真正的宗教总是撒旦和人类恶行的目标。中国人的所言所行应该与这些先存的心理模式相协调。

传教士在进入中国之前，从十六世纪中期起已经进驻日本，但是日本的情况非常特别。日本是一个被尚武阶级所统治的、深深浸透着佛教传统的国家。日本在十六世纪被分裂为彼此战火纷飞的无数小的封建王国，而这些小王国出于商业的利益想吸引葡萄牙的船只。传教士在那里开始很受欢迎，但从德川吞并各国起，他们就因之处于危险的状况之中。此外，因为传教士在那里得求助于翻译官，基督教和佛教之间就产生了众多的混淆。在当时的中国，情况完全不同。那个时候，传教士们不管愿不愿意都将其宗教强加在当地的民众身上。从十六世纪初起，南海地区葡萄牙人的尚武行径使当局非常头痛。有一时，欧洲人曾想到在中国发动自美洲以来的军事远征，并在中国强制推行基督教。但是，他们最终还是放弃了，因为中国离秘鲁海岸太遥远了。十六和十七世纪的中国人并不知道（可能今天的中国人也一直不知道）传教士在印度或菲律宾等地是如何传教的。在果阿，印度神庙被捣毁，印度节日和仪礼被禁止，难对付的婆罗门被剥夺了财产,或者被罚做苦工。皈依的印度儿童在传教士的引导下不得不齐声唾骂印度神明的名号。中国人对利玛窦那个时代在所有被征服的国家,甚至在欧洲本土所施行的将异教徒、同性恋者和犹太教教徒,以及被强迫皈依并被指控仍秘密继续进行过去的宗教仪式的人活活烧死的可怖的火刑仪式一无所知。1575 年和 1578 年在果阿就曾有过两次很大的火刑仪式。然而,1571 年在果阿被任命的宗教裁判所的大法官却以那些其父辈祖父辈被活活焚烧并被掘出尸骨的人为荣耀。

中国不是一个易被征服的国家。最初的两个传教士,罗明和利玛窦从 1583 年开始不得不同时被人们当作外国修道士而万分小心地推进。中国人在他们身上首先看到的是一种佛教和尚的新面目。但是中国不同于日本等被征服的国家,因为她是一个由国家高级官员统治的疆域广阔的国家。在中国文化与政治权利之间有着紧密的联系(这一特点也使其有别于印度,葡萄牙人可以通过武力定居在其西海岸的几个城市里)。然而,基督徒他们自身是修道士的同时也是一些学识渊博、颇有修养的人。因为他们想使得皇帝改变信仰——他们相信,这样将会改变整个中国的信仰——最初也是最知名的基督徒,利玛窦认为首先应该赢得统治阶层和文人们的同情。他著名的绥靖政策就是受到这一计划的启发。他在进入广东时的艰难情况逐步令其认识到他以修道士(正如基督徒在日本、菲律宾和其他地方所做的一样) 自居的错误以及必须以讲学的西士身份出现的优势,因为这是那个时代的潮流。为了能够深受大学士和高官们的欢迎,为了能够和他们去讨论,他努力去掌握中文知识以及四书五经,并且从 1595 年起,在他到达肇庆十二年后,他改换了服饰,穿着像大学士。这样他就开创了一种几乎为其所有同胞和后继者所使用的方法。他想不仅通过他对古典文学的了解而且通过他惊人的记忆力,他在数学和天文学方面的知识,他的伦理著作,他带来的新奇的玩意儿(钟表,宗教图画,西欧的书籍……)震撼和感动中国的精英们。从他旅居肇庆开始,他在居住的寺庙中所绘制的《世界地图》,或称《万国舆图》引起了当地人士极大的好奇。从1590—1591年起，他开始教授欧洲数学（他的第一个弟子就是著名的抵抗运动成员，爱国人士瞿式耜的一个远亲瞿汝夔）。这是因为利玛窦明白中国文人对伦理问题很感兴趣，他效法基督教作者和希腊罗马古代文化的作者撰写了一些伦理的小册子，如《交友论》、《二十五言》、《畸人十篇》（《天主实义》的成功也得归功于被他处理成伦理的部分）等。对于利玛窦，这些文章就已经是基督教的入门介绍。这些著作取悦了文人阶层，因为他让他们想到自己的历史传统。对于他们，书中有着一种绝妙的巧合。基督徒为了在所有的方面展现西方的优越性，他们勾勒了一幅美化过的带有假象的欧洲的图画。他们把欧洲完全描述为世界上一个和平的和有着良好的社会秩序的地区。然而，一个世纪以来，血腥的日常的暴力和宗教战争从没停止过。也是为了表现欧洲的优越性，他们在中国翻译介绍了许多的新的技术和科学的知识。我们可以看到的有利玛窦徐光启的《几何原本》，艾儒略的《职方外纪》，熊三拔的《简平仪说》、《泰西水法》，金尼阁的《西儒耳目资》，汤若望的《远镜说》，邓玉函的《奇器图说》等等。然而，这一以巩固他们的宗教为目的的策略，其结果是出乎他们所料的，因为中国的精英们感兴趣的是那些新颖的东西，但是当他们更好地了解宗教以后反而将其摈弃了。

在阅读古典文学的时候，利玛窦相信《尚书》和《大雅》中的上帝就是《圣经》中的纯洁的神灵，造物主上帝；他相信中国在基督之前的上古时代经历过一次最初的基督的默启。利玛窦和他的一些后继者们认为在任何情况下，他们所关注的是将基督教的意义赋予古典文学作品和孔子的言录来改造加工这些神灵。但是，这个方法从中国文人方面而言可能与宋朝（基督徒们视之为无神论和唯物主义的时代）评论权威们发生冲突；而另一方面，也遇到一些基督教徒和其他嫉妒基督教的宗教阶级（奥古斯丁教派、多明我会、方济各会修士，在17世纪已自菲律宾进入福建）的强烈反对。这些反对利玛窦策略的人拒绝去适应中国传统或者怀疑其效力。他们认为他不用这么谨慎，而应该严格地传授教义。这一敌意自然也延及利玛窦及其策略的认同者为赢得中国精英们的赏识所做的事情中(科学和技术的教授,传授伦理著作或宇宙志等)。尤其使那些反对利玛窦所创的如此谨慎的方法的人震惊的是,构成基督教精髓本身的东西也即基督即上帝的化身没有被传授,基督教在中国可能会以伊斯兰教和犹太教的简单变种出现。然而,对于中国人耶稣被钉于十字架上是一种侮辱性的酷刑,钉在十字架上的耶稣的图像令他们不寒而栗。利玛窦很快就意识到这一点。那场应该激起欧洲高涨情绪的宗教仪式的著名论战正式涉及的只是古典文学作品中的上帝和《圣经》中的相似之处以及对已皈依的中国人仍旧继续崇拜孔子的许可。事实上,这触及一个更加根本性的问题:是否基督教确实被传授给了中国人。

但是,在谨慎派和坚定派之间,归根结底,只是策略的不同而已。对于他们所有人来说,目的就是改变中国。尽管今天我们很自然会说到这是传教士头脑中的"两个文明的对话",但这并不是对话的问题,而是要使得中国信奉宗教该怎样去行事的问题。给中文文本一个新的意义,渗透入文人的思想中去,暂时允许对祖先、孔子,与其所联系的大学士的崇拜,被人当作文人或者从一开始就表现其是什么,也即想修道士来中国宣扬福音书?利玛窦的尝试在便于混淆基督教和中国人的概念的范围里可能允许一些"宗教信仰的改变",因为改宗一词所隐瞒的事实从没有那么简单。但是借助古典文学,并想说服他们并不完全理解的文人阶层,利玛窦与他的信徒们走进了一个死胡同。此外,从中国人的观点出发,一方面不能接受其以文人自居的方法混合;另一方面也接受不了耽于那些驱魔法中。

我认为,不应该把这"两个文明冲撞"的结果看得太重要。基督徒的确使得一些西方传统得以传播(尤其是技术和科学),但是应该睁大眼睛,分析一下这些东西带来的后果。《几何原本》就是通过利玛窦的讲解,由徐光启翻译的。这本书非常不适应中国传统,中国人又以其自己的方法重新诠释过。该书有一些影响,但不是以其最初的形式。从普遍的方法看,许多中国人欣赏那些以"求问和探索"为主的他们称之为西方方法论的东西，要看的不是理论的方面，而是适用于那个时代的方面。当人们研究利玛窦主要著作《天主实义》时，会看到他在书中铺呈了一系列的抽象论据。这些论据完全不同于中国传统，中国人喜欢的是利玛窦那有着与中国道义相合之处的道义。利玛窦的论据是基于亚里士多德理论上的十一至十六世纪的中世纪经院派论据。这一极其贫乏的经院派理论已经被那个时代正在发展的从伽利略到牛顿的古典主义理论的学者所摒弃。这里我并不想花时间谈论这些细节。归根结底，之所以基督徒带来的革新在中国的影响不可能十分深远，是因为思维模式、历史传统、知识基础是大不相同的。

钱：事实上，利氏这种"合儒"或"补儒"、"调和"、"妥协"的文化策略，在当时具有开放心态的知识精英中如徐光启、李之藻等人得到了积极真诚的回应。利氏与这些基督文明皈依者(确切地说是接受者)在解读儒家经典，特别是儒家著作中阐释"天"和"上帝"与Dieu时，"达成了以误解为基础的默契"(见原著第100页)，甚至是"共谋"，因而播下了达一个世纪之久的"礼仪"之争的种子(见原著59页)。不管利氏与中国文人之间这种"误解"与"默契"是否有意或无意(见原著51页)，但却是客观存在的事实，您如何评价它呢？特别是这种误解已达到了心照不宣的一种"默契"，甚至"共谋"的程度，您是怎么认识它呢？而"误解"又是两种不同文化交流中无法避免的认知现象，应赋予它何种文化内涵呢？

谢：今天中国有一些人认为欢迎基督徒的大学士和高官比那些抨击它的人更为开明。这是一个必须仔细研究的复杂问题。举一个技术方面的例子，传教士使中国人认识了自远古以来在欧洲被使用的螺杆。这种新的装置并没有被接受，或者因为它不符合需要，或因为它不适应包含不为欧洲人所知的传动皮带和曲柄的中国整体技法所构成的体系。在数学和天文方面，如果说计算制度曾被接受，那么理论对于中国的传统来说相当陌生以致不能被接受。比如说《几何原本》(前六章由利玛窦释意，徐光启翻译)就是如此。徐光启长期受到利玛窦的教导，他可能理解抽象的推理，但是中国的数学家习惯于使用图形和数字，他们以自己的方式重新解释这本书。他们认为该书废话连篇并急于除去那些废话。该书有着不可否认的影响，但是是在第一次编辑之后且是间接的：它激励中国人去重新找回他们古老的数学传统，并在某些方面加以完善。就这样中国的数学传统能得以流传至十九世纪。同样地，当我们研究利玛窦主要的著作《天主实义》的内容时，从中能找到一系列的完全不同于中国传统的抽象论据（亚里士多德的四因素，灵魂的三类型，内涵的三形式，恒等式的七种形式……等等）。这些曾在十一——十四世纪的中世纪经院派辩论中被使用的论据再次在 16 世纪的学校中教授，是为了以一整套对抗异教徒观念的逻辑论证来武装未来的传教士，并将其作为基督教真理的证明。利玛窦就是这样极力反驳他不能理解的中国传统（阴阳，太极，性善……）和佛教概念（业缘，生死，不杀生……）。这一经院派理论在那个时代是为那些将欲发展从伽俐略到牛顿的古典科学的学者所摈弃的。我在这里并不想做复杂的解释。然而，在中国这种经院派理论被认为太做作。

在天文方面，传教士很晚才取得了与在欧洲相当的进步。从清朝开始，他们将自身局限在对建立历法和日月食计算有用的东西方面。归根结底，之所以基督徒带来的新鲜玩意很受欢迎并被接受，是因为它们没有与中国的习惯相左（如王征深感兴趣的《奇器图说》，徐光启感兴趣的《泰西水法》中的一些机械，刘献廷在他关于书写和语言的研究中获取灵感的《西儒耳目资》，还有丝毫没有困难就被接受的地球经纬线划分）。然而，所有抽象理论和推理太不同于中国的知识分子的传统，以致不能真正改变思想的模式。

徐光启《补儒易佛》的用语应该根据时代和利玛窦的策略来理解。利玛窦研究了古典作品（他相信于其中能够重新发现一次古老的基督默示的痕迹），并且一心想要成为文学传统的捍卫者和佛教的劲敌。那是一种手腕——在传授技术和科学的同时——明确地和与佛教影响及宦官党为敌的一股文人阶层步调相一致。这样，就有几个的确为基督徒带来相当重要的帮助的东林书院成员。满族的进驻改变了许多东西，而欧洲这边为了发展教理丝毫没有妥协的更加严格的宗教制度也发生了转变。您看到我很关心从历史沿革的角度来确切地定位事物。人们忘记了在这半个世纪或四分之一世纪世界正在发生着变化，在那些年代中国和其他地方都一样在变化。所以，当人们论及"两大文明的冲撞"时，用语未免太泛太模糊以致表达不出什么东西……

钱：再看传教士另一个传教的策略："辟佛"。基督教东进之初，曾与中国佛教僧侣(见原著 103 页)有着良好关系，利氏入华之初还身披婆裟，因而世俗人把传教士视为新的和尚 (见原著 103页)。后来传教士辟佛合儒的政策出台，才正式把佛教徒当成了公开的敌人。而十七世纪敌视传教士们的一大批著作均出自僧侣和同情佛教的文人之手(见原著 108 页)。如果基、佛两宗教如您所说，"不仅具有纯粹形式上的相似，而且还有深刻的类比性"(参见原著 108 页)，那么，据您看，传教士辟佛的用心和实质何在？作为东西方两种不同的宗教，基、佛到底存在怎样深刻的类比性？对照二十世纪佛教进入基督教故乡的文化现实，到底如何评价基督教东进时的"辟佛"方针？

谢：在中国民间传统中和尤其是在佛教概念中可能有时有一些与传教士的信仰和训导相似的地方：在民间教派中的相信未来世界的终结，在那里只有信徒将获救，在佛教中相信天堂和地狱，苦行禁欲……但是一个特别特殊的因素使得传教士的宗教与众不同，那就是他们专横和惟我独尊的特征。对基督教的迷恋意味着一个根本的选择：所有皈依的人应该彻底与其过去决裂，烧毁其住所中所有可能被当作异教徒的东西 (佛祖塑像或画像，道教护符，佛经，相书……)。相反，中国人心甘情愿地将教义和宗教崇拜混为一谈。这种方法包含一种非常有别于那些以仪礼的效力而不是以信条为重的宗教事物的概念。龙华民神父在其专著中特别提到他曾就《中国之宗教》写到，十七世纪初最著名的皈依人士之一的也是人称"开教三大柱石"之一的杨廷筠(1557—1628)认为"三教"与传教士的训道完全一致。杨廷筠还说到正如中国人一直所做的那样，在将天与地，乾与坤结合被传教士视作是一种可怕的亵渎的同时应该尊重"天与地"。如果一个如此著名的皈依徒这样表述，人们就可以设想不太有学问的皈依徒对基督教能理解到哪里去。当传教士以一种根本的方法区分真理和错误时，当他们的宗教建立于不可触犯的教义之上时，中国人认为人们总会处理好的，事物从来不能如此清晰地以善恶和真假来区分。

徐光启《补儒易佛》中的用语应该既可以根据利玛窦的策略也可据时代来理解。利玛窦相信能够在《尚书》和《大雅》的诗文中找到古代基督默启的痕迹，他还研读了《四书》和《五经》，他一心想要表现为古文学传统的捍卫者和佛教的敌人。他摈弃佛教并颂扬孔子和古典文学的同时，还教授科学技术，这完全与那个时代高官和文人阶层的潮流相合。最先使得基督徒，尤其是使利玛窦获得成功的是这种特别的历史的结合。自陈白沙（1428—1500），王阳明（1472—1529），王心斋（1483—1541），王龙溪（1498—1583），李卓吾(1524—1602)以来，这些非常君子的人，决心去与宫廷太监制造的恐怖活动和盛行的腐败做斗争，他们想恢复更加严格的道德伦理和对古典文学的正确注释。他们摈弃十六世纪流行于佛教和孔学之间的概念混淆，利用李卓吾和王阳明学派的左派方法，谴责那些关于古典文学的解释。此外，他们对那个时期力量被削弱并受到威胁的中国东北边界的管理和防御具体实施的问题予以极大关注。这股潮流尤以围绕东林书院和一些确实给予基督徒相当重要的帮助的人为代表。《补儒易佛》从字面应该被理解为古典传统复兴的希望，是以回归到政府的具体问题和严格的伦理思想为特征的。就是在这个意义上，利玛窦和他的同胞带来的科技上的新产品和伦理道德的传授"补足"了孔学。徐光启的用语因此包含着一种宗教于其中不占多大角色的诸说混合的新形式。

钱：当然，无论是"合儒辟佛"，还是"辟佛补儒"的策略，在十七世纪都没有使基督教最终赢得胜利。除了其根本对立的属性所致外，还有重要的一点，它遭到了中国文士中大部分保守派的强烈反对。正如您在书中多次描述、多次指出的，这种认识是由中国大多数文人的思维定势、恐惧的心理倾向,或曰"文化主义"所决定的(见原著 177 页)。如何理解、如何评价中国文人中这种反基督教的心理和行动?他们比较敏锐地看到了中西文明冲击的实质,却又拒绝对话和交流。这种"文化主义"是否就是弱国知识分子的一种危机意识或危亡意识的一种反映?

谢:应该称那些敌视传教士的活动和影响的文人为保守派吗?依我看,他们中的一些人从中看到对中国文明的威胁是正确的。这些反对传教士活动的人也是爱国人士。在中国基督教不代表着"进步"。在我看来,自十九世纪末,尤其是自五四运动以来,中国人对自己的传统怀有歧视和严重的无知。谴责文化传统,全部摈弃中国文化带来的关于人类和宇宙的细腻而深邃的思考的成果,这在我看来是极大的遗憾。中国的历史文化传统与基督教显示了非常的不同。一想到创造世界和从外部指挥世界,中国更倾向自然本身拥有其自己的动力:就是这种自然的东西是好的,而不是那些人为的东西。对于不停地与被原罪所污染的人文自然做斗争的基督徒来讲,如果老天是上帝的一种称呼,那么在中国常常有一个自然的等同物,在那里,天然就意味着自然的。

我不明白您为什么将那些敌视传教士的影响和活动的文人称作保守派。首先,在文人中,有一些非常不同的潮流和非常有修养和智慧的人能够清楚地看到存在于传教士的传授和布道活动中对于中国文化的威胁。对于人们的爱国心和为捍卫文明而忧心忡忡是无可指摘的。不过,在我看来,自五四运动以来,中国人中存在着对其自身文明的轻视和严重的无知。批判"孔学"(我呢,并不太懂孔学,),全盘否定中国文化细致而深邃的关于世界和人类的思考的一切,我认为是一大遗憾。中国的历史传统有着生活和世界运行方法的意义,这是令人羡慕的并且非常不同于人们在西方的哲学和思想史中所发现的。在中国人们发现这样的观点,大自然本身有其自身的活力:正是那些自然的东西是好的,而非那些人工的东西。我认为很显然,基督教从其道德总则而言无论丰富性还是不同的观点上,是与中国历史传统相悖的。

58

中俄文化交流的过去和现在

[俄]李福清*/陈建华

陈建华（以下简称陈）：很高兴有机会在莫斯科与您就中俄文化交流的话题进行对话。您是俄罗斯成就卓著的汉学家，不仅对中俄文化交往的历程有深入的了解，在您撰写的许多著作中还体现了对东西方文化关系的独到思考。

李福清（以下简称李）：我也很高兴与您就这一话题谈谈自己的看法，俄中学者之间进行这样的对话是很有意义的。您对俄中文化关系有专题研究，俄国也有关心俄中文化关系的学者，譬如不久前在纪念中国诗人李白诞辰 1300 周年的活动上，您曾遇到过的一些俄国学者。

陈：您提到的那次活动，很有意思。参加那次活动的大多是著名的俄罗斯汉学家，不少人年事已高，但他们都顶着隆冬季节夜晚的寒风，赶到了中国大使馆，情景很感人。那天晚上，除了您以外，我还与索罗金、博克沙宁、谢曼诺夫、沃斯克列辛斯基（华克生）和费奥克基斯托夫等教授和学者进行过愉快的交谈。与会的这些俄国学者在中俄文化交流方面都做出过卓越的贡献。

在长期的中俄文化交往中，汉学家的作用是有目共睹的，优秀的汉学家是当之无愧的文化使者。我想，我们就从俄国对中国文学的介绍开始谈起。据我所知，最早出现在俄国的是苏玛罗科夫翻译的杂剧《赵氏孤儿》的一个片段，译作依据的是法国传教士马若瑟的德文转译本，此剧后来还有过俄文小说改编本。这种转译、改写

---

* Борис Львович Рифтин（中文名为：李福清，1932—   ），俄罗斯科学院世界文学研究所研究员，科学院通讯院士，博士。

和改编在早期译介中是不是一种普遍现象？

李：是比较普遍的现象。早期俄国翻译的中国文学作品大多是从西方文字转译的，后来也从满文转译。我认为，借助中介语言转译是不同国家的文学在相互交流的最初阶段常常会出现的一种现象。

俄国相对完整地译介过来的第一部中国文学作品是1763年《学术情况通讯月刊》上发表的《中国中篇小说》，从英文转译。这篇作品实际上是《今古奇观》中的话本小说《庄子休鼓盆成大道》，原作的基本情节保留了，但细节有出入，特别是结尾与原文明显不同。没有了道教思想，却有些西方的幽默。

有些中国古代小说的俄文译本是从满文材料转译的，如弗拉德金翻译的章回小说《金云翘传》，这部小说的满文抄本估计已是孤本，目前手稿藏在圣彼得堡东方研究所内，这是最早译成俄文的中国章回小说。

十九世纪，俄国开始有人直接从中文翻译中国作品。1832年，文集《北方花朵》中刊出《好逑传》第12回，这是一位尚待考证的汉学家从中文翻译过来的。译者依据的是何种版本不清楚，因为它与其他版本有出入。译本总体不错，但原文中的对白常常被简略，动作描写的连贯性有时也被破坏。

1835年，圣彼得堡出版了列昂基耶夫斯基译的"中国的中篇小说"《旅行家》，我发现它是被改编成小说的王实甫的杂剧《西厢记》。译者是依据已有的本子，还是自己将剧本编译成了小说，现在不清楚。译本与原作在体裁、人物和情节上均有出入，有些场景和对话的描写可能出自译者之笔。

当时的译者随意改动原作的现象并不罕见，显科夫斯基的译作甚至被评论界称为"伪中国文学作品"。他在1839年发表的译作《樊素，或善骗的使女》与元杂剧原作《邹梅香骗翰林风月》颇有距离，不仅添加了人物，还改动了情节。这种改写不局限于个别词句，而体现在整个情节线索上。这种改写或称"伪中国文学作品"也是两国文学交流中很有意思的现象。

陈：这种转译、误译、改写等现象在中国早期译介俄罗斯文学时同样存在，我在《20世纪中俄文学关系》一书中对此也作过一些研究，其中确实蕴含着很丰富的和很有价值的文化现象。

您刚才没有提到《红楼梦》，能不能介绍一下有关的情况？

李：俄国汉学家对《红楼梦》的兴趣一向较浓。从十八世纪末开始，到过北京的汉学家陆续带回俄国的《红楼梦》版本相当多。据我统计，俄国藏有约六十种旧版本。1843年《祖国纪事》第一期在刊出俄国人德明的《中国旅行记》第九篇时有一附录，此附录即该小说第一回前半回。尽管只是选段，但这是世界上最早的《红楼梦》节译。这个德明是谁？曾经是个谜。前些年，我才发现这是当年随教士团来中国的矿业工程师柯万科。柯万科读了《红楼梦》后十分喜欢，回国后曾向矿业协会负责人推荐翻译此书，未获响应，否则《红楼梦》的俄文全译本会提前一个世纪问世。

不过，当时汉学家们带回俄国的《红楼梦》抄本很有价值。我1962年在列宁格勒（即圣彼得堡）发现了一种从未见到过的80回《石头记》抄本，其中有大量异文和前所未见的批注，如第三回就有47处眉批和37处夹批。我和孟列夫教授合写了一篇文章《新发现的〈石头记〉抄本》，首次对这个抄本作了描述，并提供了俄藏《红楼梦》续作的各种版本资料。1986年，北京中华书局影印出版了《列藏本〈石头记〉》。

陈：这个影印本在中国文坛曾引起很大反响，被称为是"晚近《红楼梦》版本学上的又一重大发现"。有专家研究后认为，这一抄本是小说早期印刷前校阅过的最完整的一个本子。舒芜先生称之为："沧桑历尽，始赋归来，实乃书林盛事，文坛佳话。"

俄国的汉学家在研究领域也取得过令人瞩目的成就，世界上第一部中国文学史和是第一部研究中国神话的著作都由俄国汉学家写就的。我已了解瓦西里耶夫《中国文学史纲要》的内容，您能不能再介绍一下它的撰写背景和创新之处？

李：《纲要》的撰写与著名学者科尔施有关，当时他计划编写出版《世界文学史》，其中包括中国文学部分。瓦西里耶夫多年来一直开设中国文学方面的课程,所以承担了这个任务。

《纲要》比起其他国家的类似著作早了二十多年。它涉猎的面很广,这与作者认为文学是一切文章典籍的总和有关。这部著作中谈文学的部分有不少创新之处。如反对儒家对《诗经》的传统解释,并首先倡导收集和研究中国民歌;强调中国戏曲的民间渊源,注意到戏曲与小说的关系,最早提到中国戏剧可能受到印度梵文戏剧的影响;在谈到中国的诗体小说(指的是弹词)时,主张不应该忽视这些"语言俚俗"的作品的存在;认为中国文学在与欧洲文化的交流中将会变得更加丰富和鲜明,它将融入欧洲的思考、学识和精神,但不会丧失自己的传统和特点。其中不少观点经受住了时间的考验。

陈:不仅是汉学家,俄国不少优秀的作家也与中国文化发生过联系,由于对中国文化了解的程度以及所持观点的差异,他们对中国的态度各各不同。如别林斯基认为中国文化处在一个很高的发展层面,但是不同意汉学家比丘林对中国现实和中国文化的泛美之词。冯维辛、拉季谢夫、普希金、果戈理、赫尔岑、车尔尼雪夫斯基、屠格涅夫和陀思妥耶夫斯基等作家也都有过关于中国的表述,不过因无缘亲身感受中国和中国文化,这种表述往往带有隔膜感。

契诃夫当年在前往萨哈林岛途中与中国人有过短暂的接触,他的印象式的文字相对于那些"美丽的想像"更贴近真实。十九世纪中期,冈察洛夫到过中国。他对当时积贫积弱的中国社会作了多侧面的描写,对英国人侵略者的谴责充满义愤,对中国人民的不幸抱有人道主义的同情,但是其中又蕴含着居高临下的怜悯和对中国社会出路的错误判断。列夫·托尔斯泰对中国文化的兴趣最浓,他热烈关注中国古代哲学思想,其起因与作家紧张的思想探索和人生追求密不可分。在他的有关表述中,既有精辟的见解也有误读的成分。

从俄国作家对中国文化的态度和有意无意的误读中同样可以发现中俄文化联系的某些独特之处。

李：中国悠久的传统文化对俄国作家和俄国社会产生过广泛的影响，可以说，二十世纪以前俄中文化交流几乎是单向的，主要是俄国对中国文化的介绍和接受。

陈：应该说中国很早就开始关注俄国，但是由于社会历史条件的限制，中国直到19世纪后期才开始有了对俄罗斯文化的零星介绍，如1872年在《中西闻见录》创刊号上刊出的《俄人寓言》等。到了二十世纪，特别是"五四"运动以后，情况发生了根本性的变化，中国开始全面介绍俄苏文化，俄苏文化日益深刻地影响了中国。

"五四"以来的中国作家强烈认同俄苏文化中蕴含着的鲜明的民主意识、人道精神和历史使命感。中国对俄苏文化表现出空前的热情，俄罗斯优秀的音乐、绘画、舞蹈和文学作品曾风靡整个中国，深刻地影响了几代中国人精神上的成长。

我这次在俄罗斯参观了不少文化名人的故居，如雅斯纳亚·波良纳的列夫·托尔斯泰故居、奥寥尔的屠格涅夫故居、克林的柴可夫斯基故居、莫斯科的陀思妥耶夫斯基故居、梅利霍沃的契诃夫故居、佩列杰尔金诺的帕斯捷尔纳克故居、康斯坦丁诺沃的叶赛宁故居、索契的尼·奥斯特罗夫斯基故居、下诺夫戈洛德的高尔基故居、乌里杨诺夫斯克的冈察洛夫故居、卡拉比哈的涅克拉索夫故居和维奥申斯克的肖洛霍夫故居等，所到之处都有一种似曾相识的亲切感。

可以说，除了俄罗斯本土以外，中国读者和观众对俄苏文化的熟悉程度举世无双。在高举斗争旗帜的年代，这种完全不同于西方的外来文化不仅培育了人们的理想主义的情怀，而且也给予了我们当时的文化所缺乏的那种生活气息和人情味。因此，尽管二十世纪两国之间的国家关系几经曲折，但是俄苏文化的影响力却历久而不衰。

不过，中国在接受俄罗斯文学时也存在着大量的误读现象。以普希金为例。诗人的名字进入中国后近三十年，人们只见其小说而未见其诗歌。主要原因是二十世纪前期的中国文坛对小说的重视超过诗歌,对现实主义作品的重视超过浪漫主义作品,对普希金诗歌的魅力缺乏了解。而中国评论界在相当长的一段时间里为读者提供的则是革命诗人普希金形象。原因如胡风所说,新文艺"潜在的革命要求"让"普希金终于被当作我们自己的诗人看待。"当政治风向发生逆转时,普希金又从被偶像化的"革命诗人"变为遭唾弃的"反动诗人"。直到80年代,中国的普希金译介才走上健康发展的道路。可见,对于任何一种外来文化的倾斜的接纳都会导致不良的后果,过于浓厚的政治倾向和功利色彩更会妨碍人们对外来文化的全面和客观的了解。

李:我同意您的观点,俄中两国在这方面都有值得吸取的教训。二十世纪苏联对中国文化的介绍虽然不能与同时期中国介绍俄罗斯文化的规模相比,但是它也有很大的发展。如著名学者斯卡奇科夫的《中国书目》中收录的1730年至1957年间俄苏出版和发表的相关著述就达两万条,其中大部分是二十世纪的成果。苏联汉学研究的深度和广度上也是过去所无法比拟的。遗憾的是,与中国的情况相似,苏联在介绍和研究中国文学和文化时也受到过各种不应有的干扰。

陈:据我接触的材料看,苏联汉学研究的领域更加广泛,视野开阔,视角新颖,也更加贴近中国的现实,中国的政治经济、社会历史、语言文字和文学艺术是成果最为丰厚四个主要领域。我们是否还是局限在文学这个范围内,看看苏联汉学界做出的成绩。

李:要说苏联汉学的成就,阿列克谢耶夫院士是最好的例子,他是二十世纪苏联新汉学的奠基人,一生著述多达260种。在文学研究方面,他的巨著《中国论诗人的诗篇——司空图的〈诗品〉,(译文与研究)》是有代表性的。他不仅仔细分析了司空图使用的术语和概念,考察了中国文学中重要的形象和概念的来源,研究了庄子对司空图的影响等,还对《诗品》进行了比较研究,强调了它在世界文学中的意义。他是汉学界最早开始进行中外文论比较研究的学者。他一生翻译了相当多的中国古典文学作品,其中他译的《聊斋志异》尤其受到欢迎,发行了100多万册。2000年圣彼得堡东方学中心出过一个新版本,其中有他的女儿写的后记《蒲松龄的朋友与冤家》。

苏联汉学家中有不少人是阿列克谢耶夫的学生,可惜有些人在二十世纪 20—30 年代被捕或者在反法西斯战争中死去,幸存者中有相当一部分人成了著名的汉学家,在中国文学研究方面就有艾德林、费德林等很有成就的学者。艾德林为介绍中国文学做过很多工作,他最有影响的著作是《陶渊明及其诗歌》。费德林对中国古典文学和现当代文学都有研究,与阿赫玛托娃合作翻译过《离骚》,翻译过鲁迅、茅盾、郭沫若等作家的作品,出版过不少研究专著。

当年在苏中关系友好的大背景下培养的一批汉学家,带来了 20 世纪下半叶苏联中国文学研究的繁荣。有关情况我曾经在《中国古典文学研究在苏联(小说、戏剧)》和《中国现代文学在俄国(翻译与研究)》中作过专门的介绍,这里就不详细展开了。

陈: 当代中国在译介苏联文学方面也有不少成就,当然走过的弯路似乎更多些。建国初期,中国文坛对苏联文学全盘接收,但非主流派的作家是排除在接受视野之外的。二十世纪 60—70 年代,两 国文学关系进入了疏远时期,俄苏文学作品均被排斥,不过它们作为一股潜流依然存在。80 年代,中国再次出现大规模译介苏联文学,特别是当代苏联文学的热潮。这些作品表现出的强烈的反思意识,对人性和人情的热忱呼唤,成为中国作家重要的借鉴对象。当然,新时期的中国作家也更多地持有了选择的目光。

中国新时期俄苏文学研究的领域也明显拓展。这一时期所取得的成果既表现在数量上,也表现在研究的视野、角度和方法的突破。这些成果或全面剖析苏联文学思潮,或以文化为大背景来研究俄国文学,或从新的角度切入重新考察经典作家,或认真探讨"白银时代"文学,或特别关注苏联解体后的俄国文学,或系统梳理中俄文学关系的发展历程,或深入评述巴赫金等思想家的文化理论,或多方位思考俄国文学史问题……我在自己的著作中对此有比较具体的介绍，这里不展开了。世纪之交，中国的这种研究势头并未减弱。

李： 80年代，苏联文坛同样出现过译介中国现当代文学的热潮，中国当代著名作家的作品很受欢迎，翻译家愿意译，出版社愿意出，读者愿意买。王蒙小说的俄文译本的印数曾达10万册以上。我那年在北京见到王蒙先生，把这个消息告诉他，他起初还不相信。后来得到确信后，王蒙笑着说："李福清，我现在的主要读者不是在中国，而是在苏联。"

当时我编的中篇小说集《人到中年》和《冯骥才短篇小说集》出版后也非常热销。冯骥才的那本，出版社只给了我一本样书，我跑了好几家书店，才又买到3本。《人到中年》也是这样。同事告诉我阿尔巴特街的书店里这本书上了架，我赶紧跑去买。到了那里，我说要买10本，书店营业员说每人只能买1本。我说我是这本书的编者，她不相信，要我说说书中的故事情节，我说了其中一篇的内容，她才答应我买5本。

这些书当时为什么会这么热销呢？原因是多方面的。经过一段时间的隔膜后，苏联读者对中国和中国文学有浓厚兴趣，这些作品不少是反思极左时代带给人们的精神和肉体创伤的，内容感人，苏联那时这样的作品还不多，一些老人读了这些中国作品还流泪，因为它们勾起了他们对当年经历的回忆。中国当代文学作品中的传统文化因素也是读者感兴趣的。我与《人到中年》的作者谌容有过交谈，她使我注意到了作家笔下的主人公陆文婷身上所凝聚的中国妇女的传统品格。中国不少当代文学作品往往还巧妙地融入传统题材和手法，如冯骥才的小说《雕花烟斗》和阿城的小说《棋王》等。

现在情况不同了。首先是经济的制约，出版社觉得出版中国当代文学作品不如重印古典作品划算，译者对翻译中国文学作品的稿酬过低也不满（1印张才600卢布），不愿再译。其次是作品的艺术魅力问题，目前的中国文学作品的吸引力似乎不如80年代。作品的吸引力很重要，譬如艾特玛托夫，他写吉尔吉斯民族的作品

——好! 在当年的苏联和中国都很受欢迎,可是他近年来写的作品就没有了这样大的吸引力了。

陈: 90年代以来,中国译介俄苏文学也开始进入低潮。除俄国古典文学作品继续保持良好的出版势头以外,当代作品译介数量锐减。原因与俄国也很相似。经济制约是一个因素。中国加入世界版权公约,不能随便翻译别国的当代作品,要译就得付钱,不少出版社自然不愿出了。但更直接的原因恐怕还是读者兴趣的转移。如今的人们面对的是远比过去丰富的世界,有了更多的选择权,包括阅读的选择权。此外,当代俄罗斯文学同样也存在对外国读者的吸引力的问题。

我在莫斯科等城市走了不少书店,看到了一些俄文出版的中国书籍,但总体数量不多,文化类的书籍多的也是中国古代的作品,如唐诗、宋词、明清小说,以及古代思想家孔子和老子等人的著述,而当代文学的俄文译著在书店里难见踪影。除了您说的经济等原因外,是不是说明当今的俄罗斯人对中国和中国文化缺少兴趣呢?

李:中国当代文学作品译得少并不能说明俄罗斯人缺少了解中国的兴趣。近些年来,俄罗斯学中文的人多了,连莫斯科物理技术学院都设了中文系。除莫斯科外,许多城市都开设了中文学校,总数大概在20所以上。当然,许多人学习中文与中俄经济交往逐步密切有关。

就研究中国文学的学者队伍而言,如今在俄罗斯人数不是很多。70至80年代多些,现在有的去世,有的去了外国,有的转了向。现在研究中国社会、政治、哲学和历史的人相对多些。不过,仍有一些学者在坚持进行中国古典文学和现当代文学的研究,包括新成长起来的年轻人,您上次在东方研究所参加学术会议时见到的那个年轻人就很不错;也仍有一些研究中国文学的著作陆续问世。我相信,只要文学翻译和研究的大环境得到改善,会有更多介绍中国文学的著作出现。

陈:我也相信这一点。不久前,研究二十世纪俄罗斯文学成就卓著的阿格诺索夫院士曾谈及现当代俄罗斯文学与中国文化的精神联系。他提到普里什文作品中的中国主人公、睿智的猎人卢文，提到早年旅华的俄罗斯诗人有关中国主题的大量诗篇（最近莫斯科出了一本收录甚丰选本），提到布宁、波普列夫斯基、古米廖夫、阿赫玛托娃、阿纳托利·金、叶尔马科夫和莫尔申等众多现当代俄罗斯作家对中国古代精神文化的吸纳。他还自信地认为，这样的情况还会增加。

我在与俄国学者接触时也深切地感受到了他们对中国文化的热忱。比如说莫斯科大学教授华克生，他在中国明清文学和现当代文学的翻译和研究方面出了许多成果，如今仍天天笔耕不缀。他的书房内的陈设充满中国情调：精美的中国茶具、鲜艳的中国结、别致的京剧脸谱、满架的中国书籍，以及各种各样的中国工艺品。我还在俄罗斯科学院远东问题研究所见到过一个主要由从事中国文化研究的学者组成的"爱中国俱乐部"这样的团体，很为俄罗斯学者对中国的这份真情所感动。我觉得只要有这样的精神联系存在，中俄两国对对方国家的文学的译介也将绵绵不断，并会出现新的发展势头。

我知道，您关注东西方文学关系，对文学比较研究的方法论问题也很重视。您能谈谈这方面的见解吗？

李：我想，我应该从俄罗斯在进行这样的研究时所具有的传统特点谈起。

俄罗斯研究文学的特点之一是历史性很强。可以说从十九世纪下半叶开始，俄国学者就注意到了文学发展的历史阶段的问题，并力图在自己的研究中呈现这样的发展阶段。维谢洛夫斯基院士很早就开始研究"历史诗学"问题。历史诗学的任务是研究各种文学的种类、体裁、描写方法等的历史发展，"文学"这个概念的演变，诗学的各种历史类型及其与时代的关系。进行比较文学研究一定要注意文学的历史类型，把不同历史类型的作品或文学现象随意放在一起比较，往往会导致非学术性的结论。

俄罗斯研究文学的另一个传统特点是强调从世界文学发展的

角度来考察各国文学。阿列克谢耶夫院士就非常重视把中国文学理论放在世界文学的背景上加以考察。我们研究所编的 10 卷本《世界文学史》也体现了这一特点。它既要呈现世界文学的发展规律，又要凸现每个民族文学各自的特征。这本文学史特别注意文化区的划分，力图显示出各文化区的发展规律、文化区之间和文化区之内的关系。我参加了这项工作，这样的学术经历自然也会影响我自己的研究方法。

陈：以日尔蒙斯基为代表的当代俄苏学者强调文学关系研究中应注意类型学的相似与具体影响这两个相辅相成的侧面，文学关系研究不能把影响研究与平行研究人为地割裂开来。有的学者还大力倡导以宏观的视野和有机整体的意识考察研究对象，提出了"特定的历史文学综合体"的概念。这些都是很有见地的看法。

李：您提到的日尔蒙斯基院士是维谢洛夫斯基的学生，一位在比较文学研究领域做出过重要贡献的学者。他写过一篇长文《东西方的文学关系与史诗的发展》，以欧洲史诗，以及突厥蒙古语系、芬兰乌果尔语系和高加索的史诗为材料，论述了史诗的母题、情境、特殊的叙事主题、人物类型的类型共同性等重要问题。在这篇文章中，日尔蒙斯基不仅分析了口头史诗的原始民间文学形式，而且指出在东西方书写史诗中存在着与口头英雄史诗类同的母题、情境和主题。这样的研究很有价值。但是，由于他不是汉学家，他没有研究远东和中国。我试图继续他的研究，证明史诗母题在那里也存在，这一地域各民族的史诗创作也同样遵循这一文学门类共同的艺术发展规律。

我在自己的专著中谈到，在中国人的创作中（汉族没有史诗，所以这些母题保存在传说中，从传说进入戏曲和小说），我们可以看到不少与其他民族相似的母题，如英雄结拜或者双方对阵的典型的史诗情境，阵前的自夸和对对方的辱骂，对主人公超人体力的夸张，对勇士的兵器和他们神勇的战马的描写等。我希望通过母题研究，阐明汉族民间文学中也有世界史诗典型的母题，中国文学有与其他国家的文学相似的发展规律。

我注重的研究方法是：从作品最小的情节单元或细节着手，作系统性的研究，例如研究故事，不仅研究情节、母题，还探讨故事的艺术世界，同时兼及文学发展规律和中国文学在世界文学中的地位。我力图将历史诗学观运用于中国文学的研究和东西方文学的比较研究，中国文学历史悠久，资料丰富，历史诗学研究有广阔的用武之地。

陈：您能否对"历史诗学"作较为明确的界定？

李：历史诗学是一门专门的学问。它从世界文学发展进程的角度研究诗学意识的演变，这一进程与社会发展阶段有密切的关系。做历史诗学研究必须用比较文学的方法，这是为了显示各种文化（文学）的诗学特点并发现它们的共同来源或类型，这些类型显然与人类知识、人类意识的发展规律有密切关系。从历史诗学的角度看，我们可以将世界文学史分成几个大的类型，如古代文学类型、中世纪文学类型、现代文学类型等。每个类型有自己的特点，每个类型也处在自身演化的过程当中。

历史诗学也从文学演化的角度研究文体、风格、情节和描写方法。历史诗学研究特别注意文学的来源问题，也就是说特别注意所谓原始口头文学，因为口头文学或称民间文学是作家文学的基础，许多作家文学创作的方法、情节、母题等等大都是在民间文学基础上产生与发展的。历史诗学研究重视研究文学体裁的特点及演化，因为体裁是古代和中世纪文学非常重要的范畴。

有兴趣的话，可以看看我的一些文章，如《从历史诗学的角度看中国叙事文学中人物描写的演化过程》、《中世纪文学的类型和相互关系》、《中国〈黄粱梦〉与西班牙小说来源》、《关于东方中世纪文学的创作方法问题》、《中世纪中国历史演义形象结构中的类比原则》、《中国历史演义中的文体问题》、《从比较神话学角度再论伏羲等几位神话人物》、《三国故事与民间叙事诗》等，我在这些文章中的思想方法是一以贯之的，我的研究是沿着维谢洛夫斯基开创的方向进行的。我认为应该加强对维谢洛夫斯基、什克洛夫斯基、梅烈金斯基、普洛普和巴赫金等人的理论的研究。

陈：近年来，中俄两国翻译出版对方国家的当代文学作品的数量虽然不多，但是两国文化界的直接交往却明显增加。以我所在的上海为例，俄罗斯就有不少文化团体来访，如著名作家格拉宁率领的作家代表团前来访问，科学院世界文学研究所所长库兹涅佐夫率团参加"苏联解体后的俄罗斯文学研讨会"，俄罗斯美术家协会主席西多罗夫率团参加"俄罗斯当代画家作品展"，叶卡捷琳娜堡美术馆前来举办"俄国绘画三百年展"，莫斯科大剧院送来经典剧目《天鹅湖》参加"上海国际艺术节"等。到我们学校"俄罗斯研究中心"来访问或交流的俄国客人也不少，如俄罗斯总统普京的夫人柳德米拉·普京娜、俄中友协会长季塔连科、俄罗斯青年代表团等。上海方面来俄访问的作家、学者和其他文化界人士也比过去有所增加，如上海高校的一个学者代表团 5 月份访问莫斯科；我从俄罗斯作家协会外联部部长巴维金那里获知上海作家协会也即将派一个代表团来俄罗斯进行交流。

多年来，您一直活跃在中俄文化交流的前沿。您从事中国文学和文化研究也已经有半个世纪的历史，您对二十一世纪中俄文化的交流有何展望？

李：近年来，俄中作家和学者之间直接交流的增加是一件好事，我们现在进行的对话也是一种文化交流。俄中文学和文化交流已经走过了很长的历程，即使从十八世纪中叶算起，也已有二百多年的历史。我相信，这种文化交流在二十一世纪将继续发展，并造福于两国和两国人民。

陈：我同意您的观点。回顾以往，中俄文化交流成果辉煌，但是要使新世纪这种交流继续健康发展，吸取以往的教训无疑是重要的。如今中俄两国都在发生深刻的变化，俄罗斯文化正在蜕变中孕育着新的生机，中国的文化开放也已经成为时代的特征。中俄两国人民都开始用更加冷静的心态面对对方的文化。因此，我也衷心祝愿中俄文化交流在新世纪更具理性和深度。

中日文学与文化对处的经验

[日]川本皓嗣/王晓平

日本有与强大文明对处的经验

川本皓嗣(以下简称川本):近代以前的一千多年,日本人一直把中国文明视为先生,自己是学生,尊敬、吸收,但不是照搬不变,而是一定要变成日本风格的东西。这是一个伟大的先生。日本的文字来自中国,文学也向中国学习。日本文明虽然有很多有趣的特点,但终于没有成为中国那样的大文明。日本学习中国文明,自觉地深化,扩展,中日文明各有其价值,而我认为有中国文化,才有日本文化。当然,因为中国文化是中心文化,中国文明是大文明,对日本文化没有什么兴趣,那是没办法的事情。进入近代,现在日本人把尊敬中国的眼光转向了西方,尊敬它、学习它、吸取、创造,中国人不得不把日本视为师兄。日本人先实现了现代化。为什么日本人那么快就近代化了? 中国人想学一学。来日留学生大都学的是经济、产业,渐渐也把目光投向了文化,对这一点我感到非常高兴。

日本近代化并不是明治维新突然一夜之间完成的,它是深深植根于日本文化传统的。重要的是因为日本以前有学习中国的传统,有拼命学习外国文化的传统,明治维新以来,对西欧文化,一下子就像以前学习中国文化一样孜孜不倦。中国人学习日本文化,对日本文化感兴趣,首先如果能够承认日本文化虽然接受了很大的恩惠,但那不是向偏僻角落的出超,而是她有自己的个性,那我就非常高兴了。还有一点，希望中国人能够注意到，自我中心的文化已经行不通了。中华文明有几千年的历史，是优秀的，而今后对其他文化的学习，至少是理解，就显得格外重要，这是大势所趋。在这方面，如果看一看日本，不是很好吗？看起来中国人对自己文化的伟大，是中心，是过于习惯了。这是清王朝失败的一个原因。承认其他文化，看到她们的个性，同她们相互学习共存。日本正有这样的特殊经验。

王晓平(以下简称王)：在接受外来文化方面，日本的确有很宝贵的经验值得借鉴。应该说，中华文明的形成，本身便是多种文化融合的结果，而长期与欧洲及周边文化的学习交流，不仅积累了丰富的经验，也形成了中华民族广阔的胸怀。

川本：我并不是说中国没有变。是说中国是中心式的大文明，当然也常吸收周边文化，但那是将周边文化同化，结果是汉化、汉文化化。由于将多种异质周边文化吸收进来，而使自己的内容丰富起来。例如将满族通古斯文化吸收进来。但是，一眼看去终究是中心的、伟大的。中华文化吸收满族通古斯文化的典型，正与欧洲相近。基督教文化是与原来的基督教大为不同了，在她发展过程中，将各种不同的异教的因素都广纳不拒，因为她要成为普遍的宗教。拿来，反省、改变、吸收，但毕竟是将它们都吸收掉了，仍然是基督教的中心文明。不仅宗教是这样，欧洲文明全是将各地异质的东西理解，拿来，最后壮大了自己。

这样一种态度，与日本那样弱小的周边文化学习外来文化的态度是大不相同的。不是大的吸收小的，而是在几乎被压倒的情势下怎样吸收，怎样再创造，怎样生存下去。日本是把自己大变大改，焕然一新。外部的压力在，改变不得不然，但改变的方式却大不相同。中心文明是将各种异质因素吸收而壮大丰富自己；而微小的文化受到大文化压倒的影响而与之对处、吸收、破裂、抵抗，两者自不相同。今后至少国际关系，不会是以欧洲大文明中心、中国大文明中心吸收周边文化而壮大丰富的形式发展下去了，相反，是在压倒的巨大影响面前如何对处的问题。正是在这种意义上，我希望能够看到,在吸收外来文化方面,有日本这样一种先例,拼死的先例。

王:日本对欧美文化那种"追上去,超过它"的姿态,与七八世纪追赶大唐文化有很多的相似点。正是这样一种姿态,当时奈良与平安王朝,不惜耗费国力,派出遣隋使遣唐使,派遣留学生和留学僧。明治维新初期,向欧洲派遣的留学生中甚至包括还没有上学的女孩子,为的是让她们长大以后成为真正熟悉西方文化的人,有些人回来以后,就成为女子教育的先驱。就是第二次世界大战以后,日本以令人难以相信的速度转变姿态,对刚刚称为"鬼畜英美"的美国文化拼死吸取,似乎可以说是这种姿态的第三次重现。我想,这种吸收外来文化的态度,是和紧迫的民族危机感联系在一起的。

川本:近代化不是什么先进文明、落后文明的问题,在哪儿都是一样的。是受到物质、产业强大的西方文明的袭击,其他地域的文化屈服于巨大的压力,在某种意义上不能不丢下自己的文明,怎样与自己完全不同的异质文明对处的问题。世界的现状,让欧美以外的文明碰到这样的命运。以前特别真实的传统必须丢开来,乱成一团,来跟新的东西对处。这对不论哪一个国家,都是一件困难的事情。但是,日本是有经验的。当她还是婴孩的时候,挣开眼睛,旁边就有一个强大的中国文明,怎样对处?日本有的就是这样的经验。另外,越南、韩国,也都有如何与中国这样的大文明对处的经验。

这回在北京参加研讨会,看到中国的学者,年轻的先生们在谈论西方文学理论的时候,一定要把中国古典提出来,这种强烈抵抗的姿态,令人吃惊,也令人感动。日本研究文学理论的人,只知道学习西方,日本怎么样想都没有想过,忘记了。日本有世阿弥、有芭蕉,而学者们只是谈论着西方,说这是正确的。中国学者们则不同,与西方理论相似的东西,中国历史上有没有?把它找出来,说我们的好,我们的更古老,又有哪些不同。这里有坚强的一面,令人羡慕。然而,仅以这样的方式,对付外来的压力,就缺少警戒感、缺乏敏捷性。总把旧的东西拿出来,对于彼此较量,并不能把它向前有所推进。

我想到在近代化的过程中,中国受到各种各样的挫折和冲击,今后一百年,二百年间,这种极其深刻的纠葛将会继续下去吧,而且还会迅速扩展开去。连日本近代的传统道德、传统价值观都在与西方的方式顽强地冲突着,那么像中国这样有悠久传统的国家,在现代化的过程中,公司、地方、政治、产业所有方面顽强的传统价值观,与为实现现代化而不能不吸收进来的新鲜事物的冲撞,在一百年、二百年期间,将会继续下去。可以预想,这种冲撞,将会比日本更为强烈。

与中国文化说"萨哟那啦"(别了)的日本现代作家

王:激烈的冲撞是难以避免的,可能中国人会用与日本人不尽相同的方式去处理这种冲撞,用中国文化所特有的包容性,宽容性,务实求真,求同存异的传统去实现异质文化的"软着陆"。文化是具体的。文化研究决不是找到几个概括性的结论就可以宣告万事大吉了。从这种意义上说,无论是日本人的中国文化研究,还是中国人的日本文化研究,都可以说任重道远。

文化的转型在文学上会得到敏感的反映。日本作家对中国文化的态度在一百多年间发生了180度的转弯,其间又可以说一波三折。从明治初年三个学者编写的《新体诗抄》,到最近出版的北方谦三的《水浒传》,他们对中国文化处理方式的变化,都有很多耐人寻味的地方。

川本:直到江户末期,所有的知识分子都必须学习中国文化。一提到学问,那就是汉学。为政者当然要学习。到了明治维新,把应该学习的对象突然转向了西欧,转变之速,令人吃惊。明治维新期间,因为很多人还会写汉诗,报纸上常常刊载,汉诗是很盛行的。同时,到学校上学的人大量增加,教育更为普及。这是一个还保留着汉学的最后一个时代,又是一个竭尽全力学习西方的时代。

近代作家芥川龙之介、谷崎润一郎、佐藤春夫、中岛敦等接受中国文化，对中国文化感兴趣，那是因为日本猛然向西方一边倒，大家全都认为这是理所当然的事情，他们作为日本知识分子，感到丢掉对中国的兴趣就像自己拧着胳臂拧着腿似的，是出于文学家的平衡感觉，"啊，我憧憬中国，热爱中国，对中国还有知性的关心"，这样来补充对西方的倾倒。他们是根据自己的理解、认识，关心起中国来的。

从另一方面说，他们还有汉学的教养。当然，森鸥外、夏目漱石、永井荷风等更是这样。遗憾的是，第二次世界大战之后，汉诗、汉文的教育真是被挤到旮旯里了。现在虽然大学里有中文教育，但是对于战后的日本人来说，在理解自我、理解日本文化，已经没有必须谈论中国的欠缺感了。直到江户时代一直持续下来的汉学中心传统，在某种意义上，在第二次世界大战以后已经中断了。这以后对中国的兴趣，不是与江户传统一脉相承的。大家各自学习汉语，开拓新的道路。不过，难能可贵的是，由于有奈良时代以来的汉学传统，日本人学习汉语要比西方人更容易，理解更正确。目前，正确的道路已经开通。今后，对邻人中国的理解，对日本人来说，是格外重要的。

对邻人毫无兴趣是很危险的

王：我注意到，日本作家的学者化是很普遍的。他们要是描写中国，特别是历史的中国，常常很注意吸取学界新的成果。以前井上靖写《天平之甍》，直接吸收了安藤更生对鉴真的研究成果，他始终关注敦煌学的研究，他的敦煌小说从中受益匪浅。现在宫城谷昌光的夏商周三代小说，同样吸收了包括白川静古代中国文字学在内的渊博知识。不过，日本学者研究中国文化虽然有很多有利条件，但是从日本的中国学研究的角度来讲，它已经如同印度学、伊朗学一样，完全是一种外国文化研究。年轻研究者大都是到大学才开始学习中文，应该说，现在中国学术研究发展也是很快的，中国学实际上已经面临着挑战。两国文学界，今后加强交流实在是很必要的。您觉得我们应该从哪里做起呢？

川本：以前的交流是单方面的，日本人很憧憬中国文化，中国人对日本文化很冷漠，这种状态到明治维新以后是大为改变了。日本人憧憬中国的传统在第二次世界大战期间就中断了。看一看各地出现的现状，中国重新认识日本的文化传统，首先重要的契机，恐怕是吉本芭娜娜、村上春树等人的作品，译成中文，使中国人产生兴趣，从而对日本文化传统有了兴趣，进而渐渐追溯古典。日本人知道中国有李白、杜甫，这很重要，而年轻人对生活在现代中国的作家们发生兴趣，就更进了一大步。中国经过文化大革命，在市场经济的条件下，两国年轻人的生活感受渐渐接近。有了具有相同生活感觉的年轻人出现，中国作家的作品就能很好地翻译介绍过来，因为日本人可以用相同的心情去阅读。最近，中国的有些作品就很受欢迎。这样的文学是与国界无关的。有同样的社会生活，有欢快啦忧愁啦共同的感受，就能加深理解，由此便能走向更加难于理解的古典。

另一方面，以前日本憧憬中国文化，学习中国文化，但日本人没有接触中国人，是靠书本去学习，我想日本人是不懂得中国人的。日本人在误解中国人，中国人也在误解日本人，相互恼火，说对方卑鄙。相互接触之后，就会明白，原来是一样的人，这样大概接触的愿望就会更强烈。这就是说，除了通过现代文学进而学习古典之外，还要通过现实中的交往来学习古典。因为古典是支配着现代人的。特别是中国古典更是支配着现代的人。要了解现在的中国人，不读《论语》不行。也许现在的中国人没有读过《论语》，但通过他的祖父、父母、领导，古典的价值观依然存在，影响是间接性的。正像谁也没读过圣德太子十七条，但它的精神仍然束缚着今天的日本人。圣德太子十七条第一条就是"以和为贵"嘛。在这种意义上，《论语》还活在今天。作为真正相互理解，比起走捷径，这是绕了路，但是，如果中国人对《源氏物语》、对芭蕉、对《古今集》等渐渐有了兴趣，那么日本人谜一样的不可解性，认为是卑鄙的地方，慢慢就会变得能够理解了。

王：可是我接触过许多日本的年轻人，他们既不知道杜甫，也不知道李白。

川本：我想这是很危险的。比较文学在欧洲，是在第一次世界大战以前兴盛起来的。那个时候，人们光是学习希腊，学习罗马，而对自己的邻人在做什么却一无所知。德国人不知道法国人在做什么，法国人不知道德国人在做什么，光去钻研古典。对邻人毫无兴趣是很危险的。正像当年德国人不知道法国，法国人不知道德国一样，日本人知道德国，知道法国，却不知道中国，这怎么想也是不聪明的。周围的事情，不是首先应该搞清楚吗？搞清楚了，才能相互协作。

当然，这不是要以日本为中心。在东方人与人之间的关系，一直重视的是上下关系。君主啦、经理啦、大哥啦，人际关系动辄讲的是谁在上谁在下，下见上要施礼致敬。其实左右关系很重要。西方兄弟也是以朋友交往，夫妻也不是上下关系，都是平等的。东方人对这很不习惯，年长的不把年轻的当朋友。我们生活在同一个社会，却不能作为个人来交往，年轻人对年长者只能毕恭毕敬，敬而远之。今后要超越年龄差、身份差、性别差，平等地横向交往。国家与国家也是这样。不要动不动就想谁了不起，朋友交往是互相学习。现在是相互总在想哪个国家在要威风，哪个国家为什么小看我。不是谁在上的问题，要的是平等的朋友的交往。今后让我们来练习这样做吧。那些谁在上之类的议论，不是该休息了吗？

在理论上知己知彼

王：这种以朋友的态度来对待对方文化的关系，我们姑且就把它叫做"友人型文化关系"吧。像中国与日本有着这样悠久的文化交流关系的两种文化，世界上实属罕见，那更应该是一种"友邻型关系"。我们无疑是应该认准这个目标向前努力的。那么，作为比较文学研究者，在理论上哪些事情是我们必须做的呢？

川本：首先一个很大的问题，就是西方的文学理论，自视为文学普遍化而构筑的理论。我们要在知道杜甫、芭蕉以后来建构文学理论，我在北大讲演时曾经这样呼吁过。在某种意义上，西方人就会问，那有什么不一样？对方很厉害嘛，他们会拿出英语来问我们。今后，东亚的文学研究者，在理论方面不能不与西方人对阵，发出我们的声音。因为有这样一种情况，所以首先要想着修正西方的文学理论。这是一件大事情。需要的是讲得清清楚楚，到底有什么不同，不然对方是不会听的。但是，这样的事情还没有人去做。中国重视自己的传统，正奋力去做，这是第一点。

再有一点，那就是东亚诸国之间文学与文学理论彼此不了解。日本有很长的汉文传统，专家对中国文学理论是了解的，但日本搞文学的人很少知道。汉文学理论是明治时代以前的中心文学理论，而现代文学理论全是西方的，不知道中国的，也不知道韩国的。东亚比较文学史正在慢慢进展着。今后相互了解这是先决条件。日本人要好好读中国的《文心雕龙》，《诗品》，中国人要知道世阿弥的文学、芭蕉、《古今集》。我们要互相知道自己周围的事情。二十一世纪是相互了解的世纪，二十一世纪就从这里开始。评论家加藤周一就这样说过嘛。这是为了世界的协调必须这样做的。

西方文化过于强调个性和自我同一性

王：建立"友邻型"文化关系，需要坚持不懈的努力；而狭隘民族主义却是通往这种关系很大的障碍。遗憾的是，这种障碍不是那么容易消除的。狭隘民族主义实际有各种各样的表现形式，以各种理由拒绝外来文化。

川本：民族主义这个东西，历史上看，有时是必要的。在彼此不能协作，在挨挤受压的时候，为了抵抗外敌，为了内部团结，它就有用了；或者为了向外扩张、统治别人的时候，为正当化寻找理由，就辩解说自己国家怎么了不起，你们要听我的话。我以为不是在真正别无选择的情况下，就不该用它。特别是侵略外国、对外扩张的时候，民族主义完全是非正义的谎言。惟一必要的是在受到压迫，为了抵抗，为了团结而用它的时候。除了这种情况，在高喊民族主义的背后，常常有个坏算盘，一定在使用诡计谋算怎么对自己有利，在用民族主义说谎。有鉴于此，对于民族主义，有必要看透其背后的利害用意，看看他为什么要搞民族主义。

王：第二次世界大战以后，日本汉文汉文学的传统虽然中断，但是有些作家（虽然人数不多）对现代中国文化却十分关注，如武田泰淳、高桥和巳等对鲁迅的研究。纵观中日文化交流的历史，无论规模和深度近二十年都有很大的发展，我想中日两国文化实际上已进入相互多有吸取而共同发展的时代。现在也有不少作家取材于中国历史从事创作，如宫城谷昌光、北方谦三、田中芳树、伴野朗等等，他们笔下的中国，成为一种文化符号，是兴亡的舞台，治乱的画卷，竞争的沙场，也是现代日本文化的一面镜子。我认为深入交流的前提，是抛弃偏见。

川本："identity"（自我存在证明，自我同一性，同一性）是个很流行的词，就是要确认自己是什么样的人，在社会中自己是怎样的存在。这个词很怪，虽有必要却不是什么好东西。确认自己和他人的不同，自己是很重要的，这很有必要；但是，如果所有的地方都强调自己与他人不同，有这样那样的个性，那么就会损害人际关系，就是名副其实的自我中心主义。因而，西方文化危险的部分是对个性、独特性的过分重视。例如，在大家讨论的时候，你就非要说出点儿不同意见不可，不然就会觉得让人看不起。我看这是对能量的浪费。不说于协调社会不利，也是干扰建立良好人际关系的。伙伴关系不就很好吗？有什么必要要每天每天在一切地方都强调自我特别之处、存在的惟一性呢？"identity"和民族主义一样，有时候拿出来用一用未尝不可，没有必要时时处处意识到自己的国家如何如何独特，如何如何了不起。从某种意义上说，这是从西方来的舶来品。它对于建立友人型的文化关系没有好处。

王：在今天，不可否认，强势文化与弱势文化的对峙在很长时期还会存在。特别是发展中国家，文化上受到挤压的现象还很严重，直接面临着既要敞开大门又要护住庭园的矛盾。

川本：强势文化正将自己的价值观强加于他人，这是一个事实。与其说是现实，不如说是过去二百年来世界上发生的事情。压倒的影响力量是西方强势文化，它渗透到世界各个地方，结果其他文化成为弱势文化，蒙受压倒的影响，以至于产生各种文化的混乱、倾轧、无秩序，世界都在为之苦恼。我所说的建立友人型的文化关系的想法，正是在承认这种现状的基础上提出来的。在某种意义上说，强势文化已经支配着弱势文化，弱势文化被支配着，所以我们必须努力改变这种状况，想一想以后该怎么对处？有了这样的情况，受到西方压倒的影响，处在困难之中，该怎么办？如果是想靠民族主义，靠"identity"，回归到中国文化的纯粹上来，这种尝试是无用的。为什么呢？因为西方的东西已经成为中国思想的一部分了。这已经是事实了。解剖一下现在的中国人，纯粹中国传统的中国人恐怕只有深山老林里才有了。应该做的是，自己内部怎样协调的问题。"identity"也好，狭隘民族主义也好，都是落后时代的梦幻，因为它们已经成为明日黄花。西方的东西已经埋进体内，中国也不可能再回到西方未至以前的中国了。强势文化已经彻底影响到了每一个人了。在这种情况下，聪明的办法就是承认现实，把它作为自己的一部分，设法与自己另一个重要部分——传统文化对话、调和、协调。

　　王：非常荣幸，能够听到您对中日文化交流问题的意见。直接对话比起文字相见，更能体察对方的心声，这确是一种有效的交流方式，希望今后还有机会，进一步交换看法。谢谢。

附记

　　上文是根据我与川本皓嗣先生的一次对谈的部分录音整理的。这里发表的题目则是川本先生提出、我们共同商定的，意在强调一下我们对加强亚洲各国文化与文学比较研究的期待。在日本，长期以来，日本文学与西方文学的比较研究取得了很大成果，而对东方各种文化的比较研究则相对薄弱。中国也有类似的情况。这自然有它形成的多种原因，也不可能期待在短时期有重大的变化；但是我们有责任纠正忽视周边国家文化与文学研究的总体倾向，一步一步加深我们对周边国家激烈变动的现代文化与文学的理解。对于自己近邻的文化，抱有偏见显然是有害的，而缺乏深入理解兴趣的"文化冷漠症"也是值得警惕的。

川本先生对中日两国比较文学界的交流非常重视，曾多次到中国访问。2001年8月又亲自出席天津师范大学举办的东亚文化与文学交流国际学术研讨会议，作了重要讲演。他认为，在今天，中日两国学者特别有必要加强对对方国家语言文化的学习与研究，展开面对面的直接对话的交流，就共同关心的问题进行深入的交谈。

这次对谈，由于时间有限，双方的意见都有很多方面还来得及展开，今后我们还要创造对谈的机会，因为这是一种增进理解的极好方式。

王晓平　2002.5

· 信息窗 ·

文化身份国际研讨会在加拿大魁北克召开

身份研究是当下西方学术研究的一个热点。5月中旬，一个有关文化身份问题的国际研讨会在加拿大拉瓦尔大学召开。拉瓦尔大学是加拿大的著名学府之一，位于加拿大东南名城魁北克市。

"多元社会中的文化身份问题"研讨会，其主题为：考察多元文化态势下身份的建构、解构和重构。会议旨在探讨在一个多元文化，尤其是多数族群文化和少数族群文化共存的社会中文化身份所遭遇的种种问题。主办方就这一专题组织了共计七场报告会、讨论会和一个圆桌会议。

"身份问题"研讨会是由魁北克间文化研究所主办的。该研究所创办了加拿大第一份"间文化杂志"。作为此次研讨会的一项额外成果，就是达成了《间文化杂志》和《跨文化对话》两刊之间的合作意向。（建清）

关于文化动态观的对话

[美]郑国和/张　弘

郑国和（以下简称郑）：身为中国学者，在美国研究和讲授日本文学，使得我经常较深入地思考和对比不同文化交叉的特殊现象，对异文化交流影响的研究也特别感兴趣。最近有机会先期读到了张弘教授主持撰写的专著《美国作家与中国文化》，为其新颖的视角、广阔的内涵、流畅的笔法所吸引。据我所知，张先生此前曾独立完成了《中国文学在英国》（花城出版社1992出版），又主持撰写了"二十一世纪世界文化热点丛书"之一的《美国：堕落的自由神》（吉林摄影出版社2000年出版）。很明显新著亦是在同一研究领域的延伸。我特别注意到，张先生提出文化研究弄得不好会陷入纯理论思辨的误区的论点。这一点我本人感同身受。记得在美国念研究生时，我曾选修过汉语语言学的研讨班课。教授指定的阅读材料中不少是最新的论文。每篇论文几乎都采取与先行研究论战的方式展开，振振有词，举出一大堆反驳的例子，证明对方不对，证明真理在自己手里。然而，我把那些例句一看，发现不少句子中国人根本不会那么说（比如"猫被老鼠跑了"之类的句子）。于是我想要建立经得起考验的语言学大厦，第一步恐怕还是得从搜集扎扎实实的材料做起。后来我虽然不搞语言学，从扎扎实实的材料做起这一点却从此成为自己努力遵循的一大原则。《美国作家与中国文化》正是研究文化问题的，能否请你谈谈本书执笔时是如何避免陷入纯理论思辨误区的？

张　弘（以下简称张）：确实，同样的症结不止在一个领域存在。研究工作不是针对实际的课题，而是光在名词、概念、术语上兜圈子，你提出一个理论，他提出一个反理论，或者你构建一个系统，他再构建一个反系统，本身都能自圆其说，但远远地脱离了丰富复杂的具体情况，结果凌空蹈虚，大而无当。这里首先需要方法论上的自觉。我同意福柯及其师长巴歇拉尔的主张，不赞成用笼而统之的普遍性结论来涵盖生动变化的具体现象，更反对那种"放之四海而皆准"的习惯套路，动不动就想搞一个真理体系，凭三五条规律来说明一切的做法，而主张从个别学科切入，从个别课题切入，通过具体的研究，来说明问题。我赞同福柯的观点，只承认学术和学科领域中的"局部性哲学"和"局部性术语"。换言之，面对某一研究的对象，你要得到的和能够得出的，只有适合该对象的局部性结论。不要动辄将它提升为也适合别的研究对象的普适性东西，或者反过来用某个现成的结论来套面前的具体研究对象。惟其如此，我们的研究工作才能"到位"，恰如其分地把握研究对象的个性。正是在此意义上，我提出比较文学相当于文化研究来说，属于个案或个例的研究。目的在于，通过比较文学的具体领域的探讨，来为文化研究提供局部性的结论。同时也避免了比较文学走向"泛文化化"，丢失了它固有的文学艺术特性的弊病。落实到学术研究的实践中，像本书对美国作家和中国文化的关系的探讨，我也把它定位为个案的研究。我认为，有关中外文学或文化关系的探讨，不应该满足于从宏观上提出几个全局性观点，或举出几个例证作证明就算可以了。那还是十分初步的，不客气地说，甚至是相当肤浅和鲁莽的。只有通过一个个国家、一个个作家、甚至一个个作品的过细研究，才可能将中外文化和文学交往过程中的各种复杂情况较全面地反映出来。

　　郑：张先生曾提出"动态文化交流"的观点。我非常赞成。文化的交流交往既不是单向的，也不是静止的或单纯的交换关系。否则，就只看到中国的太极拳、中草药在美国的流行，或者只看到今天在中国大城市已不足为奇的美国肯德基、麦当劳、别克车，而忽略了复杂得多的实际情况。

1986年出了一部美国电影《长城》(A Great Wall)，讲的是10岁时离家去美国定居的美籍华人方某携在美国出生而且不会说汉语的太太、儿子第一次回北京探亲的故事。美国客人对中国亲戚中的家长未经许可随便拆看儿女的信件惊讶不已，进而介绍了西方文化中的"隐私权"。这时还是改革开放后不久，立刻引起了强烈的反应，导致了不愉快的冲突。这个例子同样显示文化的交流不是单向的流动。一位美国批评家把这两种文化的冲突表达得更加形象：美国的华裔父母和在美国出生的孩子之间的交流往往如同把中国的电器插进了电压不同的美国电源插座——双方的脉冲互相撞击，却根本没有电流通过，有的只是由脉冲撞击产生的气愤和懊恼的火花。你书中涉及的美籍华裔作家谭恩美和汤亭亭的情况，则从另一方面显示中国文化能在较深层面上与美国文化达成交融。

当谭恩美于1987年将处女作《喜福会》手稿寄给出版社时，并没抱太大的希望，因为觉得自己的书充其量是"代表少数民族的象征性作品"。不料小说出版后立刻畅销并被改编成电影，产生了相当大的影响。一份美国杂志的评论说，不论小说中的文化背景如何，或对大多数美国人小说人物的生活细节是陌生的，但他们做人的准则可以立刻成为每个美国人成长过程中应该告诫自己的格言警句。

汤亭亭1976年出版的自传体小说《女斗士》穿插了大量根据花木兰传说改编的内容，幼时母亲讲的花木兰的传说在她童年的记忆里留下极为深刻的印象。但和好莱坞动画片《花木兰》不同，她把重点放在了花木兰解甲归田、安居乐业之后，并让女主人公的行为体现出一种强烈的社会责任感。这实际上是和广大从越南战争退伍的美国军人的命运联系在一起了，因为美国社会和这些军人本身都无法正确对待和处理退伍后遇到的问题。在一次采访中汤亭亭说她现在写的作品就是要把这个"回乡"写成一件光荣的事，男人如何从战场上回乡，如何从越南回乡，妇女们如何辞去工作回家看孩子,等等。

张:郑先生补充的例子很有典型性。一种文化在异域或异时产生影响,必然是在激起作为受影响者的另一文化自身因素的反应的时机上。可能你也注意到了,我这本书中对美国作家和中国文化的关系的处理,没有简单地沿袭通常的影响研究的方法,即专注于考察中国文化对美国作家的单向影响,而采取了一种更为全景化、注意到不同文化之间多向互动的视野。同类课题的研究其实已经有人在做,如刘岩《中国文化对美国文学的影响》一书(河北人民出版社 1999 年出版),写得相当全面,但只限于单向度地考察中国文化对美国作家的影响。当然这是由其课题本身的性质规定的。在我看来,不同文化、不同国别的文学之间的关系是互动的,不应该是简单的输入或输出关系。我们的研究也不应该满足于探讨谁是文化上的"债主",谁又是文化上的"债户"。这一点美国学者威勒克上世纪 50 年代向比较文学法国学派的影响研究方法发难时就早已指出来了。

郑:张先生这本书中涉及了中国二十世纪 80 年代后的乡土文学和 90 年代的"新新人类"作家,其原因是否就在于此?

张:你说得对。做"美国作家与中国文化"这样的题目,而不是"中国文化对美国文学的影响",至少应该反映出二者互为影响的局面。上世纪 80 年代后的乡土文学和 90 年代的"新新人类"作家,一个表现了浓烈的本土意识,一个代表了超强的前卫精神,其实都是在开放的文化环境中,面临现代化转型作出反应时出现的引人注目的文学现象。二者倾向虽不同,如乡土文学更多体现出对旧有的农业自然经济及乡村生存环境的缅怀与眷恋,"新新人类"则更多表示了对新兴的现代工商科技文明和都市生活的趋同与投入,但根源实为一个,并确实受到了更早时期的美国作家的影响,似乎验证了不仅现代化是波及全球范围的文明进程,而且在此进程中激起的心灵反映和文学表现也是普泛性的,所以值得拿来做一番比较。另一原因是它们都属于当前中国处在现代化转型过程出现的文化现象,没有理由不予理会。如果我们的比较文学及文化研究不能直面中国文化发展中出现的问题，而只是一味地缅怀光荣的历史，甚至试图靠人为的力量来重建想像中的旧日的辉煌，那是有愧于这个伟大的时代的。

郑：能否借此机会请张先生再次介绍一下你的"动态文化交流观"及有关情况？

张：动态的观点来自尼采所阐释的古希腊阿那克西曼德的"不定者"（apeiron）范畴和赫拉克利特的流变哲学，相信万事万物皆在变化的动态中。中国古代的贤哲感叹的"逝者如斯夫"，把握的也是这样一种永恒的动态。但在我学术生涯的开始阶段，仅是将这样的动态观运用于文学和文学史的研究中。上世纪90年代中国掀起了"文化热"，新保守主义、新自由主义、新权威主义、新左派等各种文化主张先后都出现了，当时我隐隐地感到问题的所在，是这么多的主张都未曾将中国文化看成在不断发展中的过程。比方有一个相当流行的说法，认定五四是中国文化的断裂层。试问从哪里断裂？难道中国文化就是在五四以前就已定型的那么一个固定不变的东西？难道五四时期和五四以后中国人创造的物质文明和精神文明就不属于中国的文化？当然，完全不妨对五四的功过得失作出恰如其分的评价，但认为那就是对中国文化的破坏与中断，无疑是一种典型的静态观。当时我写了一些文化随笔，谈了自己的观点，而卷入的较大规模的论争则发生在我从事的外国文学研究领域。国内有人受后殖民主义思潮影响，指责中国的外国文学研究者患了"失语症"，只会用西方的术语、概念翻译介绍外国的东西，充当了后殖民的"文化贩子"。这再一次让我见识了静止不动的观点的影响之广与深。在那些激烈的言辞背后，包含的是那么一种见解，否定文化需要发展并且实际也在发展，发展过程中会吸收其他不同的文化成分，同样也否定语言也在发展，否定现代汉语在形成过程中虽吸收了西方语言的语法和构词因素却永远不可能使它变质为外语的事实。争论在《外国文学评论》上展开，双方都写了大块文章发表，《文艺报》也专门作了报导。从那以后，我的"文化动态观"正式确立。可以说，这一观点的成形是中国当代的文化现实状况促成的。至于文化学上的渊源,当数美国著名女学者罗斯·本尼迪克特(Ruth Benedict)《文化模式》一书提出的动态的文化整合论。讲到底,"动态文化交流观"是"动态文化观"的一个派生或进一步发挥。

郑:具体而言,动态的文化观或文化交流观有哪些要点呢?

张:我尽量说得通俗明白些。

第一,文化并不是某种现成的固定不变的东西,它虽然表现为历史的积淀,但也是人类正在进行中的创造。这点很重要。人们往往看到了文化对人类行为的制约,但忽略了人类的行为对造成一定文化的主动或能动的作用。在这种情况下,人类会不幸地沦为既有文化的奴隶,不思进取,抱残守缺。那是很危险的。

第二,文化是在动态中存在的。一种文化总是处在和其他多种文化的接触和交融中,同时内部也由于那些外部因素的加入而不断处在活动之中,因差异而产生对抗,因对抗而产生活力,并因而取得自己生存与发展的空间。在此意义上,可以认为没有文化交流就没有文化的存在。

第三,一种文化对外来文化的吸收或采纳不是简单的拼接,而是出于自身目的的有机化的融汇和整合。这一融汇和整合完成后,新的文化因素会表现出来,但本土文化的总体并不因此丧失它自己的属性。这个观点主要是本尼迪克特的,但就我所见,她没说清楚文化的自身目的是什么,给人哲学上的目的论的印象。我想指出的是,这个目的其实就是创造这一文化的人民的生存与发展。

第四,文化交流的实际过程,是多向度、多维度的,这不仅因为文化本身的构成是多元多维的,也不仅因为两种或更多种文化遭遇在一起时会互相有反应,也因为作为文化载体的人,他的行为和活动及其动机也是极其复杂的。实际上最终导致文化的交流的,是多种力量的作用的合成。还有一点我要补充,即我们在谈论文化与文学的关系时,也应注意双方的动态性,并不只是文化在影响文学(照有的人的说法是"文学充当了文化的载体"),文学本身同时也在创造文化。

郑：书中述及美国意象派诗歌受唐诗的影响，但意象派诗歌又促进了中国诗学的意象论的发展，是个例子吧？

张：是的。提倡动态的文化观，也包括用动态的观点来看待和处理文化和文学的交往和交流。当某种影响过程发生时，受到作用的决不止于受影响的一方，通常所谓的"影响源"也会受到反作用。即便如此，这种互动关系也并非你影响我、我反过来又影响你就足以概括了。不是的，不能简单地想像成仿佛两个杯子的水，你倒给我，我再倒给你。要是这样想，会落入另一种简单化。如果一定要打比方的话，那么它更像物理学上的弥散现象：一滴墨汁落入一杯水中，然后慢慢地扩散开来，边界不定，形状不定，水变黑了，墨汁也变淡了。

本书有一章介绍美国作家约翰·赫西(John Hercey)的一部小说《召唤》(*The Call*)，很能说明问题。小说主人公是位传教士，试图用西方的神学启蒙主义和科学主义影响中国的上层人物和普通民众，在这过程中他同时受到中国古典文化和康、梁改良主义思潮的影响，又遭到美国教会内部的新教原教旨主义和其他美国来华人士的殖民主义的排挤，结果他背弃了自己的宗教信仰，转而信奉人文主义，并真诚地在华北农村推行扫盲和农业改良工作，愿意尽毕生之力帮助中国实现现代化。然而最终，他还是被解放政府的新政权宣判有罪，驱逐出境了。在这位传教士身上，不同文化倾向的矛盾斗争写得十分生动，既有外界环境代表不同利益和不同意图的各种势力，也有个人内心的复杂和矛盾的动机，相互交织相互纠缠，充分反映了文化交流的复杂程度。

郑：你提出一个民族的文化，始终在继续不断地生成和演变中。这一点非常有启发性。

张：不错。千万不能认为一个民族的文化，已经固定不变，似乎经过多少年的发展后就已经定形、定格、定性，变成了凝固不变的某一个实体。现在许多人谈论中国文化，仿佛就是五四以前、或鸦片战争以前就已固定下来的那点东西，而在那以后，就没有文化的发展了，有的只是文化的破坏。他们心目里的中国文化，其实只是中国文化的古典部分。由于缺乏文化的动态观,而抱着一种文化的静态观,他们对中国文化的现代部分,对中国文化一个半世纪来的进展竟然能够视而不见。在我看来,这真是一种非常奇特的、令人难以理解的现象。在目前我所能见到的有关中国文化和外国文化或文学的关系的研究成果中,基本上都恪守这一信条,所谓中国文化对外国文学的影响,说到底其实只是中国古典的文化的影响。包括前面提到的刘岩那本著作也不例外。这种观点的背后,还有狭隘的民族情绪在作怪。在许多人看来,中国自鸦片战争以来只是一部屈辱史,这以前的祖上的业绩才称得上辉煌,影响外国的也只有靠那些古典或古董。不能不说这种民族情绪妨碍了我们在文化研究中坚持一种科学的态度。

郑:民族情绪与科学态度,这又是一对有趣的概念。其实,文学批评或文学研究的科学性为别的东西所左右,导致文学家及其作品几经沉浮的现象,古今中外都有。曾几何时,我国的日本文学研究界对日本第一位诺贝尔文学奖得主川端康成极尽批判之能事,说其作品"寄托着作者颓废没落的思想感情,表明资产阶级文学陷入日暮途穷的境地,具有极大的毒害作用";指责川端的《雪国》写的是"男女间的猥亵行径",颓废主义和"下流情调",他的《千只鹤》写的是一个纨绔儿的通奸。这是中国同样权威的中国社会科学出版社1979年出版的《外国名作家传(上)》的原文。可是时过境迁,20年后,川端文学的意义和价值得到完全不同的评价。他的成功被誉为是"传统文化精神与现代意识的融合","传统的自然描写与现代的心理刻划的融合","传统的公正性与意识流的飞跃性的融合"(叶渭渠、唐月梅译:《雪国,古都,千只鹤》"序",1999年)。同样,国外文学研究界也不乏这种现象。日本女诗人与谢野晶子(1878-1942)著名的"新体诗"《弟弟哟,你切勿去死》大起大落的批评史就是一个很好的例子。《弟弟哟,你切勿去死》发表于1904年,原是与谢野晶子写给其弟弟的。当时日俄战争正进入关键的旅顺港争夺战,传说不少日本兵志愿成立敢死队,誓死要从俄国军手中夺取旅顺港要塞。因惮于自己血气方刚、容易冲动的弟弟不顾家中老母、新婚的妻子和家中糖果店生意参加敢死队,与谢野晶子作此诗劝阻弟弟。当时正值日俄战争的决战阶段,日本国内支持战争的呼声极其高涨,诗歌发表后不仅被批评家们骂为"辱君叛国"之作(因诗中写有天皇自己不上战场的话),甚至还有一班市民向诗人家房子扔石头表示义愤。20 多年后,在日本无产阶级文学运动处于高潮时期,《弟弟哟,你勿要去死》继续从相反的方向受到批判,说是该诗汲汲于老母娇妻,没有追究战争的真正根源并与其作斗争;诗歌斤斤计较于家中的生意暴露出诗人"资产阶级世界观"。战后的《弟弟哟,你勿要去死》虽然仍遭一部分批评家批判,但总的来说该诗得到正面的评价,被誉为日本最佳的反战诗歌,表达了民主主义精神,并曾几度被作曲家谱成曲,在战后的学生运动中被广为传唱。二十世纪 70－80 年代以后,《弟弟哟,你勿要去死》更被奉为女权运动的先声。1972 年大阪一位妇女甚至将《弟弟哟,你勿要去死》的文字缝到即将捐给外国的门帘布上,以鼓励和促进反战运动。

张:民族情绪并不限于某一个民族,它同样具有普泛性。从根本上说,它是文化交流过程中表现出来的一种文化保守主义,根源于对本民族文化的认同和坚守,目前是在全球化过程必然激起的一种反应。所有不同类型的文化中心主义实质都是民族情绪的产物。在反对欧洲文化中心主义的同时,很容易让别的文化中心主义取而代之而不自觉。这一点,应当有清醒的反思。对我们而言,华夏中心主义在历史上同样根深蒂固,称为"中原",称为"中国",就是最典型的表征。这样的一种民族情绪,在一定程度内是合理的,对本民族的自强自立有积极的作用,但推而广之到学术的研究上,就会出问题。学术研究需要的是科学、冷静和实事求是的态度,它追求的是知识的可靠性和确证性。

读解"圣言"

——关于解释学与神学的比较研究

杨慧林

就广义的阅读活动而言,当代人越来越多地面临着一种悖论:一方面是文本的"解释"可以产生太多的可能性,甚至可以因人而异;另一方面,各种传统、文化和群体的不同观念实际上正在被同一种商业原则所取代,即所谓"社会系统"对"生活领域"的殖民化。有人认为,文化多样性或者文化多元主义可以成为抵御商业化大潮的重要角色;但是如果考虑到多样性和多元论的"过度解释"对于"意义"所产生的消解作用,这一信念则是相当可疑的。

基于这样的背景,仅仅在文学文本的范围内讨论解释学问题,显然并不能守护意义。而将神学方法引入意义的解释,则可能通过这种比较研究连带出一片新的视野。

一、"解释学"的神学维度

Hermeneutics 的词源被认为与希腊神话中的信使赫尔墨斯(Hermes)有关,而赫尔墨斯并非在两个同等的主体间传递信息,却是为主神所驱使,将神的旨意传达给受众。这似乎已经暗示了解释学与"圣言"之间存在着一种特别的关联。导源于犹太教和早期基督教释经活动的神学解释学也同样如此:圣经被视为神圣的文本,释经者的任务就是使圣经中的上帝意志向人类彰显。因此"解释学"之为谓,本来就隐含着一个神学的维度。

而一旦在这样的意义上理解"解释"，就无法回避一种基本的两难，即：一方面是"圣言"中的奥秘必须加以解释，另一方面又是"解释"似乎必然包含着"误读"。解释学后来所面临的根本性问题，其实已经内在地体现于这种远古的神话和原初的神学语境之中。关于"人言"的解释或可有多种方便之门化解上述两难，但是对于"圣言"，方便之门却必然遭到更多的质疑。①所以正是在神学的维度上，解释学才不断被逼向一种最终的解决。

如果将神学解释学的历史追溯到早期的释经学，那么其中大体可以辨认出两种主要的倾向。

在犹太教方面，有关经学学校（rabbinic schools）、昆兰社团（Qumran community）和哲学家菲洛（Philo of Alexander）的文献，已经透露出早期释经活动的四种基本方法，即：字面的解释（Literalist Interpretation）、经学的解释（Midrashic Interpretation 又译"米大示"、"米德辣市"或"旧约注释"）、神秘的解释（Pesher Interpretation，即古代叙利亚文圣经的注释，也有译"解释"者②）、寓意的解释（Allegorical Interpretation）。③在许多基督教的释经者看来，四种方法的并存实际上意味着解释的多种可能性。这样，四种方法虽然均被中世纪的基督教释经学所吸纳，经由克雷芒、奥利金、直至托马斯·阿奎那的"多重意义说"，显然较多地发展了寓意的传统。④

奥古斯丁同样不赞成字面的解释或者历史的解释，但是他所代表的释经学倾向被认为是以柏拉图的二元论为基础，即"不变的永恒对可变的物质在本体论上的优越"⑤。从而其基本的解释学原

---

① "圣言"与"人言"之说，可见于 Karl Barth, *The word of God and the Word of Man*, translated by Douglas Horton, London: Hodder and Staughton, 1928。

② 宗座圣经委员会文告：《教会内的圣经诠释》，冼嘉仪译，香港：思高圣经学会，1995，32 页。

③ Werner G. Jeanrond, *Theological Hermeneutics: Development and Significance*, London: Macmillan Academic and Professional Ltd. ,1991,p. 16—17.

④ 请参阅杨慧林《追问上帝：信仰与理性的辩难》，北京：北京出版社，1999，9－14 页，190－193 页。

⑤ Francis Schussler Fiorenza, Systematic *Theology: Task and Method*, Francis Schussler Fiorenza & John P. Galvin edited, Systematic Theology, Minneapolis: Fortress Press, 1991, volume I, p. 13.

93

则在于:"物质符号的知识并不能帮助我们解释永恒的实体,对于永恒实体的知识才能帮助我们解释物质符号。……解释学的核心问题……是理解超验之物。"①而"理解超验之物"的七个步骤,又分别是畏惧、敬虔、圣爱、坚忍、怜悯、涤罪和智慧。②由此,解释的问题从属于纯然的信仰问题。

这种将解释建基于"启示"的本体论释经学,在近代以后确实面临着较多的诘难和再解释的必要。将解释建基于"证明"的知识论倾向,虽然得到了宗教改革运动的支持并且似乎更直接地与现代思维相关联,也同样受到经验主义认识论批判的挑战③,同样需要再解释。释经活动所凸显的解释学之神学维度,直到施莱尔马赫才被重新整合为一种更具普遍意义的解释学理论;神学解释学之中的可能的人文学价值,也才由此更多地影响到世俗学问。

施莱尔马赫(Friedrich Schleiermacher, 1768 – 1834)从其"敬虔神学"出发的解释学理论,常常被归入"历史解释学"(Historic Hermeneutics)。④这是否恰当姑且存而不论,可以肯定的是:他之所以被称为"现代解释学之父",确实是因为他使关于"解释"的理论不再仅仅限于释经(exegesis)活动,却要诉诸普遍的人类理解问题。因此,解释学被重新定位为"理解的艺术"⑤;也就是说:非但神圣的文本有待于解释,诉诸理解的一切对象、乃至理解活动本身,都被认为必然包含着一系列的解释和误读。

于是,他首先以近似于康德的方式确认了解释"理解过程"的两个基本坐标:主体的/心理的维度,以及客体的/语言学的维

---

① Francis Schussler Fiorenza, *Systematic Theology: Task and Method*, Francis Schussler Fiorenza & John P. Galvin edited, *Systematic Theology*, volume I, p. 13 – 14.

② Augustine, *On Christian Doctrine*, book 2. 7. 9 – 11, Francis Schussler Fiorenza, *Systematic Theology: Task and Method*, Francis Schussler Fiorenza & John P. Galvin edited, *Systematic Theology*, volume I, p. 14.

③ 请参阅杨慧林《追问上帝:信仰与理性的辩难》,175 – 178 页。

④ Miikka Ruokanen, *Hermeneutics as an Ecumenical Method in the Theology of Gerhard Ebeling*, Helsinki: Luther – Agricola Society, 1982, p. 24.

⑤ Schleiermacher, Hermeneutics: *The Handwritten* Manuscripts, edited by Heinz Kimmerle, translated by James Duke and Jack Forstman, Missoula: Scholar Press, 1977.

度。前者的作用在于整体地把握对象;后者则是"在语言之中并且借助语言的帮助,寻找某一话语的特定涵义"①。关于施莱尔马赫的这一区分,后来的西方研究者又进一步强化了其中的现代解释学意味:"施莱尔马赫⋯⋯详尽地涉及到人类交流的语言学本质;一切理解都以语言为前提,我们是在语言中思考并通过语言而交流。没有语言就没有理解,因此无论解释学与修辞学有多少区别,二者都是不可分的。⋯⋯任何文本的生成(text-production),都是对语言规则的特定选择之结果;任何文本的接受(text-reception),也都基于对理解模式的特定选择。⋯⋯文本⋯⋯就是选择和规则共同生成的新的意义整体。"②

由上述两个坐标所决定的理解活动,必然会在两个方面涉及到解释学的基本问题。其一是意义的开放性,其二则是解释的循环。

关于意义的开放性,施莱尔马赫在他的解释学手稿中已经作出了相当前卫的"解释",即:解释的实质,就在于"对给定陈述(a given statement)的一种历史的与直觉的(divinatory)、客观的与主观的重构(reconstruction)"③。对于通过解释活动来寻求意义的人类,这种"重构"实际上意味着只能无限趋近、却不可能最终获得被解释的对象;从而所谓"意义"并非其自身,而仅仅成为被理解的意义。

与施莱尔马赫的"理解过程"之坐标相呼应,"意义重构"之中的"历史的"和"客观的"要素,正是其"客体的/语言学的维度"之延伸,它侧重的是意义生成中的"规则"性。而"直觉的"、"主观的"

---

① Kurt Mueller - Vollmer, *The Hermeneutics Reader: Texts of the German Tradition from Enlightenment to the Present*, London: Blackwell, 1986, p. 94. Werner G. Jeanrond, *Theological Hermeneutics: Development and Significance*, p. 45 - 46.

② Werner G. Jeanrond, *Theological Hermeneutics: Development and Significance*, p. 45 - 46.

③ Kurt Mueller - Vollmer, *The Hermeneutics Reader: Texts of the German Tradition from Enlightenment to the Present*, p. 83. Werner G. Jeanrond, *Theological Hermeneutics: Development and Significance*, p. 46.

要素,则导源于他的"主体的/心理学的维度",它强调的是意义生成中的"选择"性。后者显然更为关键,因为"解释者对文本的解读必须勇敢地承担一种风险,……没有任何解释可以穷尽文本的独特意义,理解是一个永无止境的任务和挑战。……一方面直觉不能逃避语义学的事实;另一方面,又不可能对文本之语言学构成形成客观的认知,以取代解释者把握文本整体意义的职责——尽管这种把握最多只能通向一种趋近性的重构"①。

关于"解释循环"的分析其实古已有之②,它通常可以被概括为两种形式。第一,我们需要某种前理解(pre-understanding)才能进入文本;没有前理解和问题,就没有理解和回答,也就无从获得意义。第二,通过局部才能理解整体,而只有理解整体才能准确地理解局部。施莱尔马赫在此基础上提出:有两种相关的方式同时作用于这一循环, 即直觉的方式和比较的方式。而在他的具体分析中,"直觉的"和"比较的"方式无非还是上述两个维度、两种要素的进一步阐发。因此有研究者径直将这两种方式分释为二,前者是对"文本自身"(text) 的直觉感受,后者是对"文本语境"(context) 和"语法关系"(grammatical dimension) 的判别与认知。③尽管施莱尔马赫所言的"文本间比较"被认为已经涉及后世讨论的"互文本性"(intertextuality)问题,但是他的侧重点毕竟在于:"文字和内容的解说并不是解释本身,而只是提供了解释的条件;解释仅仅开始于意义的确定,尽管它需要借助于这些条件。"④如果就此推演,那么最终能从"循环"中把握意义的,当然还是解释主体的心理直觉。

---

① Werner G. Jeanrond, *Theological Hermeneutics: Development and Significance*, p. 47.

② Hans-Georg Gadamer, *Truth and Method*, translated by Garrett Barden and John Cumming, New York: Crossroad, 1975, p. 154; 布尔特曼也曾提到亚里士多德对"解释的循环"和"前理解"的论述,见 Rudolf Bultmann, *The Presence of Eternity*, Westport: Greenwood Press, 1975, p. 111。

③ Werner G. Jeanrond, *Theological Hermeneutics: Development and Significance*, p. 48.

④ Werner G. Jeanrond, *Theological Hermeneutics: Development and Significance*, p. 48, p. 188 注释及 p. 103.

如上的描述可以使我们看到：施莱尔马赫使脱胎于"释经"的"解释"扩展为普遍的理解活动之后，首先为"理解过程"标定出主客相成的坐标，然后通过"意义重构"替代了"意义本身"，继而以解释者的"直觉"来统领这种"重构"，又似乎要用直觉的"感受性"去引导循环之中的认知。其中，"对象与主体相契合"的康德式旨趣是显而易见的。在这样的逻辑链条上，他为"理解"和"解释"设定了一种影响颇为久远的目的，即："理解文本，进而比作者更好地理解文本。"[①]

如果施莱尔马赫的这种思路仅仅是就文学文本而言，那么直接的结果可以见于他本人参与其事的《雅典娜神殿》、以及他所影响的施莱格尔兄弟等人的早期浪漫派理论；其中最响亮的命题之一，便是"浪漫主义的诗……始终在形成之中，永远不会臻于完成，……不可能被任何理论彻底阐明，……惟有它是无限的和自由的"[②]。但是这并没有超出康德、黑格尔关于美的艺术之"无限性"和"自由性"的界说。其间接的结果，则贯穿于福柯的"作者之死"(the disappearance or death of the author)[③]、伽达默尔和姚斯的"期待视野"(horizon of expectations) 以及"视野融合"(fusion of horizons)[④]、伊瑟尔的"未定性"(indeterminacy)和"文本的空白"(gaps

---

① Kurt Mueller - Vollmer, *The Hermeneutics Reader: Texts of the German Tradition from Enlightenment to the Present*, p. 83. Werner G. Jeanrond, *Theological Hermeneutics: Development and Significance*, p. 47.

② 伍蠡甫主编《西方文论选》，上海：上海译文出版社，1988，下卷，321 页。

③ Michel Foucault, What is an Author? David Lodge and Nigel Wood edited, *Modern Criticism and Theory*, New York: Pearson Education Inc. 1988, p. 175.

④ Hans Robert Jauss, *Towards an Aesthetic of Reception*, Minneapolis: University of Minnesota Press, 1982, p. 20. Peter V. Zima, *The Philosophy of Modern Literary Theory*, London: The Athlone Press, 1999, p. 58 – 59。"期待视野"一说，被认为是由曼海姆 (Karl Mannheim, 1853 - 1947) 首先引入哲学和文化社会学讨论的，用以描述我们在现实处境中理解和解释文本及文学作品的历史语境（即支撑着一定社会群体之世界观的总体价值、规范和利益）。"视野融合"则是指文本唤起的第一重"期待视野"与阅读处境之中的第二重"期待视野"之间的不断对话。参阅 Peter V. Zima, The Philosophy of Modern Literary Theory, p. 59 – 61 及 p. 220 注释 7。

or blanks)①、赫奇的"意义"与"意味"之辨(meaning and significance reinterpreted)②、杜夫海纳的"作者的原意只是可以确定的 X"③等等。而在狭隘的文学文本之意义上,这至多可以被视为德国古典美学以来的讨论在细节上的发散而已,现代解释学的落点似乎并不在这里。要从更根本的意义上解读施莱尔马赫理论的可能性,或许必须将他的解释学思路还原于他的宗教观。当同样的解释学原则也被运用于神学解释、进而敦促神学解释放弃一切特权的时候,现代解释学的革命性意义和人文学价值才能被彰显到极处。

施莱尔马赫并没有专门展开神学解释学的研究,只是认为"启示无须判定,因为判定本身就建基于解释"④。同时他发表于1810年的《神学研究纲要》,又曾提出神学解释应当服从普遍的解释学(universal hermeneutics)原则。⑤值得注意的是,他一方面否认神学解释具有任何特权,一方面却未曾对神学解释学多置一辞,这显然同他以"敬虔"为本的宗教态度有关。也就是说:在关涉到"圣言"的时候,他对教会传统中的"释经权威"和"权威性释经"的怀疑,可能必然会指向受制于语言逻辑的人类理解活动本身。正如他在《圣诞节座谈》中所描述的那样:"这种讲论……真是用不着的。……一切形式都已变成僵硬,一切言谈亦……太沉闷而冰冷。"⑥

如果可以用施莱尔马赫的宗教观来补足其神学解释学的"未定性"和"空白",应当说他是要离开语言逻辑的制约而另辟蹊径,

---

① Wolfgang Iser, *The Reading Process: a Phenomenological Approach*, David Lodge and Nigel Wood edited, *Modern Criticism and Theory*, p. 190 – 193.

② E. D. Hirsch Jr., *Faulty Perspectives*, David Lodge and Nigel Wood edited, *Modern Criticism and Theory*, p. 230,另见赫奇《解释的有效性》,王才勇译,北京:三联书店,1991,73 页。

③ 杜夫海纳《美学与哲学》,孙非译,北京:中国社会科学出版社,1985,65 页。

④ Kurt Mueller – Vollmer, *The Hermeneutics Reader: Texts of the German Tradition from Enlightenment to the Present*, p. 80. Werner G. Jeanrond, *Theological Hermeneutics: Development and Significance*, p. 49.

⑤ 施莱尔马赫《宗教与敬虔》,谢扶雅译,香港:基督教文艺出版社,1991,10页,及 Werner G. Jeanrond, *Theological Hermeneutics: Development and Significance*, p. 49.

⑥ 施莱尔马赫《宗教与敬虔》,516页。

即:最终将神学意义的更恰当解释,让渡给美的体验和情感的分享。在几位热衷思辨、却输于才艺和感受力的"男客"①高谈阔论之后,施莱尔马赫通过一个沉默许久的人物这样表达了他的理想——一种或可被称为"神学解释学"的理想:"女客们……本将为你们歌唱何等美丽的乐曲,歌唱蕴涵着你们所论说的虔诚的乐曲;……她们可以透过充满真爱与喜乐的心情,使论说富有更多的魅力,……比你们庄严的议论更让人愉悦。……这不可言说的时刻在我心中产生着一种不可言说的喜乐。"②

施莱尔马赫在《论宗教》、《基督教信仰》等著作中,一向是从"敬虔的情感"、"绝对的依赖感"③等方面来界说宗教的本质,用"诗意"、"深情"④等字眼来描述圣经的内容。乃至谢扶雅专门指出"宗教"与"敬虔"两词在德文中相通,"英文里的形容词 religious 也和 pious 无甚区别"⑤。尽管这种"经验 - 表现"的模式(experiential - expressive model)后来遭到林贝克(George Lindbeck)的批判⑥,但是确实已经深刻地影响到当代的基督教思想界,"基督教新教的蒂利希、布尔特曼、麦奎利、考夫曼、……以及天主教的伯纳德·罗纳根、卡尔·拉纳、……汉斯·昆、大卫·特雷西等,都是经验 - 表现宗教观的支持者"⑦。

就语言逻辑所注定的解释限度而言,施莱尔马赫的"普遍的解释学原则"一旦进入神学解释的领域,可以获致的结论似乎必然是语言载体对于独一"圣言"的无奈。关于这种容不得任何歧义的特殊的解释对象,浪漫主义的诗学观念和文学解释学的"视野融合"

---

① 请参阅施莱尔马赫《宗教与敬虔》,465 – 478 页。

② 施莱尔马赫《宗教与敬虔》,516 页。译文略有调整。

③ 施莱尔马赫《宗教与敬虔》,59 页,309 页。

④ 施莱尔马赫《宗教与敬虔》,55 – 56 页。

⑤ 谢扶雅《施莱尔马赫:宗教与敬虔导论》,《宗教与敬虔》,11 页。

⑥ 林贝克《教义的本质》,王志成译,香港:汉语基督教文化研究所,1997,31 – 42 页。

⑦ 江丕盛《对谈、真理与宗教语言性》,《基督教文化学刊》第一辑,北京:东方出版社,1999,115 页及注 1。

显然都是无效的。神学解释学在这里不得不作出断然的选择：或者放弃"圣言"的最终意义，或者放弃与解释活动俱在的语言逻辑。施莱尔马赫从"解释"重新转向情感的体验，应当说是试图解脱于"语言牢笼"的一种努力。

当施莱尔马赫论说"解释"之时，他是通过主体的选择、意义的重构、直觉的感受一步步地消解了传统教会的真理观。这开启了现代解释学的思路，而他自己实际上又游离于这条思路，让"圣言"的独一性通过敬虔的情感得以成全。他大约已经意识到：沿着"解释"的线索继续推演，只能导致"意义"的层层退让，却无法使任何一种信仰"恒真"。他借助情感、诗意的体验所获得的落点，似乎带有相当的浪漫主义色彩和美学意味，但是这与浪漫派诗学和文学解释学存有一种极大的差异，即：后者并不寻求意义的确定性，甚至恰好是要张扬诗意或阅读中的非确定性；而施莱尔马赫则是要将"解释"诉诸普遍的宗教经验，以避免解释学的追踪拆解掉信仰的基础。由此我们可以又一次看到：解释学也许只有在神学的维度上，才会不断受到真正的"逼迫"，才无法在中途稍事停留，无法用阅读文学文本的方式将问题化解。

与此同时，另一个问题也随之产生：如果神学的解释可以摆脱教会的权力和语言的链条，可以重新落实于宗教的经验，那么一种同一、普遍的"宗教经验"是否真的存在？这种经验又何以得到辨别？这一点，正是林贝克对"经验－表现模式"之批判的最有力度之处。①从逻辑的意义上看，普遍的"宗教经验"与康德建立在"认识诸能力的自由活动"之上的人类"共通感"②相似；它只能被设定，却无法获得证明。在神学的意义上，施莱尔马赫的"敬虔"似乎又回到了奥古斯丁"理解超验之物"的七个步骤；其中"真正的理解"已经被过渡为"精神和道德的净化"③。

---

① 江丕盛《对谈、真理与宗教语言性》，《基督教文化学刊》第一辑，115－116 页。

② 康德《判断力批判》上卷，宗白华译，北京：商务印书馆，1987，76－79 页。

③ Francis Schussler Fiorenza, *Systematic Theology: Task and Method*, Francis Schussler Fiorenza & John P. Galvin edited, *Systematic Theology*, volume I, p. 13－14.

然而神学毕竟不能没有解释，即使是基于信仰的解释。

二、"神学"的解释学性质

神学实际上就是对于圣经、教规、宗教传统和宗教经验的解释①，因此从根本上看，一切神学学说都含有解释学的性质。

施莱尔马赫以后的基督教神学，或许可以按照林贝克的方式，大体划分为"经验－表现"和"文化－语言"(cultural－linguistic model)的两种思路。二者的区别，主要在于对"经验"和"语言"之关系的不同解释。

前者与施莱尔马赫的"敬虔"相似，将宗教经验(religious experience)视为信仰的基本要素，教义则只是这种"经验"的"语言表现"(linguistic expression)。从而，信仰的"同一"(equivalent)是由于经验的普遍性；作为"语言表现"的教义解释，却必然有所不同。②由此导致的结果之一，是神学承袭伽达默尔的解释学话语，沿着"语言的极端多元性"揭示出"历史的极端含混性"③。对于"经验－表现"神学的解释学性质，这可能是一种最激进的表达方式。乃至特雷西直截了当地用"解释学"界定"系统神学"，并且如同伽达默尔所谓的"理解性阅读……是对历史的参与"④一样，主张"系统神学的任务就是对基督教经典中的意义和真理进行解释性的复原(interpretive retrieval)"⑤。与之相关的另一种结果，是海因利希·

---

① Francis Schussler Fiorenza, *Systematic Theology: Task and Method,* Francis Schussler Fiorenza & John P. Galvin edited, *Systematic Theology,* volume I, p. 43.

② Francis Schussler Fiorenza, *Systematic Theology: Task and Method,* Francis Schussler Fiorenza & John P. Galvin edited, *Systematic Theology,* volume I, p. 43.

③ 请参阅特雷西《诠释学 宗教 希望》，冯川译，香港：汉语基督教文化研究所，1995，第三、四章。其原书的标题已经点明了"多元"和"含混"(*Plurality and Ambiguity: Hermeneutics, Religion, Hope*)。

④ 伽达默尔《真理与方法》，洪汉鼎译，上海：上海译文出版社，1992，210 页。

⑤ David Tracy, *The Analogical Imagination,* New York: Crossroad, 1981, p. 99 - 153; Francis Schussler Fiorenza & John P. Galvin edited, *Systematic Theology,* volume I, p. 46.

奥特用"理解的整体性"贯通圣经经文、神学内涵和当代宣教等三个层面的解释;他同样明确地提出"神学的本质是解释学",不过其核心概念是由这三个层面构成一种"神学解释学之圆",以便使"解释学循环"成为对"连续性之圆"的"细致的解释"。①这里所涉及的"圆"和"循环"的两重意思,也曾是保罗·蒂利希《系统神学》首先要处理的问题,而被奥特所吸纳的,更多的只是其"方法论上的结论"②,即神学解释之各部分的相互依存性。所以奥特实际上是回到信仰的立场,以"思想的经验性"、"言说的客观化"保证"信仰所经验到的'意义－内容'"。③

另一方面,"文化－语言"的神学模式带有同样的解释学性质。比如这一模式的倡导者林贝克就提出:宗教作为一种"文化－语言现象",其广义的语言符号和教义解释并不是"外在表现",而是"被极大地仪式化的、综合性的解释体系"、"它由推论性和非推论性符号的词汇以及一种使这些词汇可以有意义地组合的独特逻辑或语法组成",从而也"塑造"或者"建构"着宗教经验。④与前一种模式相比,林贝克是将外在的语言、教义"内化"为宗教的本体,但是在施莱尔马赫的"解释学"概念之参照下,这种"内化"其实在相当程度上切断了文本与世界、文本与理解活动之间的联系。⑤可以与之一比的,也许是卡尔巴特关于"解释"的"独一圣经主义"或者"唯基督主义"⑥方法。

---

① 奥特《什么是系统神学》,阳仁生、黄炎平译,见刘小枫选编《海德格尔与神学》,香港:汉语基督教文化研究所,1998,197－202页。
② 蒂利希《系统神学》第一卷,龚书森、尤隆文译,台南:台湾东南亚神学院协会,1993,16页。
③ 奥特《什么是系统神学》,见刘小枫选编《海德格尔与神学》,229－230页。
④ 林贝克《教义的本质》,34－36页。
⑤ 江丕盛《对谈、真理与宗教语言性》:"林贝克……的最大贡献应该在于其对宗教传统的肯定,以及对在传统中教化自我的坚持。……但是他……把宗教还原为一个语言符号系统,进而倡议宗教真理只是(有如数学符号系统真理一样)系统内一致性真理,并不告诉我们客观的实在是怎样的。"《基督教文化学刊》第一辑,125页。
⑥ 韦廉士《近代神学思潮》,周天和译,香港:基督教文艺出版社,1990,43页。巴特本人则只提到"有人将我的这种立场称为圣经主义"。见卡尔巴特《〈罗马书〉释义》,魏育青译,香港:汉语基督教文化研究所,1998,18页。

巴特强调"词中有词、词中有道"、主张将圣经文本看作"实义之谜"而不是"文献之谜"①；因此在一定程度上说，他的"语言"亦带有"内化"和"建构"的味道。但是巴特本人并不认为这种方法的对象是"独一"的。比如《〈罗马书〉释义》的第二版前言就明确提出："我的'圣经主义'方法……也可以用于老子或歌德，假如解释老子或歌德是我的职责的话。"②为了与林贝克的"文化–语言模式"相呼应，更有针对性地理解巴特追求"实义"而并非"封闭"的解释观，最好的例子便是解析他在 1918、1921 和 1922 年分别为《〈罗马书〉释义》写下的三篇前言。尽管只有短短的四年，巴特的"释义"已经发生了微妙的变化。

在第一版前言中，他是以"感悟说"界定"理解活动本身"，并且几乎一字不差地用曼海姆的方式引出了"视野融合"的问题："理解历史，意味着旧时智慧和今日智慧之间不断进行日益真诚、日益紧迫的交谈。"③到了三年以后的第二版前言，巴特似乎还在进行两种"期待视野"的"交谈"："我几乎忘了自己并非原作者，……以至我能让他以我的名义发言，或者我自己以他的名义发言"；但是他所以侧重的，则是"无论代价如何，要使文本开始发言"。④又过了一年的第三版前言，原初的"交谈"已被解释为"与文本作者的忠信关系"；"使文本开始发言"也被转换为"真正使作者重新发言"，甚至要解释者"与作者共存亡"。⑤较之福柯关于"作者的功能即将消失"、"'谁在发言'……将不再成为问题"等论说⑥，巴特从"交谈"到"文本"、又到"作者"的推移完全是反向的。以此为背景将林贝克对语言的"本体"化比之于巴特对语言的"实义"化，至少可以说明

---

① 卡尔·巴特《〈罗马书〉释义》，15 – 16 页。

② 卡尔·巴特《〈罗马书〉释义》，19 页。

③ 卡尔·巴特《〈罗马书〉释义》，6 – 7 页。曼海姆的"视野融合"概念，请参阅本文注释 22。

④ 卡尔·巴特《〈罗马书〉释义》，15 – 16 页。

⑤ 卡尔·巴特《〈罗马书〉释义》，26 页。

⑥ Michel Foucault, What is an Author? David Lodge and Nigel Wood edited, Modern Criticism and Theory, p. 186 – 187.

"文化－语言模式"可能遇到的两条岔路。其一,将语言剥离于"经验的表现",未必就意味着它能自足于"系统内的一致性"(比如巴特的起点);其二,当语言系统还是要涉及使用语言的双方时,对"实义"的求索最终会使"交谈"向恒定的一方倾斜(比如巴特的落点)。实际上,这种结果在林贝克的"系统"之中也很难避免,因为当他把宗教语言视为一个"仪式化的解释体系"时,这个体系内的自相统一性便成为符号真理的合法依据。而置身于林贝克的体系之外,则或可套用巴特的一句名言:"公义越显得是完美,就越显得是不义,……哪种合法性的根源不是非法的?"①

　　巴特后来的兴趣,更不在于施莱尔马赫所关注的"人类理解"、"误读"和"意义重构",却在于上帝之道的自我彰显,因为"对圣经的证明……以及我们自身思想的自主,是一个不可能的解释过程"②,"启示并非历史的陈述,历史才是启示的陈述"。③从而巴特的解释学被视为"对启示(revelation)的解释,而不是对语义(signification)的解释"。④有趣的是,巴特曾像施莱尔马赫一样用"直觉的把握"来说明"真正的理解和阐释"⑤,但是当我们注意到施莱尔马赫使"解释"离开语言的链条、落实于宗教经验的时候,应当发现卡尔·巴特也是通过"道成肉身的事件"(word event)⑥摆脱语言的困境。

① 卡尔·巴特《〈罗马书〉释义》,605 页。

② Karl Barth, Church Dogmatics, edited by G. W. Bromiley and T. F. Torrance, Edinburge: T. &T. Clark, 1965 - 1975, volume I, 2: 721; Werner G. Jeanrond, Theological Hermeneutics: Development and Significance, p. 132.

③ Karl Barth, Church Dogmatics, edited by G. W. Bromiley and T. F. Torrance, Edinburge: T. &T. Clark, 1965 - 1975, volume I, 2: 58; Werner G. Jeanrond, Theological Hermeneutics: Development and Significance, p. 129.

④ Eberhard Jungel, Gottes Sein ist im Werden: Verantwortliche Rede vom Sein Gottes bei Karl Barth, Tubingen: J. C. B. Mohr, 1976, p. 27. Werner G. Jeanrond, Theological Hermeneutics: Development and Significance, p. 135 - 136.

⑤ 卡尔·巴特《〈罗马书〉释义》,13 页。

⑥ Miikka Ruokanen:"上帝之道……被视为道成肉身的事件,……这使内容的问题转换成对于倾听上帝之道的情境……的分析。……巴特证明上帝之道的观念,也在于……上帝之道只能凭借其自身的力量而被认知,……从而上帝之道不是内容、而是一个事件。"Miikka Ruokanen, Hermeneutics as an Ecumenical Method in the Theology of Gerhard Ebeling, p. 199 - 200.

极端的解释学话语最终推出的，是"文本之外别无他物"①的结论；巴特则是以相反（或者相似）的逻辑坚称：信仰之外，解释无以立足。②有时，他好像对一种不容置疑的反诘句式格外着迷："除了假设文本的灵恰恰通过词句与我们的灵交谈，难道还有另一条途径通往文本之灵不成？""一个严肃的人难道会不假设'上帝就是上帝'，而提出其他假设来探讨……文本？"③这些反诘当然不一定经得起推敲，巴特却仍然要以此申明"信念"对于"理解"的前提性。

进一步追究"经验－表现"和"文化－语言"的两种思路，也许会使我们面临一个悖论：如果不能像施莱尔马赫那样摆脱语言逻辑的制约、中断语言性的解释活动、去持守有待证明的"普遍的宗教经验"，则或者先将思想归属于经验、再剔除经验中的"偶在行为"以成全其普遍性④（如奥特所做的），或者就无法避免意义的颠覆（如特雷西所暗示的）；如果像林贝克那样将宗教还原为"自足的语言符号系统"，又只好用卡尔·巴特的另一种办法转换"解释"的对象，却仍然是凭借信仰来维系意义。

那么除去退回宗教经验和信仰本体，神学解释学究竟还能否直面现代解释学提出的挑战？或者说，神学解释学如何才能在语言载体的张力之内最终解决意义的寻求？神学解释学的这种可能的解决在何种意义上才能成立？因为无论如何，"圣言"是"以人的语言来表达"的，既可以"极具弹性地利用这语言的差异"，又必须"接受这语言的各种限制"。⑤

---

① 德里达《论文字学》："不存在外在文本。……在人们可以认定为卢梭的著作的东西之外，在这种著作的背后，除了文字……别无他物。"汪堂家译，上海：上海译文出版社，1999，230 页。

② Karl Barth, *Church Dogmatics*, edited by G. W. Bromiley and T. F. Torrance, Edinburge: T. &T. Clark, 1965－1975, volume I, 2: 506－512; Werner G. Jeanrond, *Theological Hermeneutics: Development and Significance*, p. 131.

③ 卡尔·巴特《〈罗马书〉释义》，27 页，17 页。

④ 奥特认为这是"在神学领域中克服形而上学"的办法，即："把一切思想解说为在本质上是基本客观化的思想，然后把信仰……的偶在行为同这些思想区分开来。"奥特《什么是系统神学》，见刘小枫选编《海德格尔与神学》，229 页。

⑤ 教宗若望保禄二世贺辞，宗座圣经委员会文告：《教会内的圣经诠释》，ix 页。

其实在卡尔·巴特的时代，神学解释学已经涉及到如上问题，朋霍非尔、布尔特曼和保罗·蒂利希可以被视为其中的主要代表；特雷西、奥特、林贝克乃至埃贝林等人的解释学思想，正是有关问题在当代的述说。需要我们做的，也许只是找到一条连贯的线索，找到一种不同于哲学解释学或者文学解释学的范式，根据神学所独具的可能性予以重新认识。

应当特别考虑到的因素还在于：朋霍非尔、布尔特曼、保罗·蒂利希对传统神学解释的延伸，都关系到基督教理念在第二次世界大战的空前灾难中所遭受的怀疑和动摇。这种背景一方面可能导致传统"意义"的最终消解，另一方面又使"意义的看护"成为根本性的问题。就这一点而言，卡尔·巴特后期的"唯基督主义"解释与其同时代人的现实思考并非没有相通之处。尽管巴特采取了比较生硬的方式，但是他对"存在类比"的坚决拒斥①、以及"让上帝成为上帝"(let God be God)、上帝是"绝对的他者"(the Wholly Other)等命题②，"当然不是要确保一种人格神的存在，……而是要强调神圣的本质、上帝的上帝性 (the Godness of God) 与一切非神性本质的巨大差别"。③他坚决反对纳粹的政治立场，是同这种神学态度互为因果的。而朋霍非尔、布尔特曼和保罗·蒂利希与巴特(也与施莱尔马赫) 的不同，只是在于他们"不是从循环中脱身，而是……进入……理解的循环"④。

三、"理解的循环"与意义的确认

海德格尔要"依照正确的方式进入理解的循环"，是因为"理解的循环不是一个听凭任意的认识方式活动于其间的圆圈，这个词

---

① 关于巴特坚决拒斥人与神之间的存在类比，及其创造的信仰类比、关系类比、操作类比等概念，请参阅奥特《从神学与哲学相遇的背景看海德格尔思想的基本特征》，孙周兴译，见刘小枫选编《海德格尔与神学》，180 页。

② 有关讨论请参阅刘小枫《走向十字架的真》，上海：三联书店，1995,48 – 62页。

③ Werner G. Jeanrond, *Theological Hermeneutics: Development and Significance*, p. 134.

④ 海德格尔《存在与时间》，王庆节译，北京：三联书店，1987,187 页。

表达的乃是此在本身的生存论上的'先结构'。把这个循环降低为一种恶性循环是不行的，……在这一循环中包藏着本原性认识的一种积极的可能性①。伽达默尔深受这一"积极的可能性"的鼓舞，认为"这显示了解释的循环具有本体论的积极意义";但是他对"恶性循环"的读解似乎只是注意到其中"任意性"(arbitrary)和"幻想"(fancies)的性质，并以海德格尔的形而上学批判为证，却没有讨论海德格尔并列于"幻想"的"流俗之见"(popular conceptions)。②其实在海德格尔看来，"任意"确定一种"前理解"或者将"前理解"混同为"流俗之见"，都会使"解释的循环"降低为"恶性循环";要"依照正确的方式"实现其"积极可能"，则在于"'解释'理解到它的首要的、最终的和持续的任务就是始终不让'先有'(fore-having)、'先见'(fore-sight)、和'先概念.'(fore-conception)以幻想的和流俗的方式出现……"③经他排除了"任意幻想"和"流俗之见"、并且用"此在本身的先结构"限定过的这种"前理解"，才被 Karl-Otto Apel 称作"解释学的逻各斯"④。"解释的循环"在这里所表达的"先结构"，显然是针对"此在"的一种实质的规定性。伽达默尔也许过多地关注于"期待视野"及其"融合"，所以未能去深究这种"有限的此在"(无论其意义是宗教的还是非宗教的)⑤，乃至对"流俗"网开一面。而后世依据文学文本的所谓"解释"愈发误解了伽达默尔的引申，竟沾沾自喜于"语言的多义性、表达的隐喻性、意义的增生性、

---

① 此处请参阅海德格尔《存在与时间》，187-188 页；Hans-Georg Gadamer, *Truth and Method*, p. 235-236; 另见 Miikka Ruokanen, *Hermeneutics as an Ecumenical Method in the Theology of Gerhard Ebeling*, p. 135。

② Hans-Georg Gadamer, *Truth and Method*, p. 236-239.

③ 海德格尔《存在与时间》，187-188 页；Hans-Georg Gadamer, *Truth and Method*, p. 235-236。

④ Miikka Ruokanen, *Hermeneutics as an Ecumenical Method in the Theology of Gerhard Ebeling*, p. 135. Miikka Ruokanen 认为"解释学的逻各斯"之说是指"前理解构成了理解活动的语言学条件"，似不尽然。

⑤ 皮罗《海德格尔和关于有限性的思想》，陈修斋译，见刘小枫选编《海德格尔与神学》，109 页，129 页，132-133 页，136 页等。

解释的合理冲突性";这更是完全迷失了解释学始终在寻求"意义"的初衷，完全忽略了语言的"权力结构"带给人们的震惊和悲哀①，甚至最终也会使文学的"阅读活动"破碎不堪。这样的"解释"本身，其实亦成为导致"恶性循环"的另一种"流俗"。

"进入理解的循环"并不等于用"解释"抽换"意义"。对此，保罗·蒂利希曾就"神学的循环"(the Theological Circle)予以讨论。②他承认神学解释同样存在着"体验与价值的'先结构'(a priori)"，并认为这是"任何宗教的哲学家也无法回避的循环"。这种"先结构"和"循环"对神学解释的制约使他意识到：将神学视为经验－归纳的科学(经验论的神学)、形而上学－演绎的科学(观念论的神学)、或者二者的结合，都无法得到成功。因为"倘若采用归纳的方法，则必须追问……神学的经验基础；而任何经验的基础，都包含着体验与价值的'先结构'。古典观念论所推衍的演绎方法同样如此。观念论神学中的究极性诸原理，……正如所有形而上学的究极者一样，……原是由隐含于究极者的观念所决定的。……每一概念都基于人所能直观领悟的、关于终极价值和存在的直接经验"。所以无论是观念论的还是经验论的神学概念，"都植根于……对超越主观和客观之对立的某种存在者的意识"。

像海德格尔一样，蒂利希的一旦针对"此在"理解"先结构"的循环性，便立即指出"这绝非一个邪谬的循环。对精神事物的每一种理解，原都是圆形的循环"③。对"解释的循环"之肯定，甚至使蒂利希对历史的看法与伽达默尔的"效果历史"(effective

---

①　福柯："我的基本问题是对于一种潜在系统的界说，在这一系统中，我们发现自己完全是囚徒。我想把握的，就是我们习以为常而又无所觉察的这个限制和排斥性的系统，我想揭示这种文化的潜意识。"见 Michel Foucault, *Rituals of Exclusion*, 转引自 Judith Butler, *Subjection, Resistance, Resignification*, Walter Brogan & James Risser edited, *American Continental Philosophy*, Bloomington: Indiana University Press, 2000, p. 336。

②　蒂利希《系统神学》第一卷，12－16页。

③　以上均引自蒂利希《系统神学》第一卷，12－14页。译文略有不同。

history）①之说十分相近："传统……不报告'赤裸的事实'（naked facts），'赤裸的事实'这概念本身就是可疑的；传统……将事实象征地变迁，而在人们心中传达重要的事件。……在一切传统的形体中，实际上完全不可能区别历史的事件和象征的解释。……一切的历史写作是依存于实际的事件和被具体的历史意识的接受之两者。没有事实的事件发生，就没有历史存在；而没有历史意识来接受和解释事实的事件，则也没有历史存在。"②但是当蒂利希在短短的十几行文字中一连用了五次"进入神学的循环"时，他所强调的却绝不是"此在者"的"期待"。这种"进入"伴随着"具体的献身决心"、"神学的自我诠释"以及"不再声称自己是通常意义的'科学的'神学家"③。他的问题仅仅是"神学家永远处在委身于信仰又疏离于信仰之间，处在'信'和'怀疑'之间"④。所以他对"神学循环"的分析一如海德格尔的"理解的循环"，并不是无限制地夸大"期待视野"，而是要"从生存论的意义上"为"此在"立法。

具体到朋霍非尔、布尔特曼和蒂利希对"理解循环"的"进入"，"基督教的非宗教解释"（non‑religious interpretation of Christianity or Christian faith）⑤、圣经意义的"非神话化"（demythologization）⑥、

---

① 伽达默尔《真理与方法》，384 页。《真理与方法》出版于 1960 年，蒂利希谈及相似问题的《系统神学》第三卷出版于 1963 年，比伽达默尔略晚。而布尔特曼最晚是于 1955 年 2－3 月间在爱丁堡大学的演讲中已经谈到 "历史事实"（Historie or Historicity）与"历史意义"（Geschichte or Historicality）之区别，其演讲后来被合编为《永恒的当下性》一书。与此相关，布尔特曼还在 1954 年就提出 "与历史的存在性相遇"之说。Rudolf Bultmann, *The Presence of Eternity*, Westport: Greenwood Press, 1975, p. 1－11, p. 119. 另见 Alister E. McGrath edited, *The Blackwell Encyclopedia of Modern Christian Thought*, Oxford: Blackwell Publishers, 1993, p. 60。
② 蒂利希《系统神学》第三卷，卢恩盛译，台南：东南亚神学院协会，1988，382页。
③ 蒂利希《系统神学》第一卷，14－15 页。
④ 蒂利希《系统神学》第一卷，15 页。译文略有不同。
⑤ D. Bonhoeffer, *Letters & Papers from Prison*, edited by Eberhard Bethge, London: Macmillan Publishing Company, 1972, p. 344, p. 285－286.
⑥ Bultmann, *Jesus Christ and Methology*, New York: Charles Scribner's Sons, 1958, p. 18. Werner G. Jeanrond, *Theological Hermeneutics: Development and Significance*, p. 142.

以及人与神的三种"相关互应"(correlation)①,是他们各自所选取的通道。这当是另外一段长长的故事,然而其中的基本命题,都在于伸张"方法"的多元却不是"意义"的多元。用"意义的多元"来界说"解释活动"、又用更多的"解释活动"去丰富"意义的多元",在20世纪已经越来越远离了"诸神竞争"的悲剧意味,而成为轻飘飘的文人谈资。相反,"方法"的多元则是要彰显"意义"的必要性,警惕"解释"对"意义"的僭越,在倾向于怀疑主义的现代氛围中守护"意义"本身。

在 20 世纪的西方,基督教之于世俗生活的地位确实表现出一定程度的边缘化。但是在有关"价值"的各种人文学思考中,神学的视角越来越显示出无可替代的意义;因为在世俗的领域里追索价值,我们最终只能发现一切"价值"都充满了相对性。通过后现代主义批评对于"宏观叙述"(grand narrative)的解构,基督教神学实际上得到了更大的空间。在一定意义上说,这种空间显示了人文学与神学的深层同构。

为人文学研究引入神学解释学的视角,其意义绝不仅仅在于神学解释学是文本解释活动的源头。更根本的问题是:神学解释学的缺席,使"权力话语"、"文本的敞开"等一切解释学的核心问题都难以坐实。通过解释学的惯常分析,我们可以知道自己的阅读活动已经被"前理解"所决定,知道"确定意义"不过是"真理制度"的一种结果;我们也会发现"文本的敞开"和"过度的解释"最终会导致意义的消解,接受理论和读者反应批评被推向极端时必然会阻断沟通的可能。但是就文学解释学而言,"有一千个读者就有一千个哈姆雷特"被视为一种阅读的常态;就哲学解释学而言,这种解释只能颠覆"历史与语言的神话",却难以重建意义。

神学本身的解释学性质及其解释对象,决定了它必须持守"真理"与"方法"之间的张力,必须处理变化的语境对确定性意义的切近,必须找到理解的支点而无法逃向"空白",必须在确认人的有限性、语言的有限性和解释本身的有限性之同时,确认"奥秘"的真实性。这,应当也是人文学的品格。

---

① 蒂利希《系统神学》第一卷,84－85 页。

仁学：中国灵魂的温柔枷锁

李之鼎

在中国，现在是一个准多元化文化时代。自上世纪70－80年代以来，世界民主化第三波浪潮汹涌，全球化加速，前苏联和东欧旧体制的全面崩溃，亚洲国家自由化民主化进程也在加快，中国经济文化转型，国人信仰失落，观念彷徨，价值崩塌，经济腾飞，政治"不讨论"，文化热潮阵阵。此时，除西方各派学说蜂拥而至外，长期被压抑的儒家学说又骤然兴起，有的还转口引进，到了90年代初期，它受到民间和官方部分人士同时青睐。90年代中期开始，民族主义思潮迭兴，逐渐渡入意识形态核心。与此相关连，儒家学说受到更多的注意，有人甚至视之为民族复兴的惟一条件。而且海内外有的学者长期以来就致力于从以儒家为代表的传统文化中开出民主、平等、博爱、人格尊严、个性独立、道德理性等等许多现代性价值。网上也出现了对儒家怀恋的动情文字。另一方面，不少人对此不免忧虑，认为上述种种是出于对儒家的某种误解所致。

简而言之，中国传统就是儒家，就是孔子，就是仁学，其主张，就是仁道，其他学派都是次要的。百年来的革命、造反、改革，对儒家是有很大冲击，然而儒家余脉源源未绝。对于历史，孔子是伟大的；而且，当我们提出两千多年来孔子给我们带来了什么的问题时，无论期待的是正面还是反面答案，我们都是以承认他在今天仍有着很大影响为前提的。不可否认儒学的正面价值，更不可否认作为它的核心精神的专制主义在两千多年的历史上以至于今天的影响。本文所以标出"仁道"、"专制"，一方面是强调"仁道"与以民主自由为核心的"人道主义"（"humanism"）截然不同，也强调"仁道"与"专制"的必然联系，

111

后者常常是我们所忽略的。①

一 "仁,亲也,从人,从二"

在两千多年的中国历史上、文化史上、思想史上,孔子及其儒学占有中心的地位,这一点是不可辩驳的。而孔子儒学的核心是仁学这一点也是少有异议的。仁这一符号连同它由于不同阐释而囊括粘连的纵长横远、深厚丰富的历史文化信息,作为"文化基因",通过几千年的知行实践,早已深潜入中国人的精神细胞中了。可以说,在"仁"这一范畴中,几乎浓缩着全部中华古老传统。中国人的某种自我认知,不可缺少对仁的思考。

"仁"话语大约出现于孔子以前200年左右,但它发扬光大却从孔子始。孔子虽自周"礼"出发并致力复归于周礼,他的叙述中心是"仁","仁"是儒学的关键词,其学说又称为"仁学",其理论和主张可称为"仁道"(朱熹用语)。什么是"仁"?《说文》释"仁":"仁,亲也,从人,从二","古文仁从千心"。二(至少)人成仁,只有在群体中、在关系中、在伦理中才能成为人、才能定义人。所以古文献"仁""人"可通假。仁这个语符,是一个天然地强调关系也带有人情味的语符,很显然,表达的意向就是群体性:道德伦理,亲善、和谐、爱人。但孔子并不止于此,他着眼于政治和社会,他把礼这一叙述中心语符转换成仁目的在于复礼,因此,在他阐释"仁"的过程中,又灵活细密地把社会政治纳入其中,从此中国文化的政治与伦理互相包容纠缠,政治伦理化、伦理政治化,就成了中国两千多年的历史文化的最大特点。可以说,仁是一个政治伦理或伦理政治概念,或者说它是一个政治伦理一体化的概念,仁学是伦理政治一体化的学说,仁道是伦理政治一体化的主张,仁话语既是政

---

① 拙文:《人道主义与仁道主义,民主主义与民贵主义》,1997·7·1《文论报》。我们注意到,由于中西文化的相异,在跨文化语际/传通中译名的准确非常重要,如"仁"(或"仁道")都具有不可译性,或只能译为"Ren"(或"renty"),而"仁道主义"则似应译为"renism"。这样才有利于辨析,从而认真接受。当我们早已接受了从"humanism"译来的"人道主义",如果再把"仁"译为"humanity",那么势必引起学术混乱。

治话语,又是伦理话语。孔丘的智慧就在这种灵活性中表现了出来,中国的历史也在这种灵活性影响中发展变化。

二　仁学主旨:宗法专制

孔子怎样讲仁? 仁作为总纲,其内涵极丰富,但孔丘本人对仁没做严格的逻辑限定,又在多种场合讲仁,强调不同方面,表达或简括或含蓄或引申,因而当时其弟子记载和诠释也各有所异,研究的主旨之一是追寻这总纲的最初源头。

《论语》总体上是"仁道"话语。据统计,《论语》讲"仁"109次。①下面这一章是孔子与颜渊讨论仁的:"颜渊问仁,子曰:'克己复礼为仁。一日克己复礼,天下归仁焉。为仁由己,而由人乎哉?'颜渊曰:'请问其目。'子曰:'非礼勿视,非礼勿听,非礼勿言,非礼勿动。'颜渊曰:'回虽不敏,请事斯语矣。'"(《颜渊》)学界普遍认为,历史和生活实践中没有几个人被倡"仁"的孔子评价为"仁"的,"事斯语"的颜回却是头号被他首肯的,可见"斯语"的重要意义。②"礼"是西周封建宗法专制主义社会的伦理规范和社会规范的总称。孔子思想体系是以"礼"还是以"仁"为中心,学界看法不一,但"礼"与"仁"语符不同,实质无二,所以"仁"就是"克己复礼"。"克己复礼"是纲,是原则;"四勿",是目,是手段。孔丘是在周礼衰败、周王室政治权利式微的情况下,努力把外在的社会伦道规范转化为个人心理质素,所以特别强调主观自觉性,要人们从身体行为"视"、"听"、"言"、"动"做起。可以说,"为仁由己"的命题,透露出孔子的将礼归仁的导向。原来,孔子为了复礼,用仁作为手段,启动话语权力,通过话语阐释,把旧的礼话语转换并装潢为新的仁话语,

---

① 杨伯峻:《论语译注·试论孔子》。又胡守均《君子国的悲剧》提到,"查《论语》中说仁的共五十八章,仁字凡108字"。(《文汇报》,1992 年 12 月 2 日)蔡尚思《孔子思想体系》:"《论语》言'仁'者凡五十八章,'仁'字出现一百零五次。"(该书第 243 页。)

② 蔡尚思《孔学主要是礼学》引朱熹评孔答颜回:"乃传授新法切要之言","惟颜子得闻之"。见《孔子思想体系》附录一,该书第 282 页。

从而把礼楔进人们的心里,使礼变为主观自觉性的东西,好比自己把枷锁套在脖子上。在这个意义上,崇尚周礼的社会学家的孔子也是一位灵魂工程师,要在人的灵魂深处闹革命。其他讨论"仁"的说法,基本上都能从"克己复礼"得到解释。王夫之说:"礼者,仁之实也,而成乎虚。"(《周易外传》)这一判断准确地道出"仁"的本质及目的。所以"仁"终究要归结于礼,即归结于专制主义。

仁学把仁规定为人的最本质的属性。《中庸》说:"仁者,人也。"孟子曾说:"仁,人之安宅也。"(《离娄上》)又说:"仁也者,人也。"(《尽心下》)这说得较抽象,权衡其他判断,可以说,做不到"克己复礼",人就不成其为人。但庶人("小人"或"民")常被排除在"人"之外:"君子而不仁者有矣夫,未有小人而仁者也。"(《宪问》)但或许有时并不那么绝对,子由的话为证:"昔者偃也闻诸夫子曰:'君子学道则爱人,小人学道则易使也。'"(《阳货》)这话也得到了孔子的认可。道就是仁,君子学仁,可以调节统治阶层("人"——自己人)之间的内部矛盾;小人(或民)学"仁"被君子统治起来就容易了。看来夫子并不绝对反对小人学道(仁)。"民"呢?"民可使由之,不可使知之。"(《泰伯》)被统治者的"民"学不学道无关紧要,反正是被驱使的,听奴役、听使唤就是了。几千年的历史生活中,知书达礼者是极少数,庶民还不具有明确的阶级或阶层意识,此时圣人的话语权更威力无边,出身于底层的庶民在习得这一条圣人之训时,即使不理解自己还没有取得"人"的身份地位,也要学仁争当君子,否则便属于野兽界了。这样,等级制便深深地烙在他们的心里,使他们服帖地接受专制主义统治。

《学而》里讲"孝弟"为"仁之本"这一章也很值得寻味:"有子曰:'其为人也孝弟,而好犯上者,鲜矣;不好犯上,而好作乱者,未之有也。君子务本,本立而道生。孝弟也者,其为仁之本与!'"接受了一些民主思想的当代人会认为:这孝顺父母友爱兄弟和叛乱君主有何关系?这圣人不是生拉硬扯么?但孔丘的目的是:在家要听父母的,在外要听朝廷的,此二者要一致,听朝廷的要做到如听父母的那么自然。千百年来圣人的话语权决定了民族文化面目。把

"孝悌"阐释为"仁之本",是因为"孝悌"是宗法制的内核,宗法制的根本是移孝做忠,将父子关系既生硬又无理地比附于君臣关系,经过长久的熏陶、说服、宣教、规训,使这个根本在人心里扎根,话语与心理中的"道"("礼"或"仁")就不难产生了。在这个意义上,仁道主义又可称为"父道主义"。("父道主义"为顾准语)在家族之内要不犯上,推之于君臣,不犯上就是不作乱,这是仁之"结穴",是宗法专制主义的"诀窍"。专制主义观念的孝对忠是极大的掩盖与粉饰。而无论是西周封建制还是秦以降的一统制(郡县制),中国两千多年的专制主义政治制度又都与宗法制纠结在一起。李泽厚解释孔子"仁学结构"时,四个内容的头两个"血缘基础"、"心理原则"便是由此创发。他指出:"自孔子开始的儒家精神的基本特征便正是以心理的情感原则作为伦理学、世界观、宇宙论的基石。它强调,'仁,天心也',天地宇宙和人类社会都必须处在情感性的群体人际的和谐关系之中。"(《中国古代思想史论》,第310页。)

宗法专制主义是血缘专制主义、心理—情感专制主义,而孔子仁学,在本质上就是循着这种路数达到灵魂专制的目的的。灵魂专制比强调对外在的肉身的专制要"高级"多了。必须指出:在中国传统的政治伦理中最大的荒谬、最大的谎言和最大的欺骗就是宗法制的忠孝相通,其他族群也不是没有这种思想(如某些前社会主义国家和社会主义国家把领袖称为父亲、慈父等),但没有中国这么严重,因为我们有几千年的儒家许多流派的学说为之说教、又有儒家化的制度作为保证,而且有的用神学主义天命论作为根据。移孝做忠本是一种想像或比喻,这种想像性关系和比喻关系,在话语权力作用下,就进入心理和实践,将政治斗争的残酷化为血缘关系的脉脉温情,并积淀为难以改变的国民文化心理,由此观之,中国统治者的专制统治艺术在世界历史上是很高明的,其源盖出于"仁学"。

"樊迟问仁,子曰:'爱人'。"(《颜渊》)樊迟问仁,夫子回答得似乎较随便。但这种回答,变而不离其宗,还是导向心理、情感。接受者会认为,这是使言说者最受人欢迎受人尊敬的一条。在凡俗的、普遍的、日常的理解中,"爱人"是普世性真理,也使圣人和释迦、基督比并,但这里"人"并非指有人,这里的"人"仅指宝塔式等级的相同或相近的阶层中的"对方"而已。"爱人"的原则是爱有差等:首先人不包括庶民。第二,几千年的专制统治下,"爱民"的口号不绝于耳,但那是"使由之,不可使知之"的前提下的"爱",这种"爱",与其说是"爱民",不如说是"使民"、"役民"、"愚民",在统治者看来,这也就是爱,几千年的历史可为证。第三,即使在"仁学"所圈定的属"人"的范围内,也要求每个人都要在专制社会结构中所处的贵贱不同地位,遵守社会等级秩序,在此前提下善待他人。归根结底,还是君臣父子那一套,尤其不可犯上。"孝悌"也好,"爱人"也好,都是"把专制主义人情化"①,目的是在灵魂深处统治人。"把治政的途径引向诲人自省的道德修养,是儒家政治思想的中心内容。"②比起礼来,多方面心理化、情感化所阐释的仁,更易于接受、吸纳,化外在为内在,融化在血液里,落实在日常伦理和政治行为中,使政治与伦理的关系更难解难分。政治目的更加隐蔽、深化和强化。几千年来,有多少人能辨别(官为)"民之父母"、"爱民如子"这温馨的话语中,有玩民于鼓掌之中的残酷的专制主义藏身?时至1980年代,首长还乡归故里,级别很高的报刊还以"父母官"称之,不少读者还习以为常,这就是"孝弟"为"仁之本"的话语的历史威力,这便是传统文化灵魂专制的效果。

孔丘有一次意味深长地对曾子说:"参乎! 吾道一以贯之",曾子背后解释:"夫子之道,忠恕而已矣。"(《里仁》)曾子的诠释未必全面,但也不背谬。夫子之道自然是仁,曾子把仁的意义首先定在"忠恕"上,看来这不违背孔子原意。试看:"子贡问曰:'有一言可以终身行之者乎?'子曰:'其恕乎? 己所不欲,勿施于人'。"(《卫灵公》) 这和孔丘另一个对仁的解释是一致的:"夫仁者,己欲立而立人,己欲达而达人。"(《雍也》)"中"是"中心","恕"是"如心"。即俗语"天地良心",对他人(庶民理应除外),积极的是"己欲立而立人,己欲达而达人"。消极的是"己所不欲,勿施于人"。这自然以处理好

---

① 李慎之:《中国文化传统与现代化——兼论中国的专制主义》,《战略与管理》,2000 年第四期。
② 刘志琴:《礼的省思》,《中国传统文化的再估计》,第 125 页。

君臣父子为前提，首先是"臣事君以忠"（《八佾》）。上面两句已成为民族文化精神的精品话语，那是在现代人意识里，早已置换了语境。孔丘所说的"人"与我们所说的"人"不同。我们现代人则已排除了孔子和长期专制历史语境中的阶级或阶层的分野。（新传统讲阶级斗争时期例外。）这是不难理解的。现实的需要，常使人们省略孔子许多与现代人无关的议论（君子小人、男女、上智下愚许多等级之辨等等），这就是所谓"抽象继承法"，它有一定合理性和可行性，有积极意义，但不少是表面化的，有时很容易掉入专制主义"仁道"的温柔陷阱，天长日久难以自拔。上面所说官崇拜或官本位现象便是显例之一。有云要分清民主性精华与封建性糟粕，中国传统文化是官本位政治文化，做民之主的经验教训乃至权术充斥典籍，民主性精华实在难找，可以改造为民主性的产品的专制性的原料倒是有的。怎能简单地分清？百余年来，多少寻找救国救民的真理的仁人志士，甚至超级能量人物，陷入仁学仁道而终身未醒！

"仁学"不仅为春秋战国时代其他儒家派别（儒分为八，其实更多）所遵奉，如孟子"仁者爱人"（《离娄下》）的命题，荀子"彼仁者爱人，爱人故恶人之害也"（《荀子·议兵篇》）的说法，而且是当时许多学派的一致点。《墨子》也多处谈仁，如："仁之所以为事者，必兴天下之利，除天下之害……"（《兼爱下》）。持虚无主义"齐物"的庄周也承认："今世之仁人，蒿目而忧世之患，……"（《骈拇》）反儒的法家也躲不开这个主题，《韩非子》："故文王行仁而王天下，偃王行仁而丧其国，是仁义用于古而不用于今也。故曰世易则事异。"（《五蠹》）然而，这些言论大都有一个后世人万万不能忘记的前提：为专制主义服务，正如司马迁在《史记·太史公自序》里所引司马谈的话："夫阴、阳、儒、墨、名、法、道德，此务为治者也。"后来虽然儒家仁学有许多变化，自汉代罢黜百家独尊儒术，董仲舒提出三纲五常，儒家"仁学"更逐渐被系统化和精致化、神圣化和法律化，魏晋以道释儒而有玄学，唐有人排佛而维护儒家道统，后又有宋明理学把儒学宗教化，都不出孔子创制的"仁学"基本原则。本文以溯源为主，故主要论及原始儒学，其他则从略。

三 孟子"仁政":专制民贵主义

孟子由仁学而发展出的政治哲学"仁政"是仁学发展历史中影响最大的学说之一。在专制的仁道的大前提下,孔丘在政治上主张"为政以德"(《为政》),"政者,正也"(《颜渊》)。重德治是他的专制仁道主义的政治设计。德治就是仁政。但发展孔丘的专制德治思想明确而系统地提出专制仁政,并影响后世的是孟轲。"民贵"一语,出自孟轲名言"民为贵,社稷次之,君为轻"(《尽心下》)[1]。他说话的目的是为了使王者战无不胜地"保民而王,莫之能御也"(《梁惠王章句上》)。或者提醒君主:"桀纣之失天下也,失其民也。……得天下有道:得其民,斯得天下矣。"(《离娄上》)民贵君轻的名言必须放在实行和巩固宗法专制主义这个前提下理解才能获得它的本义,才能正确地理解。"王"是根本,民和保民是手段,是王做民之主的手段。孟轲还曾向君主提出过警告:"暴其民,甚则身弑国亡,不甚,则身危国削。"(《离娄上》)他还说:"贼仁者谓之贼,贼义者谓之残。残贼之人谓之一夫,闻诛一夫纣矣,未闻弑君也。"(《梁惠王章句下》)从后一句来看,虽然向正义倾斜,难能可贵,但表达得闪烁其辞,因为承认"弑君"有碍于君臣名分,故曰"未闻"。所以这绝不是公民社会的批评,而是子民社会的委婉讽谏,在立场上暗含着对君主的尊重与畏惧。现代读者不宜轻易把孟轲的子民话语情境置换成公民话语情景。孔丘讲仁时也提到过"使民以时"、"博施于民"等等,那也是希望君主施恩于民。如果再回溯,据历

---

[1] 有些论者把"民贵"误解为泛泛的"民本"甚至近代"民主",可疑。早有人指出:孟子"民贵君轻"之说原话中的"贵"与"轻"为对文,非与"贱"相对;"贵"是重要的意思。并引《论语》"礼之用和为贵"佐证,指出"不能设想孟子认为君比民还贱"。孟子的原意是得民心的才能做稳天子,君的问题好解决。见任继愈主编:《中国哲学史》,第一册,第137页的注。又,蔡尚思《孔子思想体系》中也指出:"……孟子游说诸侯,素来采取'说大人则藐之'的策略,自居为各国君主的指导者,教他们怎样做君主。"他宣传民贵君轻的目的是教他们"计划如何在群雄割据中站住脚跟,进而搞垮别的君主的统治基础,由自己一人来'得天下'。这不是主张君主可有可无,恰好相反,倒是在要求实现绝对君权。"(第247页),并认为此说本质可从他"无父无君是禽兽也"的主张中看出。(第248页)

史记载，仁政思想早在殷商时代就产生了。殷代主流思想是敬神，但已初步觉察到民的作用，如"重我民"、"罔不唯民之承"、"视民利用迁"（《尚书·盘庚》）等等。到周代对此认识更为明确："民之所欲，天必从之"（《左传·襄公31年》）；"国将兴，听于民；将亡，听于神"（《左传·庄公32年》）。在专制主义社会中存在着普遍性的恐惧，百姓必然恐惧统治者，统治者对百姓也心怀恐惧："民心之愠也，若防大川焉，溃而所犯必大矣。"（《国语·楚语下》）孟子的仁政学说，阐发专制仁道政治详赡而总其大成，蔚为主峰，在一定程度上超过了孔子，于后世影响深远。自命为孔子的继承者并特别重视专制与集权的荀子，也曾晓谕君主以利害："君者舟也；庶民者水也；水则载舟，水则覆舟。"（《荀子·王制》）可见，仁政出自忧惧，并非出自爱心。中国历史上的"重民"、"爱民"、"惠民"、"亲民"等等美丽的辞藻，无不以"使民"为目的。"爱民"云云是小修补，不是大改革。

总之，"在中国，孔子学说被当作封建专制主义的理论基础，时间长达二千年之久"[①]。孔子的仁学，即以"仁"为本的仁道思想，是宗法等级专制为核心的以统治百姓为根本的思想；不是以人为本的人道思想（主义），为了严格区别、避免误导，故本文称之为"仁道主义"或"专制仁道主义"。我们把孟轲这种基于专制仁道主义的、核心是做好民之主而行专制仁政的思想，即贵民思想，定名为专制民贵主义。这样的"正名"，是为了彰显仁道的君权专制主义本质，以区别于近现代以人道主义为基础的民主主义社会政治观念。

四　仁道的双重作用："惠则足以使人"

仁道作为孔子的文化设计有着明确的目的："惠则足以使人。"（《阳货》）在强调地揭示出仁学的专制主义本质之后，再来看看它的另一方面：它的合理性。仁道专制主义贯彻了我们两千年的历

---

① 蔡尚思：《孔子思想体系》，第244页。

史,不是没来由的,它确有"惠"民的一面。

由礼向仁的转化,虽然标示出以复礼为目的,但礼向仁的转变,标志着非理性的专制统治制度,向着理性缓慢地迈进了一步。因为它在讲究统治的方式方法了,要统治者注意"关系",包括对被统治者的关系了——哪怕是被客观颓败形势所逼迫,刚性的礼代之以柔性的仁,无论如何会在某种程度上或暂时地减轻压迫与剥削的残酷性。一方面,"儒者,柔也",犹如钢鞭换成了皮鞭,另一方面,惠民毕竟使这一学说带有作为正面价值的人民性。当然,这种人民性是有限度的。不能不看到,孔子企图通过话语使自然的血缘家族亲情与政治强权霸道紧密地结合起来,使"永远长不大"的"儿子"(庶民)永远认同父的宗法制的合法性和合理性。"事君如事父"、"爱民如子",对于历史,对于百姓,是利弊兼之又弊大于利的。伦理政治互相纠结,对君主的绝对统治有所规范,更多的是加强了民对君的义务感、服顺感。不难发现,由礼向仁的理性转化,伦理与政治的纠结,是用了感性方式或情感方式。仁学从方式上可以改变专制统治的狰狞面貌,可以策略地安抚百姓,所以,比较起来,东方专制主义的"子民",比西方封建专制主义的"臣民"的驯服工具性格更突出,原因就在于此。中国专制主义的寿命奇长,原因也在于此。

但是,实际上两千年的专制社会,极少君主能全面地实践仁学,极少君主能认识到自己的长远利益所在。其原因或在于人性本身的缺陷,再加上权力的腐蚀性所致。人们会想到,即使孔丘,在长期权力的作用下,能否坚持实践仁学也未可知。孔子仁学是后来唐韩愈、宋朱熹等发扬的道统的主要源头,它与政统有某种程度的对立,它是统治阶级内部的制衡理念,是规范统治的一种"矫正器"。当然,统治者不一定采用它,但有它总比没有好,个别统治者在某种程度上运用它,也会在客观上给百姓带来好处。对这个"矫正器"的理性认识,其实也就是孔子仁学和孟子仁政被统治者所重视所利用、具有两千年生命力的重要原因。

孔孟的仁道和仁政的话语,尤其关于一般伦理道德的,如孔子的"己所不欲,勿施于人","己欲立而立人,己欲达而达人","老吾老以及人之老,幼吾幼以及人之幼"等等至今人们耳熟能详的许多名言,虽然叙述对象主要是君子,此中的"人"是有规定性的,但在接受时,是不排除百姓(庶民、小人)的接受的。百姓接受时,这些命题转换为全民性的,因而很容易获得某种人民性(与民主性不同)。正是这种民间转换性的接受,有别于统治者的接受,大大地改变了仁学创立的初衷,在国民性格的塑造上起了作用。这样一来,虽然因为统治者由于短见,很难做到真正的"惠"从而达到"使人"的目的,即并不真正实践仁学,但原来孔孟教导君子、进谏统治阶层的一些话语,就成了百姓间互爱的左右铭,至今焕发着生命力。但也不能忘记:吊诡的是,同时也造就了千百年来中国百姓易于统治的后果。

再者,随着民主思想传入和发展,人们由于语境的变化,对于语符的接受也有变化,"误读"随之而来——不由自主地淡化了甚至消解了原始儒学原有的君权主义内容,而为之增添进更多的现代性的成分。最明显的例证就是 19 世纪末、20 世纪初期维新诸子对仁的阐释,显例是康有为为代表的"孔子托古改制"——旧瓶装新酒,这些阐释是扭曲的,但无疑对人们的接受产生了实际影响,强化了人们对仁学与仁政学说的好感,也在某种意义上延续着儒学的生命。至今我们还会在一些论述中发现这种影响的余韵。1990年代的大陆儒学新动向也与此相关。但另一方面,我们不得不注意到,在我们文化的深层、在我们的意识深处,传统仁学与仁政的核心性的要素,如宗法、君权、等级制等专制主义观念所打下的烙印,还无处不在,还流淌在血液中,不时外泄在行动上,是我们文化心态的有机组成部分,也是诸种现代专制主义孳生的良好土壤。例如,没有这些,史无前例的文革(实是历史的延伸),它能凭空发动起来?有什么样的人民,就有什么样的皇帝、总统或主席。

五 两种接受:庙堂与民间

语言性是人的本体性之一。维特根斯坦的语言哲学认为,语言绝非传统意义上的表义工具,语言就是与思维相关联的行为本身,语言表达方式，就是思维方式，也就是行为方式、生活方式。千百年来的仁道话语，也就是国人的思维方式、行为方式和生活方式。

当代释义学重视语言分析，认为面对语言符号，不同语境的人会有不同的理解。中国几千年的历史都被仁道话语所覆盖。正是因为它覆盖的历史社会面深远广阔，所以不同生存境况和不同阶层的人对仁有不同的理解。从横向说，譬如古代，对仁的理解，大多数国人，尤其是广大的中下阶层，在日常社会生活中，弱化政治，向伦理倾斜，不言而喻的君权绝对、朝廷秩序、官府纪律暂时落入潜意识，仁的意旨主要是指人际间的善意相待，和谐亲睦、友爱互助等。但这种理解是暂时的、片面的，是善良的误解，因为语境日常性略去了那些不言而喻的内涵。权威性的理解属于上层、主流社会，即对仁的标准的、经典性的理解。按照孔圣人的教诲，仁就是礼，就是约束君臣（此为要者，孔子称之为"大伦"）父子夫妇兄弟朋友关系的专制法制和专制礼教。从纵向说，理解具有历史性，古代与近代（先不说中古）理解也不同。专制社会生活、专制文化心态随着历史逐渐淡化之后，一般人们会更多地用现代民主思维去误读"仁道"话语，溶化其中专制性质。因此可以约略地说，对仁的释义，至少分为两种，一是民间的，中下层阶级或阶层关系相近的人们之间常情的理解，这是民间的、日常的、非政治性的、非权威性的；另外一种是庙堂理解，权威的、经典的、关键性的、政治性的，后者便是孔子所创造的仁道理论。

从福柯的话语理论角度看，民间接受可视为微型权力（福柯称之为"毛状权力"）话语，庙堂接受则是政治型权力话语。前者是生活性的、弥散性的、不易察觉的、非决定性的，后者则是政治性的、集中的、决定性的。还有一点，那就是在专制主义制度下，仁道的两种理解，两种信息的生成与交流，也是两种知行实践，是处于一种紧张与平衡的动态关系中。仁道作为非当权的士人制定的主流意识形态，也总是按照当权者的利益即统治旨意发布与宣教，民间则因为身份语境的差异而必然出现的善意又混沌的误读，两方面相辅相成又相生相克，但在专制主义条件下，比起微型话语权来，政治话语权总是占上风的,尤其是在历史性的关键场合和时期。这都只是为了理解而做的人工的分析,实际上二者是重叠的、交错的、不可机械分割的。但起决定作用的还是以专制政治为核心的经典性的仁。①

决定仁的本质是专制性,这是由仁学本身的目的性所决定的。从根本上看,仁学是士人即策士的献策。士是依附在国家制度这张皮上的毛。作为一个复杂的系统,仁学所有的因素都受其本质牵掣与影响,即每一因素都带有系统质。也正是因为专制性的主导作用,即使民间接受向着正面价值因素倾斜时,这些正面价值也会带上专制性的烙印。仁、爱、和睦、善良等因素,有驯服、恭顺、听话、唯唯诺诺……混沌地胶着其中,难解难分,形成国人特有的多驯服、少反抗的子民性格。仁道的专制性决定了它的实践结果,决定了它表现出的人民性里交织着专制性。这是因为把一个系统性的仁道一分为二,仅仅是我们思维的结果,而不是事实本身。仁道培育出中国人的黔首思维。鲁迅所感叹的国人缺少敢说敢笑敢怒敢骂的质素,其原因就来于此。这些负面质素,自然更能体现专制仁道本质性的目的,也是它规训的收获。

当权者的庙堂接受是利用,知而不行,阳奉阴违,另有一套统治术。然而庙堂接受的最大的、区别于民间接受的特点是知识的物质化——制度化。由于庙堂接受是当权者的权力接受,也由于儒家仁学主要是社会政治学说,其根本目的在于为现实的政治和社会提供一种价值体系和实践这种价值体现的社会秩序,以挽救失败崩溃的礼。真实的百家争鸣不会导致某种思想或知识的制度化的,但自汉以后专制权力罢黜百家独尊儒术为仁学提供了难得的条件,专制仁道与专制权力一拍即合,达成共识。专制仁道仰仗权力取得学术霸权,专制制度获得更令人信服的合法性根据。循此进路,儒家仁学很快制度化,乃至国家意识形态化了。仁学精神从此

① 应该说明:福柯只承认毛状权力,我们这样兼收并蓄,在民间接受问题上,借鉴福柯;在庙堂接受问题上,又视为本质。后一说法,自然与后现代反本质主义的福柯话语理论相悖。

逐渐成为国家意识形态,在历史发展中渐渐繁衍为民族精神。国家组织、官僚制度、法律制度、社会礼俗、乡规民习,甚至日常话语①,无不贯注着儒家的精神与思维方式。庙堂接受是有选择的,由于它控有文化和话语权力,它自觉地过滤掉不利于统治的因素,强化专制性;而民间接受则是不自觉的、混沌的,由于大量日常的、非政治性的生活,有利于接受仁道的正面因素。其结果是一个鲜明的对比:统治者的专制性越来越突出,专制策略越来越高明;百姓越来越"仁"化,——越来越"温良恭俭让"。这就造成了国人在专制统治条件下片面强调群体性("仁"的本义)、易于统治、愚昧的历史性格。这是专制主义国家意识形态造成的人性的两极分化。而且还有法家的严酷又精密的权术与策略,两千多年来,那一场场"人肉筵宴"(鲁迅语)能够摆成,这不是一个重要原因么?

两千多年以来,沧海桑田,包括专制民贵主义在内的专制仁道主义广泛而深刻地渗透于日常生活和社会活动,其影响无比深远。然而我们最大的历史错误就是面对专制统治常常不同程度抽象地以仁义道德自律,而忘记了专制仁道主义和专制民贵主义的最重要的前提:专制性,——这是它最根本的特点。这种专制性与宗法伦理相水乳交融,仁道包藏的就是专制怀柔。专制的制度可以在短时期内或废除或变化,与之相伴随的仁道专制观念及仁道思维方式和行为方式却可能长期固存于国人之中,已积淀为中国人的潜意识或无意识。睿智的鲁迅,能从满纸的仁义道德字缝里,读出"吃人",是道出了这一要害。对于仁道专制性之潜入人心之深及难以察觉,鲁迅曾指出,我们的民族 有"无主名无意识的杀人团"的性质:"社会上多数古人模模糊糊传下来的道理,实在无理可讲;能用历史和数目的力量,挤死不合意的人。这一类无主名无意识的杀人团里,古来不晓得死了多少人物。"(《我之节烈观》)"历史和数目的力量"在文革中也曾发过威猛残暴。这是由于创始者孔丘孟轲

及其历代继承者多是学而优已仕或待仕的士阶层，立场决定他们首先为专制统治的利益思考，以虚假的中庸调和，使人不易察觉。现代人在现代情景中运用"仁道"、"民贵"诸般概念时，则不可须臾忘记与之交错粘连的许多专制性命题。

　　几千年仁学的民间接受史是一个复杂的课题，上文只是这一问题的提出。仁学的庙堂接受与民间接受是最起码的区别。仁学制度化也是新的课题，尤其是仁学的谎言作用（遮蔽作用）和它的正面价值的作用，以及仁学制度化与儒学法家化的关系等问题尚待进一步做理论上的厘清。与在国家被教化为如此这般的"礼义"之邦同时，民间接受的被动性（被规训、被宣教）如何扭曲了人性，更是极待关注的问题。当然不是说把所有问题都归结到原始儒学上，但这根源是不能不追寻的。

六　双重虚伪：中庸与招牌

　　仁是孔子的伦理政治或政治伦理概念，他用仁画就了一幅救世蓝图、理想蓝图。中庸是他的哲学根基。中庸是古老的中国哲学的精髓之一。专制仁道主义的产生和发展是以中庸哲学为基础的。不偏不倚，允执其中，被奉为至德："中庸之为德也其至矣乎！"（《雍也》）"德者道之舍"，德也可以上通到道，因而德也是普遍性的哲学思考。孔丘之前，我国古代就有崇尚"中"、"中和"、"中道"的思想。"中不偏，庸不易"，"允执其中"，无过无不及。巩固统治要执行中道，谦和、团结，防止偏激，不走极端，以保持各方面的平衡，从而保持统治稳定。有子阐释说："礼之用，和为贵"（《学而》），也就是专制的礼必须以中为原则。"仁"道，就是进一步从中庸立场出发，调和各等级、各阶层之间，尤其是统治者与被统治者之间的矛盾，以达到和的目的。但这不过是孔丘一干士人的幻想而已。当权者因其本性而难以采纳。中庸常常是无规则游戏，统治阶级可以因不同等级而异、因事而异，可以实践理性即实用主义解决。如，同一阶层之间不存在根本利害冲突，比较容易调和。统治者不会损害自己利益而与被统治者调和。试问：一方面只有权力,另一方面只尽义务,如何调和?因此,在统治者与被统治者之间中庸一般是不可能的。中庸只是虚伪、折中、粉饰、保守而已。最重要的是在任何情况下民也不可犯上作乱、不可违反"礼",即不能损害君权专制政体的利益。可见,貌似公平的所谓中庸之道在专制主义的社会实践上常常是骗人之术,它最多是让百姓"做稳"奴隶罢了。在这个意义上,中庸的本质和仁的本质互为因果。

在统治与被统治之间讲中庸,即以仁释礼,这是孔丘一生的事业,就统治阶级从来很少真正地接受和履践而言,也是失败的事业。其成功的一面是在专制主义的宣传和教导下,仁学因其统治策略的温和性而很容易为中下层人所接受、所实践,使他们对君权统治的合法性从无置疑,甘心按统治阶级规定的圣人教导做顺民做奴隶,并不无自豪地认定中华是礼义之邦,孔丘是万事师表。只有在做不得奴隶的时代才在个别能量级的人物领导下奋起拼命反抗君权统治,造成了把仁学抛在九霄云外的互相砍杀的历史。(有云:二十四史是"相砍史"。)每次砍杀后,最大利益获得者不是众多在前线拼死拼活杀戮的百姓,而是那些极少数能量级的人物。然后这些能量级人物在宝座上又从神变成魔,欺压盘剥百姓,无所不为,然后历史又进入新一轮的砍杀。我们的历史就是这样以暴易暴的历史,这是多么明亮的一面烛照现代的镜子啊!朱熹在批评了刘邦、李世民之流的"假仁借义以行其私"后,慨叹孔子之道之不行说:"千五百年之间,正因为此,所以只是架漏牵补过了时日。其间虽或不无小康,而尧、舜、三王、周公、孔子所传之道,未尝一日得行于天地之间也。"①史学家余英时引了上述语句之后也慨叹:"从朱子到今天,又过了八百年,因此我们只好接着说:二千三百年之间,只是架漏牵补过了时日。……"②

历史证明,让专制当权者明白什么是他们的长期利益是很困难的,因为他们图谋的是眼前风光,做"当代"英雄,——反正是:千秋功

---

①② 转引和引自余英时:《反智论与中国政治传统》,见《中国思想传统的现代诠释》,江苏人民出版社,1989,页104,102。余氏还翔实地论述了"儒家法家化"的历史过程,可参。

罪,任人评说。像李世民那样的善于察纳谏言,历史上真是凤毛麟角。

而且,八百年前的理学家朱熹当然不会明白,那小康是要不得的,因为那是少有的、短暂的君父对子民施以小恩小惠,使之能安安稳稳做奴隶的时代。现代人应该以清醒的民主意识批判仁学这种君权主义意识形态。

如果要问:仁学是虚伪的么?就民间接收而言,就其某种正面价值而言,答案是否定的。然而,就其本身而论,它包含着虚伪性,这指的是其中庸哲学根柢在一定条件下的虚伪性质。"惠则足以使人",作为统治术,时间长了,总会被识破,"使人"是真,"惠"人则为假;前者为目的,后者为手段。——哄人做奴隶自然是虚假的。顾准说:"他(指孔子——引者)的政治主张,和他达到这种主张的手段是矛盾的。手段是仁、恕,目的是霸业。……他自己心里明白,仁、恕是讲给别人听的,是教化芸芸众生的,至于当权的人要成霸业,不心狠手辣、芟除异己是不行的。他对管仲的称道,已经为我们当代人的'大节小节论'做了榜样了。"(《顾准文集》,第394、395页)这是第一重虚伪。这似乎也不是简单地说孔子的人格虚假。

然而问题不止于此。还有史家所判定的"儒表法里",那是显然的虚伪。《汉书·元帝纪》载,汉元帝做太子时"柔仁好儒,见宣帝所用多文法吏,以刑名绳下。……尝侍燕,从容言,陛下持刑太深,宜用儒生。宣帝作色曰:汉家自有制度,本以霸王道杂之,奈何纯任德教、用周政乎?且俗儒不达时宜,好是古非今,使人眩于名实,不知所守,何足委任?乱我家者,太子也"[1]。余氏在下文还指出,西汉皇帝从高祖到宣帝,"基本上都采用了法家路线",其他如西晋南渡后,已成君弱臣强局势,还念念不忘法家刑名:尊君卑臣,崇上抑下。我们知道,这种情况至少一直延续到明清。后人诗曰:"历代都行秦政事",说得很对。戈培尔的名言其实是历代专制统治者所信奉的教条:撒谎一千遍就成了真理。这是第二重虚伪。专制统治者儒表法里的虚伪,无

---

[1] 转引和引自余英时:《反智论与中国政治传统》,见《中国思想传统的现代诠释》,江苏人民出版社,1989,页104,102。余氏还翔实地论述了"儒家法家化"的历史过程,可参。

疑是货真价实的虚伪。中国百姓成千年地被双重的虚伪的制度和意识形态所统治，深深地陷入"瞒和骗的大泽"中，难以自拔。

赘语：或许是在一般的理解中，在日常生活中，"仁"、"爱人"这些温情的语言符号不言而喻地是正面价值，所以人们常常忘了其由来，忽略了其中成为文化与历史的负面价值。民间释义有时遮蔽了庙堂释义。同时也就忽略了几千年来的历史教训。近代以降，对儒学的接受，浪漫主义常常占上风，与语言符号的意义的不确定性及其历史变异性大有关系。在当代，有的则或许是因为对近半个世纪的中国生活缺乏亲历感，只是听说、没有体验到如文革那样的专制主义复活节。总之是忽略了专制仁道主义首先规定的作为"仁"的专制性本质。当然，也有有识者多次提醒。史学家刘泽华在自己的论著里曾不止一次指出，专制主义的本质是"使人不成其为人"，他认为："作为观念的王权主义最主要的就是王尊和臣卑的理论与社会意识"，（王权主义是仁道的中心意识）"我们最伟大最杰出的思想家几乎都在为王尊编织各种各样的理论，并把历史命运和开太平的使命托付给王"（《中国的王权主义·引言》）。半个世纪以来，中国百姓的个人崇拜是空穴来风么？李慎之指出："根据我近年的观察与研究，中国的文化传统可以一言以蔽之曰'专制主义'"；他认为，"中国传统文化是一种强烈的意识形态文化。这个意识形态就是专制主义"①。仁学应是这种意识形态的核心部分。

中国专制主义社会有着奇长的生命力，有史家称之为超稳定社会。这与统治这一社会的"仁道"温柔枷锁没有关系么？

为什么强调了几千年仁道（仁——群体性）的民众，反而具有一盘散沙的性格，长于窝里斗？

为什么几代人为之奋斗的现代自由、民主、人权、法治等意识，常常只被当作旗帜、被篡改、被毁弃，在意识里扎不下根？

……

---

① 李慎之：《中国文化传统与现代化——兼论中国的专制主义》，《战略与管理》，2000 年第四期。

问世间，情是何物？
——从《圣经》看爱之为爱

齐宏伟

引子：两部作品与一个课题

中国现当代文学史上，描写婚姻悲剧的小说，最为深刻的当数张爱玲的《红玫瑰与白玫瑰》和北村的《玛卓的爱情》。相比之下，现在喧嚣、庞杂的当代文坛上，对最走红的题材——婚外恋的探索，是在走下坡路，水平远远不及这两部。今天，我们打开小说和电视，扑面而来的就是：婚姻之所以不幸福是因为娶了一个不爱的人，或者在婚后才遭遇到一个真爱的人。这种流行思路其实回避了《红玫瑰与白玫瑰》提出的严肃拷问：红玫瑰们在贡献出自己的肉体之后，何以避免成为一抹蚊子血的命运？白玫瑰们在进入婚姻之后，何以免遭成为床前如霜月光的命运？还记得那若干年后，佟振保和再嫁的王娇蕊在公共汽车上偶然相遇的那一幕么？车窗外雨水潺潺，车窗内振保泪水滔滔。应该哭的是娇蕊啊，为何偏偏是振保？是不是振保发现了娇蕊对他竟然没有一丝一毫的恨意？因为恨其实不是爱的反面，恨是爱的延伸，但娇蕊对振保只剩下了冷漠和鄙夷；是不是振保发现了自己其实从来就没有爱过？因为他把欲望当成了爱，欲望消失了，惟余苍凉和绝望的残骸，所以他才疯狂嘲弄和戕害亲人的感情，以此表达对生活本身的失望？既然红玫瑰之"欲"与白玫瑰之"情"总是难以调和，那么，谁会陪伴我们渡过这婚姻的汪洋，趟过这日常生活的河流？难道真的如张爱玲所说：长的是磨难，短的是人生么？这正是日常生活中几乎无事的悲剧。①

---

① 张爱玲《红玫瑰与白玫瑰》，见《张爱玲文集》（第二卷），安徽文艺出版社，1992年版。

北村的小说《玛卓的爱情》中,刘仁一生中只有一个女人,他娶的白玫瑰正是他所爱的红玫瑰,她名叫玛卓。在大学里,玛卓是校花,是诗人,又会跳土风舞,色艺双绝。刘仁自知不配,就悄悄给玛卓写了一千多封从来没有发出去的情书。一个偶然的机会,玛卓看到了这些情书,被深深感动,接受了刘仁的爱情。两个人幸福地结合了。但结合之后呢?生活中那些琐碎的细节和小小的"磨难",把两个人的爱情慢慢"磨"掉了。刘仁发现自己的白雪公主在生活中其实是什么都不会做的摆设,而玛卓发现深爱着自己的刘仁其实也是见色眼开的男人。为了避免交谈,两个人最常做的事情是看电视;为了维系爱情,两个人生了孩子。一次,玛卓过生日,刘仁一定得给玛卓买一件皮大衣,才发现自己的钱入不敷出。刘仁跑了一天买回来大衣,玛卓却给扔掉了。她说:为了买大衣你跑了一天,却把我一个人冷冷清清撇在家里,是不是你的爱已经少到只能用大衣表达的地步了?刘仁怒而离家,在楼下抬头看天,多么有秩序的星空!为何我们的生活却如此混乱呢?生活,我向你投降了。刘仁拾起了大衣。他的结论是:生活太贫寒了,所以才导致了爱情的隔阂。于是他离开玛卓去日本打工——其实是因在玛卓身边生活不下去了。等他赚了很多钱邀请玛卓去日本时,玛卓却在路上把刘仁的信散发在空中后跳车自杀了。悲痛欲绝的刘仁也自己驾车闯进了大海。生活啊生活,看看我们把你活成什么样子了?有没有什么人来指导我们怎样生活?因为我们都还没来得及准备好啊。这是作品中不断响彻的绝响。难道爱在生活中是如此脆弱么?正如玛卓所写的诗歌——"我向你举起的双手,/不知以什么姿势放下。/你颅腔深处我的家乡,/是不是让我以死亡来到达?"①

不管是振保的妥协还是刘仁的决绝,不管是娇蕊的冷漠还是玛卓的自戕,都逼使我们深思爱何以可能这样一个严肃的课题。我们的作家多的是对不幸婚姻的揭露和批判,而少的是正面描述和阐释爱的能力。婚姻难道真是爱情的坟墓么?其实,更深的问题是:

---

① 北村《玛卓的爱情》,见《玛卓的爱情》,(武汉)长江文艺出版社,1994年8月版。

爱何以能承载生活？到底什么是爱？词人元好问的"问世间情是何物，直教生死相许"，的确是一千古之问，问了千年，今天还在问，明天还会问下去。不单中国人在问，各个国家的人都在问。这是一个世界性的课题。文学作品其实就是围绕几个大问题在永恒追问而已。难怪英国文学评论界泰斗约翰逊说：文学是描写永恒的人性。

米兰·昆德拉的《生命中不能承受之轻》写灵（特丽莎）、肉（萨宾娜）二分和轻（萨宾娜）、重（特丽莎）斗争的交响曲不必说了，就以最近刚看的波兰导演基斯洛夫斯基（Kieslowski, 1941—1996）导的《第六诫》为例来说：少年多米克爱上了比他大好多的少妇玛格达，玛格达只是觉得自己放荡不羁的私生活平添了一段插曲而已，她已经不相信爱情了。所以她引诱多米克做爱，但多米克因着自己的爱情遭到对方的亵渎，就回到家割腕自杀，看后令人唏嘘不已。影片对《圣经》中"不可奸淫"这一古老诫命的阐释令人感动和沉思。刘小枫在解读这部影片时起名就叫《不可玩耍的感情》，真是拍案叫好。基斯洛夫斯基就说过："我们生活在一个艰难的时代，在波兰任何事都是一片混乱，没有人确切知道什么是对、什么是错，甚至没有人知道我们为什么要活下去，或许我们应该回头去探求那些教导人们如何生活，最简单、最基本、最原始的生存原则。"①

所以，很有必要我们来"回头去探求那些教导人们如何生活，最简单、最基本、最原始的生存原则"，从基督教和其经典《圣经》中来看看爱之为爱。

一、基督教爱观之研究

有"思想界的浮士德"之称的德国思想家舍勒（Max Scheler, 1874－1928）在《爱的秩序》中一针见血地指出："普遍草率地对待感情事物和爱与恨的事物，对事物和生命的一切深度缺乏认真的

---

① 刘小枫《沉重的肉身》，上海人民出版社，1999年1月版，2000年1月印，第314到320页。基斯洛夫斯基的话转引自该书第258页。

态度，反而对那些可以通过我们的智力在技术上掌握的事物过分认真，孜孜以求，实在荒唐可笑。"①

　　基督教对爱观的探索与研究有着卓越的贡献和奠基的意义。探索基督教爱之理念的经典名著当然非瑞典神学家虞格仁（Amders Nygren, 1890-1956）的《历代基督教爱观的研究》一书莫属。在书中他区分了 Agape 和 Eros 两种不同的爱。前者是自上而下的爱，是以神为出发点的爱；后者是自下而上的爱，是以自我为出发点的爱。这是两种不同的爱，不能藉着自己的努力由后者达致前者，而是藉着前者的赐予开始后者的生活："一个人为善，是想赢得'功德'，而增进他自己的福，这不能算完全专心从事于善的本身。他想利用善为攀援上达于神性威荣的手段。……把善功当做天梯之观念，必须排斥。……我们教人为善和称赞善工，不是因为我们可以藉它而上升达于天，因为行善的目的不是因善可以消除罪恶，克服死亡，而达到升天，乃是要服事邻舍，关怀邻舍的福利，和供应他的需要。……神的工作是由上而下……反之，我们自己的工作，仍在下面，只供作尘世的生活和存在。……所以路德说：'即便世界明天就要毁灭，我仍然要种下一棵小苹果树。'"②

　　韩国郭善熙先生这样总结上书这两种爱的不同：

　　　　Agape 是神给我们的爱，Eros 是我们对于神的爱。而且 Agape 是因为得到了爱，向对方付出的爱心；而 Eros 是因为爱别人，希望对方也献出的爱。一般恋爱属于 Eros，不是有 Erotic 一词吗？Eros 是爱对方，同时也千方百计想从对方得到爱，所以带着妒意，伴着不平和埋怨，以爱的名义折磨的就是 Eros。

　　　　那么，什么是 Agape？Agape 不是强求的爱，是为已经得到的爱满足。因为满足已经得到的，所以真实地、积极地响应。所

①　[德]舍勒《爱的秩序》一文，见《爱的秩序》，舍勒著，林克等译，（北京）三联书店，1995 年 8 月版，第 56 页。
②　[瑞]虞格仁《历代基督教爱观的研究》（两卷），韩迪厚等译，（香港）中华信义会，1950—1952 版，第 429 页。

以,至上而下的神的爱是 Agape,人与人之间的爱是 Eros。①

刘小枫先生把这两种爱 Agape 和 Eros 分别翻译成"挚爱"和"欲爱",应该说是不错的翻译。②我也注意到在其他探讨爱的名著中,舍勒的《爱与认识》一文也特地讨论了基督教从神出发的爱,超越了理念和知识,和希腊人之爱的理念与托马斯·阿奎那的"欲求的力量"、"理智的力量"的爱理念的区分。舍勒把基督教爱的理念和其他哲学理念的爱作了二分。③基督教这种对爱的二分法研究也影响了非基督教界的爱学著作。比如, 德裔美国著名心理学家 E·弗罗姆(Erich Fromm, 1900—1980) 在《爱的艺术》中就从个体心理成长的角度区分出"不成熟的、幼稚的爱"和"成熟的爱"的不同。前者是"我爱,因为我被人爱"、"我爱你,因为我需要你";后者是"我被人爱,因为我爱人"、"我需要你,因为我爱你"。④美国的欧文·辛格(Irving Singer) 在他的《爱的本性》中总结了古往今来有关爱的评价,认为爱的本质可以分为两种:第一种,爱是一种评价;第二种,爱是一种给与。⑤这也呼应了前边对爱的两种分类法。

总之,《圣经》中的爱观, 可以用两个字来表达:一个是"悦"——"两情相悦"的"悦";另一个是"许"-——"生死相许"的"许"。前者大概类似于欲爱(Eros),后者类似于挚爱(Agape)。我们以《圣经》的《雅歌》和《路得记》为例来具体深入看一看。

二、从《雅歌》看爱之为爱

爱是一种积极的评价,是一种吸引和激赏。

---

① [韩]郭善熙《恩典的福音》,启蒙社,1991 年版,第 137 页。

② 渝之(刘小枫)《挚爱与欲爱》一文,见《基督教文化评论》(第七辑),刘小枫主编,贵州人民出版社,1998 年 8 月版,第 293—307 页。

③ [德]舍勒《爱与知识》一文,见《爱的秩序》,舍勒著,林克等译,(北京)三联书店,1995 年 8 月版,第 1—29 页。

④ [美]E·弗罗姆,《爱的艺术》,李健鸣译,商务印书馆,1987 年版。

⑤ [美]欧文·辛格,《爱的本性——从柏拉图到路德》(第一卷),高光杰等译,昆明,1992 年 6 月版。

《雅歌》就让我们看到这样一种爱。《雅歌》是约三千年前所罗门王所写的一首情歌。在教父和中世纪的解经传统里，一直有把这首情歌给寓意化解释的倾向，认为表达的是神与他的子民——教会——之间契合无间的关系。"中古世纪教会的禁欲主义和神秘主义使寓意解经的发展更变本加厉。这是因为教会向来有一种错误的柏拉图或诺斯底式的信念，认为物质的世界（包括肉体，尤其是那些与性有关的）本质上都是邪恶的，是那些追求属灵生命的人应该避开的事。"①其实，这种观念并不是《圣经》的观念。今天来看《雅歌》，还是解释成一首情歌更加合乎这首歌的实际内容吧。因为这首诗歌的原文从头至尾并没有出现任何宗教字眼，但描绘爱情心理却非常地道适切。不妨欣赏一下《圣经》里所描绘的这种丝毫不比现代人逊色的浓烈奔放的爱情：

首先，从女孩子的角度来看，一上场就写少女被所爱的牧羊小伙所吸引，写出了爱情的甜蜜与幽怨、吸引与矜持、大胆与羞涩、患得与患失等微妙心理，活脱脱就是初恋心理的描写——

> 愿他用口与我亲嘴。因你的爱情比酒更美。
>
> 你的膏油馨香。你的名如同倒出来的香膏，所以众童女都爱你。
>
> 愿你吸引我，我们就快跑跟随你。王带我进了内室，我们必因你欢喜快乐。我们要称赞你的爱情，胜似称赞美酒。他们爱你是理所当然的。
>
> 耶路撒冷的众女子阿，我虽然黑，却是秀美，如同基达的帐棚，好像所罗门的幔子。
>
> 不要因日头把我晒黑了，就轻看我。我同母的弟兄向我发怒，他们使我看守葡萄园，我自己的葡萄园却没有看守。
>
> 我心所爱的阿，求你告诉我，你在何处牧羊，晌午在何处

---

① 黄朱伦《天道圣经注释·雅歌》，鲍会园主编，（香港）天道书楼 1997 年 7 月版，第 26 页。

使羊歇卧。我何必在你同伴的羊群旁边,好像蒙着脸的人呢?

（《雅歌》1:2—7)

多么精妙细微,因爱上了对方备觉自己的孤独和伤心,因爱上了对方连对方的名字和牧羊的所在都成了膏油一般,散发馨香。

下边就写约会的情境,在初恋之后进入两情相悦的佳境。还是从少女的视角来看,真是"柔情似水,佳期如梦"——

> 我的良人在男子中,如同苹果树在树林中。我欢欢喜喜坐在他的荫下,尝他果子的滋味,觉得甘甜。
>
> 他带我入筵宴所,以爱为旗在我以上。
>
> 求你们给我葡萄干增补我力,给我苹果畅快我心,因我思爱成病。
>
> 他的左手在我头下,他的右手将我抱住。
>
> 耶路撒冷的众女子阿,我指着羚羊或田野的母鹿,嘱咐你们,不要惊动,不要叫醒我所亲爱的,等他自己情愿。

（《雅歌》2:3—7)

当然,这里不是在写我们今天很普遍的婚前同居,但也不一定没有道学家所拒斥的相拥相吻。但写的"乐而不淫、哀而不伤"、情浓欲殷、雅洁芬芳确是实情。这里既有"为君消得人憔悴"的相思之苦,又有"不知今夕何夕"的如梦佳期,同时又点出了相爱的秘密:"等他自己情愿"。你看,连羚羊和田野的母鹿都到了时候就情思萌动,难道君却只不过因为我爱你而被动爱我么?

接下来,女子和良人的关系进入磨擦生隙阶段,就像宝黛的那种关系,有争吵有不和但又全是一腔急欲更加亲密的殷切情怀——

> 我脱了衣裳,怎能再穿上呢?我洗了脚,怎能再玷污呢?
>
> 我的良人从门孔里伸进手来,我便因他动了心。

我起来，要给我良人开门。我的两手滴下没药，我的指头有没药汁滴在门闩上。

我给我的良人开了门。我的良人却已转身走了。他说话的时候，我神不守舍。我寻找他，竟寻不见。我呼叫他，他却不回答。

城中巡逻看守的人遇见我，打了我，伤了我。看守城墙的人夺去我的披肩。

耶路撒冷的众女子阿，我嘱咐你们。若遇见我的良人，要告诉他，我因思爱成病。

（《雅歌》5:3—8）

爱不见答的悲痛和相爱过程中的磨合，在这里细腻地表达出来。在爱的过程中，女孩子逐渐认识到自己的自我中心，也逐渐学会了为爱付出代价，并因为爱的脆弱与曾经的失落而学会更加珍惜爱。这份感情由初恋时的娇羞、矜持变成了热恋时的外露和炽烈。前边，还不要耶路撒冷的众女子说出内心的感情，现在却嘱咐众女子要去说了。

之后就进入嫁娶阶段，当时何等喜乐！情歌通过几句对轿子的描写表达新娘的喜悦之情。新娘子对良人的评价渐入高潮——

我的良人，白而且红，超乎万人之上。

他的头像至精的金子。他的头发厚密累垂，黑如乌鸦。

他的眼如溪水旁的鸽子眼，用奶洗净，安得合式。

他的两腮如香花畦，如香草台。他的嘴唇像百合花，且滴下没药汁。

他的两手好像金管，镶嵌水苍玉。他的身体如同雕刻的象牙，周围镶嵌蓝宝石。

他的腿好像白玉石柱，安在精金座上。他的形状如利巴嫩，且佳美如香柏树。

他的口极其甘甜。他全然可爱。耶路撒冷的众女子阿，这是我的良人，这是我的朋友。

（《雅歌》5∶10—16）

你有没有发现这非常像是《陌上桑》？但《陌上桑》比较注重良人的社会地位，这里却是坦率、大方地对良人身体的恋慕和推重。相比之下，《雅歌》更近于爱情的本质，因为爱一个人，爱的不是他的地位，而是他这个人，这个有形有体的人。所以，新娘最后发出爱的誓言才那么水到渠成——

　　求你将我放在你心上如印记，带在你臂上如戳记。因为爱情如死之坚强。嫉恨如阴间之残忍。所发的电光，是火焰的电光，是耶和华的烈焰。
　　爱情众水不能息灭，大水也不能淹没。若有人拿家中所有的财宝要换爱情，就全被藐视。

（《雅歌》8∶6—7）

这又多么像是我们中国的民歌《上邪》——"上邪，我欲与君相知，常命无绝衰，山无陵，江水为竭，冬雷震震，夏雨雪，天地合，乃敢与君绝！"爱情在这里达到《诗经·击鼓》中"死生契阔，与子成说；执子之手，与子偕老"的美好境界。爱达到爱的纯粹本质，没有任何功利色彩，单单因为爱而相爱；这种爱可以在神面前立下永远的誓约，可以超越时间，甚至可以和死亡的力量来争衡。因为经不起时间考验的爱情说到底也许只不过是转瞬即逝的情欲而已。

爱的确是一种积极的评价，在爱人的眼中，对方无不美好可爱，所谓"情人眼里出西施"也。

其次，我们再来看看良人对情人（那位少女）的评价是否如此——

　　我的佳偶，我的美人，起来，与我同去。
　　因为冬天已往。雨水止住过去了。

地上百花开放。百鸟鸣叫的时候已经来到,斑鸠的声音在我们境内也听见了。

无花果树的果子渐渐成熟,葡萄树开花放香。我的佳偶,我的美人,起来,与我同去。

我的鸽子阿,你在磐石穴中,在陡岩的隐密处。求你容我得见你的面貌,得听你的声音。因为你的声音柔和,你的面貌秀美。

(《雅歌》2:10—14)

这段描写中,有一见钟情的喜悦和爱慕的话,更有良人对情人的呼唤与"好逑"之意。爱的与被爱的能够互相应答,这真是何其美好的事情。何况你看到这个女子并不特别美丽(她自己还因为自己肤色黑而感到自卑呢),但在良人眼中是惟一的、独特的、最美丽的;那种美藏在"磐石穴中,在陡岩的隐密处",一般人看不到,但当爱上对方了,就发现了对方惊人的美丽。不是因为美丽而可爱,而是因为可爱而美丽。其实,在日常生活中尽可以这样挑战自己,看看自己是不是真爱对方:男孩子看女孩子是自己惟一的、最美丽的白雪公主么(哪怕别人看来很丑,她却总是你的惟一,有让你心动之处)? 女孩子看男孩子是不是自己惟一崇拜的白马王子呢 (哪怕别人看不起他,女孩子必须从心里尊重他、崇敬他。若是认为对方是幼稚的孩子,那就难说是不是真爱了)?

这段文字文采质朴、蕴藉无穷。接下来,良人对自己新人的歌颂就真是绚烂丰瞻、浓艳华美了——

我的佳偶,你甚美丽,你甚美丽。你的眼在帕子内好像鸽子眼。你的头发如同山羊群卧在基列山旁。

你的牙齿如新剪毛的一群母羊,洗净上来,个个都有双生,没有一只丧掉子的。

你的唇好像一条朱红线,你的嘴也秀美。你的两太阳在帕子内,如同一块石榴。

138

你的颈项好像大卫建造收藏军器的高台，其上悬挂一千盾牌，都是勇士的藤牌。

你的两乳好像百合花中吃草的一对小鹿，就是母鹿双生的。

我要往没药山和乳香冈去，直等到天起凉风，日影飞去的时候回来。

我的佳偶，你全然美丽，毫无瑕疵。

（《雅歌》4：1—7）

这是纯然对造物主之造物的歌颂，是因着爱而对美的一种最为积极的评价和欣赏。在这里你尽可以大声朗诵而没有丝毫的猥亵之感。你不得不佩服作者的比兴之妙和典雅之美。

这怎么能是禁欲主义呢？在以色列人看来，智慧和爱情都是神美好的赐与，从根本上就是属于神的礼物，用神圣的眼光来看待并用感恩的心来接受，连凡俗也成了神圣。从更本质上来说呢，生命就是神的礼物，怀着感谢的心来领受就没有可废弃的、可羞耻的。所以，奥古斯丁说，神把万物赐给人，是让人藉着万物来享受神。①

三、从《路得记》看爱之为爱

《圣经》讲到的爱，决不要忘记另一种本质。就是《新约》的《罗马书》五章八节所讲的"惟有基督在我们还作罪人的时候为我们死，神的爱就在此向我们显明了"；还有《新约》的《约翰一书》四章十节所讲的"不是我们爱神，乃是神爱我们，差他的儿子，为我们的罪作了挽回祭，这就是爱了"；和《约翰一书》四章十九到二十一节所讲的"我们爱，因为神先爱我们。人若说，我爱神，却恨他的弟兄，就是说谎话的。不爱他所看见的弟兄，就不能爱没有看见的神。爱

---

① ［古罗马］奥古斯丁《忏悔录》，周士良译，商务印书馆，1963 年 7 月版，第 320—321 页。

神的,也当爱弟兄,这是我们从神所受的命令"。这是建立在耶稣基督道成肉身和被钉十字架的事件上,由此看到神的"挚爱",因此而能怀神圣心态入人间凡尘,接受了爱之后也分享,按照神爱我的爱来接纳别人,爱别人和给与别人的爱。爱是接纳和施与,是不计回报的付出,是甘心承担责任。我们可以以《旧约》的《路得记》为例来看一下。

《路得记》在"旧约"叙事文学中被称为是典范之作,其文笔简洁生动,写的是三千年前的一曲真实、温馨、优美而又深具戏剧效果的爱之颂歌。当然,它的主题不单是爱,而是和以色列人的"救赎"有关。我们在这里只看爱的本质这一方面。

路得本不是以色列的女子,却嫁给了一个全家寄居在她的国家的以色列人。没想到过了不几年,她的公公、丈夫和丈夫的兄弟都去世了,只剩下路得和路得的嫂子与她的婆婆拿俄米。拿俄米几乎绝望了,遂决定搬回自己的故乡伯利恒居住。因为考虑到三个人都是寡妇,外邦人尤其是外邦女子更尤其是外邦人嫁给以色列人又成了寡妇,这在以色列人中是备受排斥甚至欺辱的;所以,拿俄米就劝自己的两个儿媳妇回自己娘家去,趁着年轻改嫁。路得的嫂子离开了婆婆,但路得却舍不得离开拿俄米。于是,路得为了照顾伤心绝望、孤苦伶仃的婆婆,就跟着婆婆来到了以色列人的聚居地伯利恒。路得本是女子,又是被神击打的为人所不齿的没有生育的寡妇,实难想像到路得的艰难和勇气。

路得随着婆婆来到伯利恒之后,恰逢当地大麦丰收季节。婆媳二人无依无靠,只有路得去田间地头拾些人家遗落的麦穗充饥。可以想见,很多以色列人大概会对路得侧目而视或不屑一顾。谁知,路得竟然遇到一个好心的大富户波阿斯,对她敬重尤加。路得感激涕零之余,没想到婆婆居然要路得去向波阿斯求婚。这怎么可能?原来,波阿斯是路得死去的丈夫的近亲。根据以色列人记载在《圣经》中的律法:"弟兄同居,若死了一个,没有儿子,死人的妻不可出嫁外人,她丈夫的兄弟当尽弟兄的本分,娶她为妻,与她同房。妇人生的长子必归死兄的名下,免得他的名在以色列中涂抹了。"①虽律法上这样说，但这是吃力不讨好的事情，因为万一只生一个孩子的话，那娶寡妇的人的产业岂不就归了别人的名下？所以，本来有比波阿斯更为至近的亲属，但那人不愿意娶路得。结果，波阿斯心甘情愿娶了路得为妻。后来，路得居然成了大卫王的曾祖母，成了在耶稣基督家谱中出现的人物。这件美好姻缘的发生，当然是因为路得甘心付出的爱心所致，也是波阿斯乐意接纳外邦女子所致。

真正的爱不是占有，而是给与；不是情欲的满足，而是甘心乐意地承担责任；不是计算和比较，而是付出和牺牲；不是按我的想法改变对方，而是按对方本来的样子接纳对方。《圣经》中用极其美好的、后来被千古传颂的文字写到——

> 我若能说万人的方言，并天使的话语，却没有爱，我就成了鸣的锣，响的钹一般。
>
> 我若有先知讲道之能，也明白各样的奥秘，各样的知识。而且有全备的信，叫我能够移山，却没有爱，我就算不得什么。
>
> 我若将所有的周济穷人，又舍己身叫人焚烧，却没有爱，仍然与我无益。
>
> 爱是恒久忍耐，又有恩慈。爱是不嫉妒。爱是不自夸。不张狂。
>
> 不作害羞的事。不求自己的益处。不轻易发怒。不计算人的恶。
>
> 不喜欢不义。只喜欢真理。
>
> 凡事包容。凡事相信。凡事盼望。凡事忍耐。
>
> 爱是永不止息。
>
> （《哥林多前书》13：1—8）

---

① 《圣经·申命记》25：5 - 6。

这种伟大的爱,战胜了一切自私和猜疑,超越了时间和死亡,穿透了知识的虚空和善行的肤浅,就像神爱人那样的"天生烝民"的无私之爱,母亲爱孩子那样不计代价的甘心之爱,大海接纳百川那样浩瀚无边的博大之爱。这也就是前文虞格仁所说的 Agape 之爱。

总之,上述两种爱的本质,乃是"悦"与"许"之爱。两情相"悦"的爱比较注重纯净欲望的吸引,生死相"许"的爱比较注重美好感情的施与。前者强调被爱,后者强调去爱;前者强调感觉,后者强调责任。我们世俗爱观显然过分强调爱的第一种定义了。说到底两者都反对情欲的喧嚣与自我的满足,都反对以自我为中心的爱。因为,这都是神美好的赐与,理应在享受爱中享受神。

结语:基督教爱观的现实意义

但是长期以来我们多认为基督教是禁欲主义。它的爱观是过时的。真的么?不言而喻,基督教的爱观并不是禁欲主义。遗憾的是虞格仁的《历代基督教爱观的研究》,有点夸大了挚爱和欲爱的差别,甚至有把欲爱排除出基督教的倾向,或者认为二者是冲突的。连刘小枫也认为:"基督教的爱是一种纯粹精神的法则,人之生存的本体结构依循的是纯粹肉身的法则。精神法则与肉身法则之间的冲突,是基督教挚爱观中一个不可规避其解决的冲突。解决这一冲突,并不等于要认可希腊思想的爱欲观。换言之,解决精神法则与肉身法则之间的本体性冲突,乃是基督教神学的一项难题。"①

基督教的爱观不能和希腊的爱观混同起来,这是真知灼见,因为我们在看柏拉图的《会饮篇》时,早就看到柏拉图讲到爱与美,是从爱具体的形体,到爱贯通的形式,再到"把心灵的美看得比形体的美更加可贵",再到"行为和制度的美",再到"学问知识"的美,最后达到爱最高的美,也就是永恒的理念。"于是放眼一看这已经走过的广大的美的领域,他从此就不再像一个卑微的奴隶,把自己的

---

① 渝之《挚爱与欲爱》一文,见《基督教文化评论》(第七辑),第 305 页。

爱情专注于某一个个别的美的对象上,某一个孩子,某一个成年人,或是某一种行为上。这时他凭临美的汪洋大海,凝神观照,心中起无限欣喜,于是孕育无量数的优美崇高的道理,得到丰富的哲学收获。"①所以,在柏拉图的哲学里,把人的肉体和欲望看得很低,造成了希腊哲学灵与欲的冲突。但这一冲突在《圣经》里是不存在的。保罗在《圣经·罗马书》十二章一节说:"所以弟兄们,我以神的慈悲劝你们,将身体献上,当作活祭,是圣洁的,是神所喜悦的。你们如此事奉,乃是理所当然的。"身体可以是圣洁的,只要是为神而活。基督教从来没有把物质本身和人的肉体本身当作邪恶,因为耶稣基督就是"道成了肉身住在我们中间,充充满满地有恩典有真理。我们也见过他的荣光,正是父独生子的荣光"②。所以,文化中抬高物质之倾向与文化中贬低物质之倾向其实和《圣经》都没有关系。《圣经》也从来没有认为欲望本身是邪恶的。人的犯罪不是因为"欲望",而是因为"私欲"——也就是对本来是神所赐的美好欲望的不正当利用。

排斥了挚爱的欲爱,只不过是"力必多"的发泄而已。所以,佟振保在日常生活的欲望中深深沉溺,最终发现自己所迷恋的只不过是对方的肉体,却总是假设对方有灵魂。发现这一点,生活成了他不能承受之轻,惟有一次次在欲望的大海中沉浮和逃离。而玛卓的爱情,其实只定义为被爱,总是在乎对方的付出和爱的证据,在某种程度上说,是她的猜疑和索取促使刘仁不断逃离。刘仁在爱面前,忽略了爱的平等和自尊,一直崇拜的是一个女神,拒绝接受现实生活中的玛卓。他甚至宁可玛卓是个瘫子。他并没有在爱中建立稳定的价值观和意义观,把爱给绝对化了,也使爱不堪其重。

在道德资源亏空的今天,在爱已经成为一种刺激和感觉的今天,让我们重温基督教爱的理念,看看古老典籍的阐释,仍不失为一种守望和回归。

---

① 《柏拉图文艺对话集》,朱光潜译,人民文学出版社,1963 年 9 月版,第 271—272 页。

② 《圣经·约翰福音》1:14。

欧文·白璧德与吴宓的六封通信

[美]欧文·白璧德/吴　宓

吴学昭　译

　　吴学昭按：我父亲吴宓珍藏有他敬爱的导师欧文·白璧德 Irving Babbitt(1865—1933) 写给他的手书三通，后来在哈佛档案馆我又读到父亲写给先生的三封信。这些书信往来反映出白璧德先生对他的中国弟子、对《学衡》的关心和支持，对中国传统文化特别是儒家学说命运的担忧，那时离新文化运动发生不久，"打倒孔家店"的喧嚣已传至海外。现将这些书信翻译发表，或可有助于了解我们的先辈在八十年前是如何进行跨文化对话交流的。

　　考虑到我国读者可能对白璧德先生比较生疏，某些流行的看法 (如温源宁著林语堂译《二十今人志》吴宓篇中所述) 又有失公允，特根据美国哈佛大学文理学院 1933 年 10 月 3 日"关于欧文·白璧德的生平和贡献"的会议记录，作些介绍刊于书信之前，供读者参考。

　　　　欧文·白璧德为美国哈佛大学法国文学教授。他 1889 年以优异成绩在哈佛大学毕业，为深入研究东方学科，他在蒙大拿学院教了两年书后，赴法国留学，在巴黎大学从列维①治梵

---

①　Sywian Lévi 列维(1863—1935)，法国东方学家。1889—1894 年在巴黎大学教授梵文。1894—1935 年在法兰西学院任教。曾访问中国。

②　Charies Rockwell Lanman 兰曼(1850—1941)，美国梵语学者。1880 年任哈佛大学教授，1903 年任威尔士梵语讲座教授，直至 1926 年退休。1891 年任"哈佛东方学系列"丛书主编，任期内出版 31 卷。

文与佛教经典。回国后，在哈佛从兰曼②继续治东方学，于1893年获取硕士学位。他和同年在哈佛获得硕士学位的穆尔①不愿为德国学派重考据的博士论文，放弃了进一步的课程学习而留校任教，投身于独立研究。他们勤学深思，孜孜不倦，这段经历使他们倡导在安排研究生的学习时应当允许广泛阅读古典与现代文学、历史和哲学，作为专门研究的基础。他们这些年没有学业负担的思索，孕育了极富独创性的结果，一种人文主义的批评得以形成。随着两人在此后有生之年的不息探索，这种批评不断衍射发展，直至触及哲学、文学批评、教育、社会学、政治和宗教的中心问题。穆尔自 1904 年起陆续出版他的名著《谢尔本随笔》（ *Shelburne Essays* ）。白璧德则于 1910 年出版《新拉奥孔》（ *The New Laokoön, An Essay on the Confusion of the Arts* ）， 1921 年又出版《近世法国批评大师》（ *The Masters of Modern French Criticism* ），人文主义批评的出现变得逐渐明朗。同一年，白璧德在哈佛升为正教授，讲授法国文学，使之真正成为比较哲学和比较文学的讲坛。

1919 年白璧德的《卢梭和浪漫主义》（ *Rousseau and Romanticism* ）出版，充分显示他高扬人文主义大旗的根本意义；1924 年其《民主与领导》（ *Democracy and Leadership* ）的面世，使这种意义更为明确。

那时他因对人类大多数思想的正确性提出质疑而蜚声世界。他勇敢地指出，由于西方再次落入他所谓的"自然主义的陷阱"，混淆了人的法则和物的法则，因此它在基本原则上已步入歧途。1923 年，白璧德在巴黎大学作交换教授。1926 年法兰西研究院精神与政治学院选举他为通讯院士，他同时成为美国文学艺术科学院院士、美国文理学院名誉院士。他应邀到耶鲁、加州、斯坦福、中西部的主要大学，北卡罗来纳、普林斯

---

① Paul Elmer More 穆尔(1864—1937)，美国学者和评论家。与白璧德同道齐名，为文学评论中新人文主义的主要倡导者之一。1904—1921 年写有名著《谢尔本随笔》11 卷，是一部论文和评论集。

顿、多伦多和新英格兰地区的许多院校讲学，1932年鲍德温授他以古典文学博士的荣誉。

欧文·白璧德的著作在美国引起的反响的确是20世纪文学史上重要的一页。1930年《人文主义和美国》(*Humanism and America*) 出版，该书辑有他的弟子的论文15篇和他自己的一篇，其中浓缩了他的基本原则。这部专题论文集成为后来被称为"新的书籍之战"的起因。除了无数评论、杂志文章和社论，有些自认与之最直接相关者迅速以书的形式发表反击宣言，从而引发更深入的批评。它再次证明在很多情况下，白璧德的学说是如何不被理解。

这种误解是不可避免的，而白璧德率先对关于其学说的价值的大众化讨论表示轻视。他的影响在别的方面，有事实为证。例如，只要学者们从哲学角度研究文学，那么他的名字就必然会重现。系科之间的障碍被打破，这无疑会继续成为他最伟大的贡献之一。他在《民主与领导》中写道，"哪怕有一点深度的研究，都会发现经济问题渗入了政治问题，政治问题渗入哲学问题，而哲学问题本身最终又不可分地和宗教问题相联结"。在事业之初他就确信，严肃认真的文学研究，必须和哲学史、更勿论政治和社会发展史结合起来。早在1912年，他在《法国批评大师》的前言中写道："批评家能否评判，如果能又以何种标准评判，只是一个更具普遍意义的问题的一种体现形式而已；即哲学家是否能探索出统一的原则以对立于纯粹的流动性和相对性。"他让我们以这样一种精神去批评专门研究，它将有助于圆满解释人生的真正意义和价值。他很清楚，一个人的头脑，不可能囊括所有的知识领域，但他希冀出现一个大学联合团体，其成员不再是他曾一度称谓的"相互排斥的粒子的组合"，而是对他们各自的领域有充分的相互了解，藉此引导学生认识到有多少东西要学，并至少在一定程度上指导他们进行必要的综合。

146

对白璧德而言,人类的视野是兼容东西方的,因为他力求达到的是人性的永恒,而不是不同时代和地域所具有的独特性。他有时似乎批评苛刻,不论一位作者如何富有才华,如其作品除标识出变化的环境之外不能揭示一种永恒的真实,他都无法过高评价。在他看来,更伟大的是那些通过对普遍真理的直觉和臻于更高想像之境的人。他说:"我们在他们身上发现一些准则,无论何时何地,只要人类达到人文主义洞察力的高度,这些准则都会一再得到证实。""这里讨论的是不容置疑的事实,我们应当牢牢把握,以反对那些夸大人性的永恒性或可变性的人。"

不幸的是,人类思想史每每是夸大的历史,这使白璧德教授在所授"怕斯卡""夏多布里昂",尤其是"卢梭与浪漫主义"的"法国文学批评"等课程中,对新古典主义的机械模仿和浪漫主义极度的与人主义,都予以抨击。

尽管如此,他常说他希望表达的并非什么新鲜事物。他拒绝把自己的学说像通常那样称作"新人文主义"。在他看来没有什么新人文主义,而只有自然主义(或神、人、自然三者合一的一元论,其结果是否认存在一种先于人类经验的法则)和人文主义之间多年来的对立。后者对于人有着清晰的认识:他本性超众独特,是一种物质和精神交汇于一体的神秘存在,故而他应向一种高于其自身的法则负责,他必须去发现这一法则,并必须学会使自己的自然意志服从于这种更高意志。宗教以上帝的名义阐释这种更高的意志,但白璧德并不因此而与之争论。相反,他借助宗教来支持人文主义。作为哲学家,他感到只能通过一种凭经验而感知的否决权来解释这种更高意志。他借此来证明二元论,如果否认它也就不存在真正的宗教。

他的风格如此自成一家,使他富有活力的品格中某些曾给他的学生留下深刻印象的东西得以留存。他的著作①将继续揭示他为追求真理所进行的不懈奋斗。他的学生一直获教于他,认为应以不计后果的英雄精神去追求真理。

白璧德先生众多的弟子中,最有声名和成绩者,为美国文学批评家薛尔曼 Stuart P. Sherman(1881—1926),英国诗人、剧作家和文学批评家艾略特 T. S. Eliot(1888—1965)。

先生的中国弟子,以梅光迪从学最早且久,受知也最深。其后有吴宓、汤用彤、张歆海、楼光来、林语堂、梁实秋、郭斌龢等。据父亲《悼白璧德先生》②文中说,"林语堂虽尝从先生受课而极不赞成先生之学说";"梁实秋曾屡为文称述先生之人文主义,又编印《白璧德与人文主义》一书,而要以吴宓、郭斌龢为最笃信师说,且致力宣扬者。"陈寅恪、胡先骕等非先生弟子,但在哈佛曾面谒先生,亲承教诲。胡并译述先生著作。至于读先生书、间接受先生影响的人当为数更多。笔者在石溪纽约州立大学即曾读过原台湾大学文学院院长侯健 1980 年在该校所作题为《白璧德在中国》(*Babbitt in China*) 的博士论文,中有专章论述先生与中国思想、论述《学衡》,对先生及其与中国的关系和影响予以比较公正的评价。

《学衡》杂志(*Critical Review*)于上个世纪 20 年初,由梅光迪、吴宓与柳诒徵、刘伯明等在南京创办。出版之始,宣示四义:一、通过中西先哲之精言,以翼学。二、解析世宙名著之共性,以邮思。三、籀绎之作,必趋雅音,以崇文。四、平心而论,不事谩骂,以培俗。

《学衡》曾以不少篇幅译述白璧德先生著作,传布宣扬先生学说与人格。该杂志"揭橥真理,不趋众好,自勉勉人"的编辑风格,也与先生的独立独行和讲求内功有近似之处。

白璧德先生写给吴宓的信

---

① 白璧德的著作除本文前述外,还有《论创造》(On Being Cteative and other Essays)、《巴利文佛经教典英译本》(The Dhammapada, translated from the Pali, With an Essay on Buddha and Occident)、《西班牙特性及其他》(Spanish Character)。

② 载1933年12月25日天津《大公报·文学副刊》第312期。

（一）

新罕布什尔州,杰弗瑞

1921 年 6 月 30 日

亲爱的吴先生:

　　我由您6月24日写给我妻子的信中得知,您问我是否乐意在您回国以前再次与您会晤。我于6月22日离开康桥来到此间,正计划7月10日前后回康桥并设想那时与您见面。我非常遗憾这已是不可能了,不过至少可以欣慰的是知道您已获得随我学习的正规课程的文学硕士学位。我确信您之得到学位是由于您总的成绩。

　　对我来说,有您这样一位学生是极大的愉快。我有信心您会是那些为拯救你们国家令人崇敬和智慧的传统不被愚蠢地革新而最有效地工作的人们中的一员。别忘了给我写信,不仅关于您个人的命运,还有中国总的情况。如您所知,我特别感兴趣的是中国的教育问题,如果我的方法能够于您有所帮助,请不用犹豫召唤我。

　　请向梅(光迪)先生转达我非常热情的问候。我和我的妻子祝您旅途愉快。

非常忠实于您的

欧文·白璧德

（二）

新罕布什尔州,都柏林

1922 年 9 月 17 日

亲爱的吴先生:

　　我是最不高明和最不按常规与人通讯的一个,我早就想给您写信,告诉您我是多么赞赏去年冬天收到的您的那些信,还有我刚收到的这封,为我描绘出一幅您个人境况和您正在中国进行论战情势的生动图景。您看上去正在进行个人的旗帜鲜明的斗争,我确信，您没有理由自责。我希望中国的前途不全似您想像的那么黯然。我没有资格发言，我的印象，中国人是个奋发、勇敢和聪明的群体，过去曾多次遭遇非常严重的紧急关头，此次当亦能成功地战胜眼下的一个。我特别关注的是，如您所知，伟大的儒学传统，其中包含极其美妙的人文主义成分。这一传统需要复兴和调整，使之适应新情况，但任何企图将它彻底砸烂，据我判断这将于中国本身是沉重的灾难，最后也许将祸及其他一切。

我从哈佛的中国学生处听说你们最近的《学衡》受到欢迎的评论，它对我来说恰是需要的，我怀疑你这么年轻掌握一个众多投稿人的编辑部是否会有困难。看来与每一个愿为总的观点而不畏困难和阻拦的撰稿人合作的形势是有希望的，如您去冬来信所谈。汤（用彤）先生是否可能被证明为一位有益的辅助者？在他即将离开康桥回家以前我与他讨论过一次中国哲学，我看他在这个领域或许比我遇到的其他中国人都更有识见。难道他发表在《留美学生月刊》①（或类似刊物）上关于叔本华与佛教的论文，对你们的《学衡》不是好材料吗？楼光来先生关于笑谈的论说，给我的印象是一部杰出作品的片断，或许也该推荐给中国读者。汤先生和楼先生可能不具有中国当前正需要的那种敢作敢为的意识，但当人们谈起时，他们是非常有价值的人士。张歆海先生刚交给我一篇极有可能是博士（学位）论文的"关于论马修·安诺德的人文主义"，这篇论文最后的一章——马修·安诺德与儒学——包容人文主义的因素，我的意见予以采用会对你们的《学衡》有益。张先生给我的印象是与众不同的敢作敢为，您要注意这些论文他曾在耶鲁评论、爱丁堡评论、北美评论和纽约《民族》杂志上发表，而他年仅 24 岁！——我顺便提到，你们可就约翰·杜威徒有其名的最新两卷集发表若干评论，以探究他的浅薄，他已在这个国家施展一种坏影响，我猜想在中国也一样，是否不妨由汤先生在此间写了寄您。

我正在经历非常紧张的一年，上半年除了哈佛和拉德克利夫的

---

① The Chinese Strdents' Mouthly，由中国留美学生会主办的一种英文期刊，在纽约出版。

全部工作外,在耶鲁还有一个研究生班讨论会。四月开始的第二个半年,我作了一次西部旅行,行程大约7000哩,在斯坦福大学作四次讲演,加州大学、西北大学和芝加哥大学各演讲一次。这个暑假进行参观访问和《民主与帝国主义》①的工作,后者进展迟缓,但我希望用三或四个月来完成它,这是我历来所从事的最艰难的工作。

我新近接受邀请在即将到来的新学年作为哈佛的交换教授去巴黎大学度过半年,我尚未决定在巴黎讲授何种课程于我是可取的,使用法语或是英语讲课更好也未定下来。我给您寄去法国《星期杂志》(La Revue Hebdomadaire)所刊关于我的著作的一篇文章,②我想您也许会感兴趣。依我看,马西尔教授作了一篇非常高明的撮要。

请告知梅(光迪)先生,我给他寄去了我曾答应赠他的像片和穆尔先生的两卷文集,并希望它们能够平安无损地到他手中。——请记住,对我来说,听到你们的音信永远是件愉快的事,而且我已作好准备用我的方式和我的力量帮助你们。

您诚挚的
欧文·白璧德

(三)

康桥市,柯克兰路5号
1924 年 7 月 24 日

亲爱的吴先生:

不久以前,我给您寄去一本我的新书《民主与领导》,相信您已妥收。如未收到,即请告知,我当另寄去一本。我对您最近的一封信很感兴趣,并非常感谢给我寄来一本刊有马西尔先生文章译文的《学衡》①。这类译文的价值在于,可能开拓中国为人文主

---

① 此书易名为《民主与领导》(Democracy and Leadership),于 1924 年出版。
② 指法国 La Revue Hebdomadaire1921 年 7 月 16 日出版的第 30 卷第 29 期所载《白璧德精确之人文主义》。作者 Louis J. A. Mercier。马西尔从白璧德先生之学说,撮要述于法国读者之前,使其国人皆知有白璧德,有人文主义。

义运动工作的人们和在西方有意开展类似运动的人们之间合作的道路。同时，西方在已接受儒学人文主义的基础上，需要更多的充分的阐述，如您所知，这是一项我极力主张您和其他了解自己的文化背景，同时能熟练掌握英语的中国人去完成的任务。

我在远方钦佩您在编辑《学衡》中面对巨大困难所显示出来的勇气和坚持不懈的精神。由于胡先　先生告诉我南京的动荡情况，我担心整个形势会进一步复杂化。关于学术牵连到政治，我不能发表任何意见。但是对你们学衡社员的星散禁不住深感遗憾。我了解您将赴东北大学，我希望这个变化不会包含太大的牺牲。我听说梅（光迪）先生将来哈佛任汉语教师。对这项任命我毫不知情，直到任命被过早地宣布。他当然会告诉我关于南京形势的详细信息。

最近我去了一趟普林斯顿访问穆尔先生。他于 7 月 12 日乘船去欧洲，打算在国外住上一年，下半年去希腊旅行。近来他在文学方面十分活跃。他今年出版了两本书：《希腊哲学》和《新约全书的耶稣基督》。第二本书的结尾处出现了教条的天启教，我不喜欢这种倾向。我个人更赞同采用纯心理的方法处理宗教问题，体现在释迦牟尼和他早期的信徒们身上。

您最近接到张（歆海）先生的信了吗？几个月前，他写信给我，赞赏地谈到《学衡》已在产生有益的影响。我不知道您是否对当前中国的形势持积极一点的见解，也不知道您所运用的年青人是否变得稍稍成熟一点。请代我向汤（用彤）先生和楼（光来）先生致意问候，并转告他们我已寄出《民主与领导》赠阅本给他们。

您忠诚的，

欧文·白璧德

---

① 指1923年7月出版的《学衡》第19期，刊有吴宓译《欧文·白璧德之人文主义》。

吴宓写给白璧德先生的信

（一）

中国南京东南大学

1923 年 7 月 6 日

亲爱的白璧德教授：

我感到非常抱歉迟迟没有复您去年 9 月友好的来信。张歆海先生刚从欧洲回到中国；他昨天在这里，告诉我们关于您在巴黎同他会晤以及您在巴黎大学讲学的情形，为我们带来极大的喜悦。他告诉我们，白璧德夫人陪伴您赴欧洲讲学之旅。我希望您和白璧德夫人，还有德鲁①先生都非常好！

十分感谢您寄法国《星期杂志》给我，已于去年 4 月收到。收到它时，我即给自己以将马西尔先生的论文（《欧文·白璧德之人文主义》）译成中文的自主权，并已将译文刊于我们的《学衡》第 19 期，在卷首登载了您的像片（取自您送给梅先生的原照）和哈佛大学西华堂（您讲学处）的照片。刊登译文和图片的这期刊物几天内即将出版，一旦印出我立即恭敬地寄给您一册。您也许对卷首刊登您像片的主意不满意，我的辩解是法国《星期杂志》已经这么干了，只是我们卷首的画页比该杂志所载图像更大更清晰。

5 月下旬，驻香港的行政官 G. N. 沃姆先生（经 R. F. 庄士敦先生介绍，并读过《学衡》)来这里对我们进行了一次专访。沃姆先生的思想在许多方面与您一致，而他对中国事务尤其在中国教育方面的观点（他在世界的这个部分已生活了二十余年），则同意我们自己的见解。我于是为他写了介绍信(他经由美国回英)，他说，如果情况允许，他一定去康桥拜访您，我希望他能实现他的允诺。

---

① Edward P. Drew 德鲁，白璧德先生之岳父，昔年曾任中国海关副税务司（正税务司为英国人 Sir Robert Hart 赫德)，故白璧德夫人少时在中国生长。

胡先骕是我们最好的朋友之一，也是《学衡》工作最热心、最执着的少数人中的一个，自杂志创刊以来他写的跟任何人同样的多。他翻译了《中国留美学生月刊》所载您的文章(《中西人文教育谈》)为中文，刊于早期的《学衡》(我记得我给您寄过)。胡先生是研究植物学的，曾在加州大学学习数年。此前是东南大学的植物学教授，现在去哈佛安诺德植物园进行植物分类学的专门研究。他将于两周内出发，留在哈佛两年。虽然他不曾见过您，我敢说他跟您的弟子同样好。他读过您所有的著作，还有穆尔先生和薛尔曼先生的书。他具有足够的中国文学知识和对西方文学的浅近认识。我想说是他将向您表示他的敬意，并且希望不断得到您的忠告和启发。我没有给他一封正式的介绍信，不过我请求在这里详述此事。再者，他可能告诉您中国和我们本身的情况胜于我在一封短信中介绍的。

自我回国后两年，中国的情况由坏而转向更糟，国家正面临一场极端严重的政治危机，无论内部还是对外。我无能为力只是想到中国人已经明显地堕落了，由历史形成的关于我们民族品性的言论和我们历来的美德在今天的中国人身上已荡然无存，我感到悲痛。我相信，除非中国人民的思想和道德品性完全改革(通过奇迹或一种大力神的努力)，否则将来甚至政治和经济的新生都是无望的。当然我们必须为创造一个更好的中国而工作；但是如果不获成功，那么自1890以来的中国历史以其民族衰败的教训，将在世界历史中留下最有教益和最引人注目的篇页。

在这样的情势下，我们的个人生活是很幸运的，梅、汤和我在这里安静地教书。我的薪津已由每月160元增至200元(中国货币)，明年将增至220元。(在中国，花钱购物比美国便宜许多)。除了教学工作，我把全部时间都用在了编辑《学衡》上，它现在每月按时出版。《学衡》的作用微弱但令人鼓舞；如果我们能得到许多有才干的帮手写作，会明显感觉得到结果，并将更好。目前，我仍在试着寻求撰稿者。梅(光迪)先生在过去的十二个月里，只写过一篇文章。在柏林的陈(寅恪)先生，对我们的征稿要求不予答复。不过汤

(用彤)先生很帮忙;楼光来先生将于一周内由欧洲抵达,我们希望将他留在这所学校争取他的合作。张歆海先生将去曾作为那场运动①的司令部的国立北京大学,而我们正在试图反对和补救该运动的影响。

感激您对我们的好意支持,您帮助我们最有意义的一种方式,即是您出版的任何新书(如《民主与领导》)或穆尔先生的书(如《希腊的传统》第二卷)、薛尔曼先生的新书,或您发现的任何新书(英语、法语或德语的)。您认为它所表达的思想观念与您近似,因而于我们的事业有用,请立即写一短简给安诺德植物园的胡先骕先生或写给我,仅写明作者和出版者即可,胡先生和我,我们自己可买来用为翻译或摘要的材料在我们的《学衡》上刊出。

尽管我们现已不再在您的班上,我们仍从您那儿得到持久不断的鼓舞和教诲。谨向您和白璧德夫人致以个人亲切的问候。

您的弟子

吴　宓

又:Sylvain Lévi 列维来中国,去年4月在北京大学作了演讲;我们曾试图邀请他到南京本校讲演,没有成功。

（二）

中国南京东南大学
1924 年 7 月 4 日

亲爱的老师:

非常感激您送给我们每人一本我们盼望已久的您的《民主与领导》,请放心,虽然我现在是在地球的另一半,我们经常在自己的头脑里复习您的理念,阅读您写的书(旧的和新的),庄重和专注的程度远胜于当年我们坐在西华堂您的教室中。无论我们做什么,无论我们走向何方,您永远是我们的引路人和导师,我们的感受超过

---

① 指 1919 年发生的新文化运动。

这一词义本身。我当努力使越来越多的中国学生在他们的本土受益于您的思想理念和间接的激励鼓舞。

收到您的《民主与领导》一书，我立即阅读，并翻译了"绪论"，加上全书的内容撮要，编入第 32 期《学衡》。该期杂志将于 8 月面世，它一出版我就给您寄上。我相信刊有您的像片和翻译马西尔先生论文的第 19 期《学衡》，您已于去年 8 月妥收。

最近您在中国的弟子们生活和工作有许多改变。梅光迪将去哈佛任汉语讲师；他将于 8 月 22 日启程；抵达后，他会详告您我们的遭遇。简要地说，去年 9 月，楼光来先生被指定为这所大学英语系的主任，系里劣庸的教师们组织了一个卑鄙的、微不足道的反对派反对他（因为他是梅先生相识的人）。去年 11 月本校副校长①（他是这里惟一能够正确评价文学并且喜欢我们的重要人物）去世。情况自此急剧变化。今年 4 月，楼先生被迫宣布辞职，而受聘为天津南开大学英文系主任（梅先生 1919 至 1920 年曾在该校任教）。5 月，梅先生担心灾难来临，提出辞呈，接受了哈佛的聘请。三天以后，校方将西洋文学系（梅先生为该系的系主任，我是该系的成员）非法并入英语系，这实际上扼杀了西洋文学系。前述反对楼先生的头头，一名无赖，被任命为合并后的系主任。我因此被迫离去。我将赴满洲的奉天②东北大学任英语教师；定于 8 月 10 日到任。东南大学对楼、梅和我的离校颇为高兴。在合并的英语系的新旧教师中，我以为只有 C. S. 黄先生是惟一合格的教师。黄先生 1923 年在巴黎大学上过您的《英国文学批评》，他要我转达他对您恭敬的问候。

请原谅我向您重申我们正生活在中国历史一大衰败的危机中。一切在中国已腐败到极点。个人的失望和不幸同国家的灾难和普遍的黑暗是无法相比的。

在您的中国弟子中，张歆海（在北京大学）先生似乎是惟一成功、开朗和愉快的。楼光来先生安详而冷漠，人们敬重他；而他对任

---

① 指时任东南大学副校长的刘伯明，《学衡》创办人之一。
② 东北沈阳之旧称。

何事不过分热心。梅光迪先生被普遍认为像一位具有高雅品味的享乐派,富于幻想和敏感任性的天才(我对他的不满是他工作不艰苦,如已 22 个月没为《学衡》写过一篇文章)。汤用彤先生(此间哲学系系主任)与楼先生相似,不过更加老练和得人心,并比较成功。我自己的情况则是湮没无闻和痛苦的。我在很少合作和帮助下进行工作,维持《学衡》(每月出版);工作非常辛苦,尽管成绩远不能令人满意。为了《学衡》和其他工作,我牺牲了我的休息、爱好和一个人在中国为巩固其地位所必须的各种社交。所以我得去奉天,我将从那里给您写我的下一封信。

我已向书商定购穆尔先生的《希腊的传统,第二卷:古希腊哲学》。去年我买到薛尔曼先生的《美国人》。请对新出版的最精彩的书籍中您认为我应该好好阅读的,开列一简要的书目给我。

向您和白璧德夫人致以最良好的祝愿。

您恭敬的弟子

吴 宓

(三)

中国北京清华学校

1925 年 8 月 2 日

亲爱的白璧德教授:

我记得 1924 年 7 月 4 日给您写过一信,那时学衡在南京的朋友们星散四方而我正将出发去奉天。8 月初抵达奉天,我怀着极大的喜悦和感激之情阅读您寄给我的信。去年 11 月某日,我给您寄去两期《学衡》(第 32 和 34 期),其中刊有您的作品的中文译述(《民主与领导》绪论,和《文学与美国大学教育》)。此外,我虽想常给您写信,竟没有作到。我希望您和白璧德夫人以及德鲁先生,还有穆尔先生和薛尔曼先生,身体健康、精神愉快,并乐于原谅我的匆匆。

鉴于我经常在自己的工作中和品行方面仰望您的启发和榜

样，我觉得应向您汇报情况，至少每年一次，我做了些什么和于我发生了什么。当然，通过与梅光迪和胡先骕先生的时常谈话，您已完全得知我们在南京的经历。所以我无须详述这些方面。至于我自己这边，我于1924年8月赴奉天东北大学教英文（非常基础的）。我的感觉很像 Esther Waters（请原谅这粗陋的比较），作为一名女佣，从这家到那家勤奋工作，为了哺育和培养她热爱的孩子。的确我无权称《学衡》为我自己的孩子；我的意思只是我在被迫离开南京到奉天的情况下，我工作以维持《学衡》的出版，发生许多困难和不便。由于老朋友和同事四处分散，又由于缺乏投稿和稿件不运用，我在旅行中，在炎热的7月（再就是阴冷的1月）进行家务的筹备和解决家庭的需要及问题中，做到了每月一期67000字的出版。而中华书局几次威胁将中止和结束出版《学衡》；只是在书面争辩甚至承诺将来对其进行经济补偿之后，他们才同意出版一年。

无论如何奉天比我预期的好得多。虽然奉天的气氛过分保守有点褊狭，却是中国的教育工作惟一严肃和诚实地进行的地方；这里的学生正规地上课，专心地听讲；这里不容所谓的"新文化运动"的影响潜入，对那些敢于反对胡适博士等的人（像我自己）来说，或许是找到了一个避难所和港口。东北大学的学科长是赞同我们的行动的，出于我们的友谊，我推荐了不止一位学衡社友（著名的柳翼谋老先生）来这里任教；我敢说，我们的思想和理念的确在中国的这个部分实际比任何其他地方更为奏效。1924年10月，我曾应日本人邀请去大连和旅顺港讲演。我选用英语向日本团体和中国的教育工作者及教师演讲《欧文·白璧德之人文主义》，给他们一个您的著作中理念的摘要和概括。一位才华横溢的日本年轻人士下村信真君，为我口译日文；他对您的思想很感兴趣，因而成为我的朋友，我送了您的两部书给他。

1925年1月初，我南下上海，探望父母并为我妹妹主持婚礼。2月初，我来到北京从此服务于清华学校（我的母校）任研究院筹备主任，同时教《翻译》课。9月1日开始，当筹备工作行将结束而研究院实际开始工作时，我将担任研究院主任。我的工作其实是完全行政性的，除了《翻译》我未被要求为大学部学生教授任何课程。在我现有的职位上，有大量社交需要参加和学校内外的众多职责必须履行——一种令人不愉快的需要，不如有益的过去境况。与我过去在南京和奉天的生活相比，我现在有更多身体的舒适和物质享受；由于奔波于大量事务和看望人，我现在很少时间读书和写作。这使我感到悲伤：我在南京和奉天有过的宁静而单纯的用功生活对我就像一段黄金时期，我虽想望却决无可能返回！

为了什么我摒绝奉天来北京到清华学校？既不是由于首都通常的吸引力（政治生涯的机遇；地位高的漂亮女孩；第一流的饭店和书店等）；也不是因为清华能较好提供的物质补偿和身体舒适，而是那些有助于我为《学衡》工作得更好和效率更高的方便和有利特点。例如一个非常好的图书馆，一位可能由学校付酬而纯粹出于热忱和友谊自愿利用余暇为《学衡》工作的助理；在《学衡》工作方面，我的思想和精力是集中的，所以这些我很在意。

研究院将进行的研究工作全部限于国学领域——国学研究的不同学科。大致是，致力于研究事实较之讨论活生生的思想为多。这里有许多学校政治活动，而我主要关心的是，为了《学衡》，在关于研究院的事务和方向方面，我宁肯采取调和的和谨慎的方针。被任命的四位研究院的教授如下：(1)王国维先生，杰出的学者，他的姓名也许您曾于《通报》上见过；(2)梁启超先生，政治上著名；(3)陈寅恪先生，我竭尽努力进行推荐而他经过很大程度的勉强后，同意明年2月来校（其余各位均已到校）；(4)赵元任博士，他在梅光迪之前在哈佛教汉语。此外，我们还有一位专门讲师李济博士，也是一名哈佛人。工作的实际进展随后向您报告。

我恭敬地请求您对研究院和《学衡》的工作给予经常的指导和忠告。您的言语对我永远是鼓舞和良好影响的来源。我已全部细读了您的《民主与领导》以及穆尔先生的新书《新约全书中的基督》。请不时建议，您认为哪些书我应阅读或应译载某些篇页于《学衡》。（因为《学衡》的创办原来就是要宣传您的思想理念和儒家学说思想。）

请允许我为摘译您的作品表示道歉。我曾以为向中国人民尽可能多地翻译您的著作是我的神圣责任，(如梅光迪先生等一样)，我确信您会热爱他们像您爱自己的同胞那样。我躺在床上痛心于(自1921年以来)不曾从您那天使般的智慧源泉中舀取足够的一杯给予中国人民，他们忽视自己的民族传统，正在被同出一源的所谓"新文化运动"和布尔什维主义的学说处于毁灭之中。我做这些事情怀着近乎宗教式的热忱。即使您因我译登了这许多而责打我，我也乐意接受您的惩罚；但我必须这样做，我才于去世时无愧于心。啊，亲爱的老师，您是否能理解和原谅我？不管怎样，让我示您以三点真相的保证：(1)不论何时我翻译了您的任何作品，我从未忘记给您寄上刊有译文的刊物(没有不对您加以介绍的译文)。(2)所有这些译文都是由我自己极其小心谨慎并尽量精确地翻译的。(例如，刊于《学衡》第38期上的《论欧洲和亚洲文化》，或刊于《学衡》第32期上的《民主与领导》的绪论)。甚至那些由其他译者署名的译文，实际上是在我的指导下工作并经我自己全部校订，故可实际认为我做的工作。(例如，刊于《学衡》第34期的《文学与美国大学教育》第一章。)(3)在中国，除了梅光迪、胡先骕和我本人，没有人会想着去翻译您的著作。没有人愿做这事，甚至假定给予报酬。一些人甚至是接受您的思想理念的。只有一些儒家学说的忠实信徒，自愿接受您的教导和指引。我的老师，这是令人悲哀的展示。如果在中国还有其他人有兴趣翻译您的著作(会译得多么蹩脚)，中国就不会像现在这样陷入物质和精神衰败的深渊！除了《学衡》的专栏，我从没见过任何关于您的思想的讨论、您的姓名的出现。没有，绝对没有。请别担心人们错译了您。(即使竟然有这样的事发生，您可以企盼至少您在中国的追随者中的一个，在您得知此事以前，即握笔为您辩护和纠正)。您听到的谣言，可能是一些曾匆匆一瞥《学衡》上我的译文就跑去跟您说，又不充分指明其所揭露的来源。但是由于这样的谣言，我恳请就此向您保证作非常充分的陈述，并再次为此和其他的事请您原谅。

　　在我所有的工作和尝试中，我经常感到最大的痛苦是，在我们的朋友中间缺乏合作者，以及在优秀和聪明的人士中缺乏敢作敢为的品性。我不能叙述所有的情况，但我们首先盼望来自梅光迪先生的佳作。您能否帮助我们经常督促梅先生给我寄来他为《学衡》所写或译的文稿？

我们的朋友中，(1)楼光来作为华盛顿中国公使馆秘书刚去美国，(2)张歆海博士在国立北京大学任教，他钦佩约翰莫列①并是胡适博士的一位至交和密友。我们少有见面。(3)汤用彤先生在天津南开大学任教。

至以亲切问候和最谦恭的保证。

吴宓敬上

---

①　John Morley 约翰·莫列(1838—1923)，英国政治家，作家。

·信息窗·

中国比较文学学会第七届年会
暨国际学术研讨会在南京举行

中国比较文学学会第七届年会暨国际学术研讨会于 8 月 15—18 日在南京举行。本届年会由中国比较文学学会、江苏省哲学社会科学界联合会、江苏省比较文学学会联合主办，南京大学和南京师范大学承办。国际比较文学学会主席川本皓嗣教授及国内外比较文学界的著名专家学者出席了会议。与会者近三百人。

年会的主题为：新世纪之初跨文化语境中的比较文学。大会组织了一系列报告会，重要的有：跨文化对话；文化的冲突与融合；世界文学语境中的 20 世纪中国文学；中国学者视界中的世界文学；文学翻译与文化阐释；文明、文化与文学的理性沉思；世界华文文学与域外汉学研究；比较文学与世界文学学科理论与建设等。大会还举办了多项专题讨论会，如叶维廉与中国文学、外国文学与中国文化、跨文化视野中的形象研究、文化人类学、中国文学的现代性因素等。会议期间还举行了中国比较文学青年学者讲座，比较文学教学研究讨论会，近年来中国比较文学研究成果书展，中国比较文学学会理事会议。(建清)

法国诗歌和远东之关系*

（法）克洛岱尔　文　　张彤　译

不同民族、不同文化之间，存在着不可否认的心理层面的接触，存在着不同程度活跃的贸易交流，存在着轻重缓急各不相同的关系，这种关系通常表现为彼此间的来来往往和各种交流。产生这种关系的原因却不仅仅是彼此间的友善与好感，而是自身在某个方面的不足引发了交流的需要，一个民族，有时希望被人倾听、被人了解，有时（又为什么不是同时呢？）又希望倾听别人，向他人学习，了解他人。

我把这种人类不同种族间的需求称之为"心灵间需求"，而欧洲和远东之间源远流长的历史正能提供明证。我不想追溯到安东尼的使命，不想追溯到丝绸之路，不想追溯到基督教聂斯脱利派和天主教方济会的使命，也不想追溯到马可·波罗。尽管如此，我们不能遗忘，正是马可·波罗描述古代中国和日本的书，触动了哥伦布的心灵，他仿佛看见海的那边有人在召唤，无异于有财富在某处等待我们。当今，在我们的四周，正慢慢地竖起无数的城墙壁垒，人们却只心存这样一个念头：推倒这些城墙。

然而，远在商人和征服者之前，许多传教士就跟随着圣人弗朗索瓦·格札维埃的脚步进入了印度、马来西亚、中国和日本。他们学习当地的语言，研究各地习俗，梳理历史，诠释哲学，品赏艺术和文学。无法遗忘的还有，远东的发现和十七、十八世纪巴洛克艺术之发展是同步的，并且，后者还从前者身上吸取到了强有力的发展

---

*　这是 1937 年 12 月 17 日举行的讲座实录，先发表于 1938 年 3 月 15 日出版的《讲座》（*Conferencia*）中，后收入《克洛岱尔全集》。尽管标题涉及远东，但整篇文章谈论的都是中国诗歌。——原注

源泉。在中国寺庙和老房子内,我看到一些祭坛和桌椅,尺寸适宜,既实用又美观,实在令我们今人自叹不如。更重要的是家具的曲线,既应和了木材本身的形和势,又和相辅的直线构成凝固的平衡,从而替代了木材本身的生命活力和弹性。不是吗,中世纪末,这种曲线最终替代了尖形穹隆的式样。不过,在广东商行向欧洲提供漆器和瓷器以换回我们的怀表和八音盒的同时,《教化书简》(*lettresedifiantes*)①一书也让欧洲大陆了解了这个辽阔帝国的历史、法律和哲学,在我们祖先眼中,这一切远远地透着光芒,祥和而微弱,仿佛天上的月光。所有的空想主义者,其中又以伏尔泰为代表,不断幻想在这个王国中建造他们的城堡,或者如十七、十八世纪人们追求豪华花园宅邸时所说的,建造类似尚特鲁(Chanteloup)的宝塔,从上至下系满铃铛的宝塔。儒家思想正能迎合这些幻想者的需要:超然脱俗、无忧无虑、徜徉在仁慈的海洋中。然而,近观之下,中国的历史应该让他们明白,美丽的理论对一个民族来说并不能改变什么。即使是在康熙和乾隆的盛世年间,当时的中国也和我今天所了解的差不多。从习俗深处看,存在着可怕的腐败;人民生活在由水灾引发的无名苦难中;行政管理上,到处充斥着可悲的学究气、弄虚作假的作风、荒谬愚蠢的办事方法。我只要举这样一个例子即可说明问题:为了让百姓免受日本海盗的入侵,康熙大帝下令让沿海居民向陆地避让十里地,除此之外别无良策。

至于所谓的中国宗教,则是一种闻所未闻的混合:本地与外来的迷信相混、各类繁文缛节和妖言相合,其中还混杂着一种自相矛盾的哲学,我甚至应该将之称为人类思想史上所产生的最为有趣的哲学,即老子的思想以及一位天才,也就是庄子的思想(可惜这位伟人的著作尚未翻译成法语)。我想说的是道家学说。

不过,我们今天的话题是文学艺术,更确切地说是诗歌。我不谈小说,那是我们英国朋友的专长。在小说方面有彼埃尔·罗帝(Pierre Loti)的珍贵感受,有塞加仑(Segalen)关于北平结局的优美

---

① 由外国传教士撰写的《教化书简》(*Lettres edifiants*)于1780-1783年间第一次出版。——原注

163

著述①，但我们却没有可与帕勒·布克(Pearl Buck)作品相比美的东西。在这里，我想和你们一起研究，中国对我国诗歌是否也有过它对我国艺术所产生的类似影响。因为，在真实的中国之外，还有摄政时期人们所了解的中国，还有画家布歇笔下的中国，还有和具有萨克斯地区风格瓷器相关联的中国，以及丝绸中的中国，漆器中的中国，瓷器中的中国，还有类似睡美人的"沉睡中的中国"，充满了幻想魅力，长久以来，给我们的祖先提供了无数的幻想主题，以及类似童话剧中角色转换的空间。

十九世纪，这个遥远的、人口众多的国度走近了我们。来自中国的第一批游客首先来到巴黎，立刻适应了环境，他们中的一个还成为了泰奥菲尔·戈蒂埃 (Theophile Gauthier) 美丽女儿朱蒂(Judith)的老师。通过他，朱蒂得以了解了唐朝的诗人，并编辑了一本鲜为人知的诗集《玉之书》。同一时代，法兰西学院的一位教授——埃尔维·德·圣德尼 (Hervey de Saint－Denis) ——也着手翻译了唐朝诗歌作品。我从《玉之书》中挑选了一些片段，请桐亚子女士为你们朗读。请允许我稍稍改动：在有些地方我完全改动了朱蒂的文字，有些地方则改动了那些大诗人的作品：李太白、杜甫、张若虚，光是听到这些名字就已经让崇拜者怦然心动了。多少个世纪过去了，他们的崇拜者仍然感觉自己的存在就是为了和诗人生活在同一轮月光下，就是为了将自己的幻想和这来自远方的异国波浪糅合在一起。琴身虽破，尚存的琴弦却依然余音不绝。

名田桐亚子 (Nada kyriakos) 女士将为你们朗读一些中国诗歌鼎盛时期的颂歌作品，即唐朝的诗作。

> 云——满月从水中升起……
>
> 景——竹影婆娑中……
>
> 渔夫——长着敏捷羽翼的鸟……
>
> 一双情人——在银河边……

---

① 克洛岱尔在此提到的作品应为《勒内·雷》(*René Leys*)。——原注

橘子树叶的影子……

失望——你呼唤!你呼唤!

柳叶——我的诗琴,这次,多么滑稽……

客栈月光——月亮升起来了,天暗了……

心中的家园——战火吞噬了老屋……

青春——这英俊的少年……①

　　各位刚才听到的短诗正如同一幅幅画,是名田桐亚子女士以她那柔和的嗓音在我们面前绘就的,仿佛指尖从画纸上轻轻划过。这些诗一定让各位想起,在远东,绘画和诗歌使用的是同一样工具:画笔。中国的方块字是对生命的表达,是对思想的传递,正如我近来在费奈罗萨(Fenellosa)先生的论文中所读到的一样,方块字是对行为的描述。这些方块字并列在一起,字和字之间留白,仿佛一群飞行的鸟,不是白天鹅,正如我的同行李鄂(li oey)先生刚才所说,而是扑腾着黑翅的天鹅,在这肉眼看不见的空间中,确定着前进的标志。这样的文字和我们的语言表达迥然不同,思维的前进不再是从主语到宾语的句法延续,不再是绵延的动词、介词、插人句的线性组合。诗歌作品也不是固定不变的,而是在阅读者的脑海中慢慢成熟起来,任由读者建构起字与字、意象与意象之间的关系。总之,这留白,这让马拉美惊讶的纸上沙漠,这分行排版的方式,和站定在这纸上的一个个路标、排成长条的一个个字符同样重要。和我国文字的连续、线性排列不同,从某种意义上说,中国文字

---

① 克洛岱尔所引用的这些诗仅仅给出了原诗的开头几个词,后被收人《根据汉语创作的其他诗》(*Autres poèmes d' après le chinois*),参见《诗集》(*Oeuvres Poétiques*)。——原注

这样的文字对于阅读译文的读者来说几乎是没有意义的,应被视为诗人根据中国唐诗的再创作 (其中有个别的甚至并不是唐诗,克洛岱尔显然犯了错误)。根据《克洛岱尔全集》,《云》仿李贺,《景》仿苏东坡,《渔夫》仿李白,《一双情人》仿佚名之作,《橘子树叶的影子》仿丁屯岭(Tin Tun Ling),《失望》仿李益,《柳叶》仿张天霖(Tchan Tiou Lin),《客栈月光》仿佚名之作,《心中的家园》仿杜甫,《青春》仿李白。——译注

是一个个同时出现的。中国文字所带给我们的并不是对时间和旋律的感受，而是对时空之不变与和谐的感受。

空灵的思想是所有中国哲学和艺术所推崇的，也是中国思想中最古老也最本质的东西。儒家学说的鼻祖老子在《道德经》第10章中就此给出了最佳诠释："三十辐，共一毂，当其无，有车之用。埏埴以为器，当其无，有器之用。凿户牖以为室，当其无，有室之用。故有之以为利，无之以为用。"

中国绘画更可谓是以上思想的典范。在中国画中，艺术家只表现最本质的东西，远景是通过恰如其分的间隔来表达的。

就此，我在一位博学、优雅的美国女作家阿涅斯·梅耶（Agnès Meyer）①的书中找到一段相关文字，这是一本关于李公麟（lilungmien）绘画艺术的书。她这样写道：

> 中国艺术家不仅表现平面形状，而且表现三维空间。通过天与地两个层面向我们展示更高远的距离，从而勾勒出空间远景，而非地平面上的。那种近大远小的技法在他们看来是粗浅的、幼稚的，因为此类距离的表达仍是可估量的，而所有可估量的事实上并不能称为距离。

在中国绘画中，各层面的景并不延伸，而是彼此交错。景象的出现既是延续的，又是同时的，形式简单，意蕴深远。

对中国美学的深入研究还是一个新的课题，就我所看的诗歌作品而言，我怀疑仅凭手头有限的资料和大胆的想像，这些诗人是否能够很好地展现这一主题。不过，我们也不是第一次遇到此类内容丰富的展示异国情调的作品了，这类东西往往是对他人的"借鉴"，是类似布歇画中的中国主题，来一些别致、生动的变形，还可能是作者欲和他人一争高下的表现结果。而我在此要给大家朗读

---

① 克洛岱尔于1928年在美国认识她，后成为挚友。——原注

的一些诗歌片段却向我们展示了三位独特的诗人，尤其是他们与众不同的灵敏嗅觉，一如胡椒、樟脑般浓烈。

第一位诗人，我希望以最快、最有效的方式来概括他，他表现了"小玩意"似的品位，正如英国人所说"curio"，是古怪中的新玩意。杜莱(Toulet)的一系列优美的反押韵诗正受到了他的启发。(各位将听到杜莱的诗)

第二位诗人表现了对本质和灵巧的追求。他固守我前面讲到的原则，我是说他的作品像一粒胡椒豆，但也更像是一块香片，燃烧的同时散发出缕缕清香。

第三位诗人则是暗示大师，作品所要表达的东西往往是通过那些并未明示的部分来传达的。

从这一角度讲，我将给各位朗读的马拉美和魏尔兰的两首诗是非常有特点的。

第一首诗更接近于中国绘画中的北派，工于笔法，严于规律。

第二首诗类似于南派，也就是我们所说的浪漫主义。严谨但不排斥趣味、幽雅和最大限度的自由。

以下就是马拉美的诗，或者说是他诗作中的片段。我经常聆听挚友菲力浦·白特罗(Philippe Berthelot)优美地朗诵这首诗，在他的演绎下，这首诗对我来说就更可亲可爱了。

> 我愿抛弃残酷国度的
> 贪婪艺术，笑对指责，
> 朋友的，往昔岁月的，天才的批评，
> 知晓我痛苦的灯啊，
> 模仿灵犀清澈而细腻的
> 汉人，心醉神迷的月光下，
> 瓷杯上，汉人出神描摹一朵
> 奇异之花的终局，熏香他透明的生命。
> 孩提时的花香早已如水印，
> 丝丝沁入蓝色心脾。

智者梦想如此的死亡,我也要

泰然地画,清新的景色

漫不经心于杯上。

羸弱苍白的青线化为湖水,

赤裸的天空白瓷般莹亮。

新月的嫩角迷失了方向,

无言地沉入,

如镜的水面,不远处,

翡翠的绿眼芦苇中闪亮。①

　　第二首诗是魏尔兰的一首十六行诗。作品凸显了诗人一贯的品质,尤其是最后一句更堪称是画龙点睛之笔:

重如蟾蜍,轻如小鸟,

精致而又丑陋,日之国的艺术,

令我法兰西之人自幼害怕

这当空飞舞的线条。

还有浓烈色彩的堆砌,

神灵,英雄,进攻

和成群的女人,我更偏爱

那淡彩轻扬的笔法。

小桥轻跨百合花池,

昆虫啾啾,花蕾初绽,

万岁啊,这统一非凡的线条,

是灵魂为它着色上光!

恨它,又爱它

---

①　这首无题的诗当以原诗的第一句来命名:《痛苦的沉睡》(*Las de l' amer repos*)。——原注

一如高贵的拉辛蔑视粗俗，
我吟唱日之国的艺术，只为
揽入轻盈的小鸟，嗤鼻池中笨拙的蟾蜍。①

　　最后，大家将听到的是一组杜莱的诗，各位一定会和我一样热
爱诗中所传递的优雅、潇洒的气度：

孔　雀

你呵从中原之国归来
　　　长途跋涉，
鸦片或绿茶青烟缭绕
　　　如痴如醉，

流金溢彩的皇家宫殿
　　　暗无天日
你又可曾见到大格格
　　　中原公主？

一袭黑裤如何映衬她
　　　白皙如珠？
月光如泻，白马王子
　　　可曾见你？

泪水仿佛散尾的花瓣
　　　孤独岛上
发誓将不忠的爱人呵
　　　缝入行囊

---

① 这首无题的诗是为埃德蒙·龚古尔（Edomond Goncourt）而作，收入《讽刺诗集》中。——原注

远方迎风的海岸边上
　　浪声涛涛
孔雀呵可曾展翅闪烁
　　迎着朝阳?

泉　水

我心空欢喜
　　逝去的诗人老弗①,
　　笔下甜腻的日本人,
　　店铺内佛陀群像,

冬日忧郁的空中
　　轻薄的双峰依稀
我更偏爱啊
　　高贵的富士山,

你黝黑的雪松,还有
　　颓垣残壁泉水淙淙,
是受伤的心在寺中哭泣,
　　是无路的人在凄楚。

日　本

日人啊!……多么迷恋
　　闪光的木屐
各有各的穿法,
　　拄着武士杖。

如是,光亮修饰了他们,

---

①　原诗中的 Loufoquadio 一词从发音上影射旅居日本的英国诗人 Lafcadio
Hearn——译注

不伤害裸露的脚趾，
　　如是，维纳斯亦会模仿。
　　　这样的例子太多太多……

　　最后，我还要给大家朗读一首好友弗朗西斯·杰穆斯(Francis Jammes)创作的长诗，作品展示了孔子世界的宁静和睿智。

孔　子

　　把荣誉奉给逝者，
　　中原帝国，孔子笑曰
　　五十而知天命，正如
　　水终灭火。

　　纵使他人雕琢堆砌，
　　孔子教诲朴实无华，
　　宛如佛像前的祭器，
　　无须粉饰。

　　官殿讲坛虚怀若谷，
　　他静听乐者吹响竹笛
　　让灵魂平和，正如

　　山顶月光轻洒紫色树林。

　　他知书达礼，笑对
　　达官贵人战场将领。
　　他儒雅谨慎，善待
　　平民百姓，同锅举箸。

　　他从音乐中获得愉悦，

却更爱芦苇的金色哨声
温柔细腻,沼泽之中
无名小鸟筑巢休憩。

他吃咸食辣,
夜晚探究格言警句
他本愿高悬道德教义,
权冲灯笼支架。

他鲜谈爱情,多讲死亡
又虽然如何去认识。
他喜欢凭窗眺望
年轻学生,幼稚却热情。

入夜,燃起心香一束
推动经盘,让祈祷交织缠绕,
正如法学大家天才诗人,
迸发思想火花。

他遍踏穷乡僻壤,
盛赞茅屋之干净洁爽
还有那渔夫之开化,正如
清冷的早晨,明晰而深邃。

可什么又是肉体?
中原帝国,孔子笑曰:
"你如他,我如你,毋多言"
目光直落他那棺材顶上。

关于中国的内容到这里我都讲完了。

医学,西医与中医

周桂钿

有一次学术会议,有的学者提出,文化是有民族性的,而科学没有民族性。有欧洲文化、印度文化、中华文化、阿拉伯文化、玛雅文化、日本文化等,而没有德国生物学、法国天文学、英国数学、美国化学等。当时,我以为很有道理。会后,我从中医与西医的不同,对以上说法逐渐产生了怀疑。科学是文化的重要内容和组成部分,文化有民族性,科学自然也应该有民族性。科学发达与世界进步以后,各民族之间的文化交流与经济贸易大大发展了,强势群体的优势科学掩盖了弱势群体的落后科学,才出现了一统天下的科学。这种科学以欧洲模式作为代表。但是,这并不能否定其他民族科学的合理性。关于这一点,可以医学为例作一下说明。

关于医学,到底是不是自然科学,世界思想界有不同的看法。那么,医学是什么?医学是研究人类生命过程以及与疾病作斗争的科学体系。这个科学体系主要包括正常人体学、生理学、病理学、诊断学、治疗学、药物学、预防学、养生学等。都是研究人体与疾病的,研究对象是一样的,为什么会产生不同的科学体系呢?因为产生的文化背景不同,文化背景中包含不同的思维方式。我国现在医学界主要分为中医与西医两大体系。分析思维影响下的西医,分科很细,分为内科、外科、妇产科、儿科、五官科、肠胃消化科、秘尿生殖科、皮肤科、神经科、心血管科等等。五官科又分为眼科、耳鼻喉科、口腔科、牙科等。有心内科、心外科,还有神经内科、神经外科,有男科、不育症科,还有肿瘤科、传染病科等。各科都因科学的发展,分科越来越细,科类越多,甚至连医生都说不清究竟现在有多少科。综合思维影响下的中医，没有分那么仔细，只分为内科、外科、骨科、妇科、儿科、针灸、按摩等。

有人类的地方，都有人类与疾病作斗争，也就都有医病的经验，经过总结，加以提升，也就有了医学。治病经验的丰富、理论思维的特点，医学会有水平高低、特色不同的问题。又由于人的疾病与自然环境有很大的关系，疾病的种类、症状、治疗方法，也会由于地理气候、生态环境的不同而有很多差异。治病的药物也因地制宜，与地理环境密不可分。医学在产生的初期，还常与当地的迷信、巫术相联系，甚至纠缠在一起，难分难解，这就是所谓"巫医同源"。这也就决定了医学与民族文化的联系。后来，医的成分不断增加，巫的成分逐渐减少。从世界科学发展史来看，科学产生以后，长期与哲学、神学、工匠技术融合在一起。科学从融合体中独立出来才是一百多年的事，而后，医学才从科学中分离出来。医学真正形成自己体系的时间就更短了。现代西药也是在化学发达以后才成为可能。在化学不发达的时候，西医的治病水平很难说会比中医高明多少。中国在两千年前的汉代，人口达到五千九百多万，到清代康雍乾盛世，人口达到三亿，占世界总人口的三分之一。直至今天，中国的人口也是世界上最多的。在以前的两千多年中，中国一直是人口最多的国家，这一事实应该说可以间接说明中国的农业生产力是比较强的，也说明中国的医学水平是比较高的。

中医与西医，由于产生的文化背景不同，在许多方面都不一样，首先，对人体的生理的理解就有很大差别。西医以尸体解剖为基础，研究人体分几个大的系统：循环系统、消化系统、生殖系统、神经系统、呼吸系统、内分泌系统等，中医则以活体功能为基础，形成以五脏六腑与体表的症状相联系的"脏象学"和全身一个系统的"经络学"。以西医的模式来审察中医，认为所谓经络是无稽之谈，没有解剖学上的根据，谁也不能"拿"出经络来证明它的存在，用显微镜也看不到它的存在，于是就有人认为中医是"迷信"。后来由于针灸治病的大量的事实，以及用针灸麻醉动大手术的奇迹，使一些明智的西医医生承认针灸的有效性与经络的客观性。但是，还有很多西医医生将自己解释不了的现象判为"迷信"，将针灸说成是"伪科学"，有一位西医外科医生对于用拔火罐方法治关节痛，表明了自己的看法，他跟我说："还隔好几层组织，怎么能拔出来？没有科学根据！"其次，中西医对疾病的解释不同，有各自不同的病理学。西医认为疾病是由于细菌侵入、肌体受伤害引起的；中医认为疾病是由于环境变化、七情过激、阴阳失衡引起的。第三，诊病方法不同。西医用看、触、叩、听四种办法进行诊断，科学发达以后，还可以通过化验、透视、心电图、B超、同位素等方法诊断许多疾病，技术不断提高，诊断更加精确。中医使用望、闻、问、切来诊断。望，与西医的看是一样的。看的内容不尽相同。西医主要看营养如何，有什么痛苦。中医望的，首先是气色，了解阴阳盛衰，虚实升降。中西医都看舌苔，但理解也不一样。中医舌诊认为舌头的不同位置，反映不同内脏的功能变化。闻，闻气味，阳气出上窍，从口鼻出来的气味浓，说明阳气盛，偏于亢。问，是了解情况，问病史、感觉，也问生活变化以及社会地位的变化、经济状况等，因为这些与情绪有密切关系。情绪变化是重要的病因。切，是中国医学的以功能为基础的诊断疾病的特点，用三指头按在患者腕前的手脉上，根据脉搏的跳动情况来了解五脏六腑的功能状况。西医用听诊器听心脏的跳动与肺的声音，对心肺的毛病进行诊断。三指切脉与听诊器听诊，是中西医诊断的主要的有代表性的差别。第四，中西医治病方法的不同。西医使用化学药品进行杀菌，增加营养，修复肌体，来治疗疾病，恢复健康。化学药品在杀菌的同时，也伤害人体的正常细胞，副作用比较明显。中医使用中药(主要是植物根叶)来调整阴阳，使之平衡，提高身体的正气，抵抗邪气，排除病气，恢复健康。高明的医生还通过有针对性的说法，解开患者的思想症结，恢复心理健康，达到治病的目的。由于重视功能，中医可以用针灸、按摩等办法疏通经络，进行治疗。中医使用的药物主要是草药，是绿色药品，有利于环境保护，又少副作用，应该也算是一种特点和优点。针灸、按摩，不用药，好处就更不用说了。第五，对于健康，中西医的理解也不尽相同。西方人评选健美运动员，主要看肌肉的大小。中国医学认为健康主要是阴阳平衡的问题。在防病、保健方面，中国医学也有一些特殊的内容。例如，动为阳，静为阴，西方人讲"生命在于运动"，挑战极限，重视动；印度人讲静（瑜伽、坐禅）；中国人追求阴阳平衡，讲动静结合，劳逸适度。动后要静，静后要动。华佗创造"五禽戏"，自编模仿动物动作的五套体操，提倡在静坐时间较长以后要适当运动；但动又"不当使极尔"（《三国志·魏书·方技传》引华佗语），运动又不应当达到极限。这是很适合知识分子从事文化工作时的保养身体的形式。中医认为一种姿势时间太长，都会产生疲劳，疲劳会导致疾病，如说五种疲劳："久视伤血，久卧伤气，久坐伤肉，久立伤骨，久行伤筋。"（《黄帝内经·素问·宣明五气篇》）因此，中医认为，要经常改变姿势，可以消除疲劳。这也是一种防病保健的重要措施。现在有些人长时间看电视，或者长时间在电脑前工作，都是有害健康的，对血、对眼睛、对肝脏，都是不好的。哪一种姿势，会产生什么伤害，是可以讨论的。但是，长时间使用一种姿势，不利于健康，会产生相应的疾病，这就是西方医学所谓的"职业病"。

与西医不同的是，中医重视情绪对身体健康的影响，强调心气平和是健康长寿的重要基础。而心气平和则要通过提高心性修养来实现。因此，加强道德修养，对于保健也是很有意义的。做好事、合理的事，叫行义。做坏事、不合理的事，叫行不义。行不义的人，或者因犯罪死于国法的制裁，或者因害人受到别人的报复，或者因作恶多端死于恐惧，心灵不得安宁，很难长寿，所谓"多行不义，必自毙"（《左传》隐公元年）。行义的人，心安理得，君子坦荡荡，生活幸福，容易长寿。因此，古代哲学家董仲舒说："义之养生人，大于利而厚于财也。"（《春秋繁露·身之养重于义》）行义，行善，不仅对别人有好处，对自己有更大的好处。行义，对于养身，比任何财富都更重要。

西医用高科技，诊断准确，但造价贵；用西方的化学药品，药效快，但副作用大；强调运动，提高体力，增强免疫力，是其优点；不太重视心理平和，有其不足。综合来看，中医与西医好像两个相交的圆,各有治病的范围,有的重合,有的各自独立。有的病用中医或西医都可以治好的,有的病,中医治不了,西医能治;有的病,西医治不了,中医能治;有的病,中医与西医都治不了,当然可以试用藏医、泰医或者其他什么医学,也许还有希望。现在有的西医医生就认为西医治不了的病,就是绝症,到哪儿,用什么办法,都不可能治好。不让转院,拖死为止。有少数人经过其他治疗,果然好了,西医的医生经常采取不承认的态度。有的大医院的西医诊断为癌症,结果被某中医用中药治好了,而西医却说可能诊断错误,本来就不是癌症。有的病经过西医没有治好,中医治好了,西医却说,那种病可能不用治也会好,否定中医的医疗效果。这是科学的态度吗?中国人崇拜西医大大超过西方人对西医的信任。

德国哲学家一百零一岁的伽达默尔,洪汉鼎在采访他之后说了这样一些鲜为人知的情况,"惟一的长寿秘诀就是五十年来未看过医生,尽管走路已拄拐杖好几十年。他将他的健康归功于他的做化学家的父亲。他说他父亲在他小时候就通过实验告诉他药物的作用与副作用的危险,以致他从那时起就未吃过任何化学的药物,也从未去医院看过病。"洪汉鼎又回忆十年前在波恩与他见面时的情况,"他当时食欲很好,不仅饮了许多酒,而且也吃了很多肉,我尽管比他年轻四十多岁,食量却比他差多了,我说这可能是他长寿的要方,他立即笑了,他说他的酒量确实不小。"(洪汉鼎《百岁西哲寄望东方——伽达默尔访问记》,《中华读书报》2001年7月25日五版)西医所使用的化学药品确实有严重的"副作用的危险",由于误诊、用药不当,或者连续使用一种西药等原因,对于人类的健康与生命都造成严重的威胁。而在这一方面,中药是有开发前景的。中药本身就是绿色药品,又以君臣佐使相配制,副作用达到最低限度。

如果能够结合中医与西医的优长,对于保健、防病治病,都是有好处的。但是,在二十世纪的一百年中,西医发展很快,在全世界占了统治地位,各地方的本土医学受到排斥,取代。在中国,也是西医占了统治地位,同时也有一些人,特别是学过西医的人,推崇西医，排斥中医，甚至认为中医都是迷信，没有科学根据，应该取缔。美国有的人对于"草根能够治病"明确表示怀疑的态度。但是，现在的事实是，中国的中药出口逐年缓慢增加。世界许多国家与地区都投下巨额资金来研究开发中医药。说明世界有识之士已经认识并开始重视中医的价值。我认为这是好的趋势，也是医学发展的正确路子。在中国，迷信西医与贬斥中医形成两大误区，严重阻碍医学的发展。解决的办法也要从两方面入手：一是提高中医的水平与中药的效力，增加中医在群众中的信任度；一是纠正西医工作者的一些错误观念，提高他们的思维水平。作为政府应该做的工作，要重视中医中药的研究开发，也要重视培养中医中药的人才。在世界上，科学界，特别是医学界的人士应该认识到各民族都有自己的文化与科学，尽管水平有高低之分，有时低水平的特长却可以补高水平的不足。中国古人有一句话说是"尺有所短，寸有所长"，就是这个意思。这一点是欧洲人应该特别注意的。

政治动力学批判

——斯洛特戴克《欧道主义》述评

卫茂平

五月长假，又访德国。在德国最古老的大学海德堡一站，有昔日老师、英语文学教授梅勒尔（Horst Meller）来旅馆小坐。交谈间他取出文评数篇，其中有《法兰克福评论》（2001年12月14日）文艺副刊上的一篇尤为醒目：《献给一把第一小提琴的终曲——十三年后"文学四人谈"结束：一种文学批评话语的残编》。这才知道，由德国"文坛教皇"拉尼茨基领衔十多年、在德国电视二台几已成为不可或缺之节目的"文学四人谈"，已告退场，应了"没有不散的筵席"的老话。

这篇用词诙谐、灵气迸现的文章最后这么收束："就是了不起的'文学四人谈'也常常得到肖似的讽刺性模仿（哈拉德·施密特）。要是彼德·斯洛特戴克马上在德国电视二台开始他的'哲学四人谈'，那么其前题是，今天，哲学首先最理想地是出色的文学。这个前题是通过接受赖希·拉尼茨基的仪式，不知不觉地被带出的。"

此文发表至今，已近半年，预告的"哲学四人谈"，早已开播。较之德高望重的拉尼茨基，主持这套节目的斯洛特戴克虽无"哲学教皇"的称誉，却也因其敏捷的思维，锋利的辞风，受到媒体的赞扬。

斯洛特戴克（Peter Sloterdijk, 1947——）是当今德国著名哲学家。笔者初识其人，是通过他出版于1989年的《欧道主义》（"Eurotaoismus. Zur Kritik der politischen Kinetik", Frankfurt am Main, Suhrkamp 1989.）一书。此书书名用词词

典不载，又中西合璧，立意鸣高，得有一番解释。其实，斯洛特戴克本人在书的引言起首处已作修辞反问：为什么偏偏用这个"笨拙而又玄奥的词"作书名？他本人给出三个答案：一、这是他本人经常胡说八道的毛病所致；二、这是施莱格尔风格意义中"组合性玩笑"（该书第7页），即把两个相距甚远乃至互不相干的概念合在一起的结果；三、这更可能是个关于错过了的机会的标题。答案一显然是自嘲。答案二为组词运作方法的一种可能，只局限在技术层面。答案三似乎才有实质性的意义。莫非他的言外之意是对欧洲错过了融合道之学说的机会的遗憾？换言之，这难道是"欧道主义"一词的涵义？这不太好说。

回答这个问题，得从书的内容谈起。此书有个补充性的副标题：《政治动力学批判》。源自牛顿及其弟子克拉克的经典动力论，是一种关于力和由此产生的物体运动之间的关系的学说。这为斯洛特戴克此书的展开提供了一个切入点。以这个理论检视人类社会发展史，他以为，在欧洲历史进程中，起决定性作用的正是一种以总动员（Mobilmachung）形式出现的、强大的运动性力。这种动力早在古希腊企望完美的诡辩术，以及追求极限的奥林匹克竞赛中初现形态。接着在修道院，对专注的专注，沉思中的沉思，人的主体性不断增强。到了近现代社会，知识的日积月累，国家的独立运动，军备竞赛的升级，艺术家个体的自我偶像化，体育运动中对提高技能水平的迷狂等，简而言之，长时间以来，在人类活动的各个领域中进行着由动力论生发出的人类的自我总动员。就是马克思那通过资本化创造剩余价值的"价值"，（该书第66页）与其说是一种经济现象，还不如说是一种动力论现象。而马克思及其继承人所提倡的对资本进程进行政治监管的监督机构，虽然也许无意中能阻遏经济机制遭遇灭顶之灾，但这种控制论本身又是一种具有膨胀趋势的权力，难逃动力论所规定的宿命。

那么，何为动力论的宿命?问题的关键是,谁运动,他运动的就不仅仅是其自身,谁创造历史,他创造的也决不仅仅是他想创造的历史。斯洛特戴克以"现代主义最神圣之物汽车"(该书第 42 页)为例说明:"夏季中欧高速公路上的严重堵车也具有历史哲学的位值,甚至宗教史的意义。"因为正是在这"后现代主义的停停走走"现象中,他看到了现代主义的失败:"……在此我们遭遇的是一种幻想的终结——这些现象是动力论的耶稣受难节。在这个节日,通过提速得到拯救的希望归于破灭。"而且,"即使哪一位从未听说过后现代主义这个词,在堵车的那些个下午也已熟悉了事态。"(该书第 42－43 页)

斯洛特戴克此书批判现代主义"动力乌托邦"(该书第 23 页)的宗旨由此一目了然。这种动力乌托邦以为,全部的世界运动应该是人对各种运动规划的执行,世界理应是人这个主体生命的有序表达。然而,伴随着现代而来的人类社会现象和人们往日的想像大不一样。斯洛特戴克在书中提到了纽约的大面积停电,切尔诺贝利核电站的爆炸。他当时未及目睹的,还有约十年后拖着熊熊烈火,把近百名德国人送上不归路的协和式飞机坠毁,以及让世人闻之色变的疯牛病蔓延。看来,事物发展的结果往往悖于人的计划。设计好的规划做不到万无一失。也就是说,运动失控,与创造历史的运动如影随形。而现代主义却教给我们过多的行动理论,其结果是环境危机四伏,世人惊恐万状。面对现代主义的失败和总动员的结果,斯洛特戴克的诊断毫不含糊:这一切非是人算不如天算,而是由于人类没有弄清动力学问题。随着人类的自我总动员,有穷极倾向的原动力,引发了能彻底埋葬人类自身的雪崩。而人类自己是这场悲剧的主犯。

斯洛特戴克的论述,似能让我们对古老的伊甸园故事获得一种新识:仁慈的上帝为何不让人有智慧。上帝是替人着想。他也许懂得斯洛特戴克意义中的政治动力学。

不过，斯洛特戴克是否在危言耸听？因为，不是中外皆有"吃一堑长一智"的说法？而且，斯洛特戴克在书中也确认"Durch Schaden Klugheit"这句话，并说，"在此之中保存了人类最古老的学习理论。"（该书第 114 页）斯洛特戴克这本书的亮点之一，就是对此说的条分缕析。他认为，这句话一方面表明，人类的智慧和对苦难的经历从来就是难兄难弟，须臾不可离，受难也就是人的宿命。另一方面他以为，这句话似乎也包含了另一种灾难辩证法，亦即人类能够从错误中吸取教训。由此推之，人类想必也能从失败中变得聪明，摆脱动力论的控制和总动员的支配。但是不。斯洛特戴克惊堂木一拍，说："人类先天地就有学习障碍，因为它不是一个主体，而是一个联动装置。"（该书第 116 页）具体而言，具有肉身的个人有学习能力和学习要求，而这个我们称之为人类的联动装置没有用来体验失败和进行学习的肉身。被烫的孩子不再玩火，而人类作为一个集体不会是被烫的孩子。学习的古老模式在这个事实前无效。

而且，这里不仅牵涉到"人类"的无主体性，而且事关灾难的无主体性。斯洛特戴克的灾难辩证法还包含对"事件的灾难"和"行为的灾难"的区别。事件的灾难与人的行为无直接关系。只有当灾难是行为的灾难时，亦即在灾难后能找到一个确实的罪犯时，它才可能成为个人的改变观念、进行反思的一种刺激。也就是说，为了让灾难后的学习变得可能，必须找出一个造成灾难的主体。问题随之而来，比如在切尔诺贝利这样一个灾难后，在这样一个复杂的技术和组织构架中能找出一个实实在在的肇事者、并让他承担责任吗？斯洛特戴克在书中这样设问："在这样一个肇事者身上，其对于统治自然的意志是由什么唤起的？谁或什么把作案的武器递到他手里？这个统治自然的主体最后是通过何种历史也成了原子核大火的主人？"（该书第 120 页）言下之意显然是，按照西方"知性和意志文化"（该书第 119 页）的观念，现代社会中的每个人都有犯罪的嫌疑，都有可能是肇祸人。换言之，谁都又不是罪犯。结果是，失败后不存在学习过程，"吃一堑"后未必会"长一智"。这个古老的学习理论奈何不了动力论引发的人类总动员及其不胜枚举的灾难。

面对此情此景，斯洛特戴克疾首问道，是否有必要，发展一种关于人类能力有限性的意识，一种同"积极行动"的西方精神不同的，"只有在现代派规划的反面形成的""纯态"或"消极状态"（该书第28页），以排抵现代主义的行动理论。这种"纯态"或"消极状态"应为其书名已暗示的，老子道学中的无为思想。至迟自巴洛克时代已进入德国学界的中国智慧，在这本《欧道主义》中实际上又经历了一次复兴。此书有一章节的题目其实就是"一种亚洲文艺复兴的机会：关于古代的理论。"（该书第82页）

关于中国器物文化以外的知识，一开始主要由西人、特别是耶稣会士带回欧洲的。出于自身发展策略的考虑，此类关于中国的报告常常过于理想化。人们对中国的印象起初也就激赏有加。随着愈演愈烈的西方殖民扩张和耶稣会士在中国的逐渐失势，至迟到十八世纪末，对中国的批评之声，渐次加强。此后，西人的实地考察，进一步抹去了笼罩在中华大地上的神秘光环。而中国的落后，使背靠"先进"制度文化和科学技术的西人鼻子翘得更高。即使今日，带着摩天大厦和林荫大道超前发展的中国城市文化，因为携有短时间内抛甩不去的国民群体素质低下状况和散布在各个角落的贫民居所，也还无法改变这一局面。就在斯洛特戴克这本八十年代末出版、书名中夹着中国哲学概念的学术著作中，也不乏对中国居高临下的调侃。在言及"古老的中国"时他说："如所周知，那里生活着如此众多的智者。为了阻止对启智的乳房的拥挤，一个家庭只能生一个孩子——有人窃窃私语，这几天第十亿个小道家就要出世。"（该书第211页）

斯洛特戴克对中国人形象轻嘴薄舌，对中国的老子学说却备加关爱。有书名为证。他在书中还说："当西方沉湎于一种隐没的东方，呼唤一种亚洲的古代，作为目前生活有示范性意义的文化模型时，它是在一种陌生的过去中探究自身未来的可能。"（该书第86页）这个"有示范性意义的文化模型"，就上下文看，显然意指也许能略助西人免堕总动员之深渊的老子学说。但是，斯洛特戴克虽然把"道"字羼入自家书名，书中也凸现出借中国智慧，释自身焦虑的意向，他还是心如明镜。面对动力论的凯歌高奏，"道"无法挽狂澜于既倒，"即使我们承认东方智慧令人印象深刻，具有自身价值，仅靠输入亚洲，帮不了西方那已总动员了的世界"（该书第9页）。思想家知其不可而仍然为之的绝望于此可见。

不过，深得道之精髓的亚洲呢？实际上，在西方殖民主义引起的"精神世界贸易"影响下，亚洲同样走上了一条由动力论划定的不归路。用斯洛特戴克的话说："对真正的东方来说，它被另一种精神的发现，其实是同自己的命运相遇。已被高度总动员了的西方对东方先是发现，然后是征服、传教和上课，随即就把古老的东方一起扯入地球的总动员。"接踵而至的是整个文化的消失："古老的亚洲，有一天也许会在一种划时代的自我殖民化进程中，从地面上消失。它只能在受西方影响的印度学、汉学和日本学的图书馆中继续生存——还有在古装电影里。"（该书第83页）

这幅可怕的远景图并非无稽妄言。且不说有"纳西文化之父"美誉的名叫洛克（Joseph Francis Charles Rock, 1884－1962）的美籍奥地利人，植物学家、探险家（1922－1949年旅居丽江27年，研究滇西北植物地理和纳西文化，被誉为"纳西文化之父"），而近年来中国大陆国外汉学的出奇繁盛，更可添为旁例。斯洛特戴克十多年前"自我殖民化"的说法，对于我们今天方兴未艾的国外汉学研究热，也许正是一副清凉剂。

回到前及何为"欧道主义"的问题。斯洛特戴克此书第三章第三节的题名就是"欧道主义"。节首引言是《道德经》二十四章中的语录:"企者不立,跨者不行",有对全书立论提纲挈领的作用。但他欲言又止,整节正文仅由一句话组成:"Das Eurotao, das ausgesprochen werden kann, ist nicht das wahre Eurotao usw."(该书第 210 页)汉译为:"欧道可道,非常欧道。"此页以下空白,极为惹眼。记得当时好奇满怀,翻到此页,不禁愕然。学老子斯洛特戴克算是学到了家。

再回到本文文首。梅勒尔教授为何向我介绍这篇从时间上讲已经过时的评论。原来文章的作者马里乌斯·梅勒尔(Marius Meller)是他的爱子。这位才华横溢的青年学者,大学尚未毕业,已在众多应聘者中脱颖而出,被德国著名大报之一《法兰克福评论》延揽而去,专职文学评论。以前只知他吹得一支出色的长笛,未知他还写有一手精到的文章。而且,他还同斯洛特戴克本人有访谈之谊。可惜当时日程紧迫,已无法考虑梅勒尔教授的建议,与这位德国当红哲学家联系,尽管他就住在离海德堡不远的卡尔斯鲁厄,任当地一所艺术学院的院长。

注:此文的主要内容,四月底应《文景》集刊之约,寄了过去。本来不该改头换尾,供给《跨文化对话》。一则因为盛邀难却,二则在短短的几个星期中,已发现前文中的个别信息已经过时,似有必要更新。交待如上,敬请识者见谅。

——作者 2002 年 6 月 12 日于上海

Membres du conseil Académique

De la chine

Ding Guangxun Ancien vice – Président de l'Université de Nanjing, President de l' Institut de Théologie à Nanjing, Théologien, professeur.

Ding Shisun Ancien président de l'Université de Beijing, mathém – aticien, professeur.

Ji Xianlin Ancien vice – président de l'Université de Beijing, président honoraire du collège de la Culture chinoise, expert en études sur l'Inde, linguiste, professeur.

Li Shenzhi Ancien vice – président de l'Académie des sciences sociales de Chine, expert en problèmes internationaux, professeur.

Li Yining Président de la Faculté de Gestion à l'Université de Beijing, économise, professeur.

Pang Pu Chercheur de l'Académie des sciences sociales de Chine, historien, professeur.

Ren Jiyu Directeur de la bibliothèque de Beijing, philosophe, professeur.

Tang Yijie Président du collège de la Culture chinoise, directeur de l' Institut de philosophie et de culture chinoises à l'Université de Bei-

186

jing, philosophe, professeur.

Wang Yuanhua Professeur de l'Ecole normale supérieure de la Chine de l'Est, Critique littéraire.

Zhang Dainian Président de l'Association des études sur Confucius, philosophe professeur à l'Universtié de Beijing.

Zhang Wei Ancien vice – président de l'Université Qinghua, membre de l'Académie des sciences et d'ingénierie de Chine, professeur.

Del'Europe

Mike Cooley Président de l'Association d' Innovation et de Technologie à l'Université de Brighton.

Antoine Danchin Président du Conseil scientifique de l'Institut Pasteur, professeur de biologie.

Umberto Eco Professeur à l'Université de Bologne, président du Conseil scientifique de la Fondation Transcultura, philosophe.

Xavier le Pichon Membre de l'Académie des sciences de France, membre de l'Académie des sciences d'Etats – Unis, directeur et professeur du département de géographie et de géologie au Collège de France.

Jacques – Louis Lions Président de l'Académie des sciences de France, directeur et professeur du département de mathématiques au collège de France.

Carmelo Lison Tolosana Membre de l'Académie Royale d'Espagne, directeur et professeur du département d'anthropologie à l'Université de Complutense.

Alain Rey Lexicographe francais, président de l'Association internationale de lexicographie.

Table des matières

190

Liste des auteurs

Umberto Eco (Italie)

Professeur au Département de philosophie, Université de Bologne, Italie.

Roger Ames (Etats – Unis)

Professeur au Département de philosophie, Université de Hawaii

Du Weiming (Etats – Unis)

Professeur, Président de Beijing Institute, Université de Harvard, Etats – Unis

Wang Ning (Chine)

Professeur au Département de Langues Etrangères, Université de Qinghua

Jacques Gernet (France)

Membre de l'Académie Française

Qian Linsen (Chine)

Professeur à l'Institut de littératures et de cultures comparées, Université de Nanjing

Boris Riftin (Russie)

Chercheur à l'Institut de littératures internationales, Académie de Russie

Chen Jianhua (Chine)

Professeur au Département de lettres chinoises, Ecole Normale supérieure de Chine Orientale

Koji Kawamoto (Japon)

Professeur honoris causa à l'Université de Tokyo, Japon

Wang Xiaoping (Chine)

Professeur et Directeur à l'Institut de littératures et cultures comparées, Ecole Normale supérieure de Tianjin

Zhen Guohe (Etats – Unis)

Professeur de littérature japonaise à l'Université de Boer, Indiana, Etats – Unis

Zhang Hong (Chine)

Professeur au Département de lettres chinoises, Ecole Normale supérieure de Chine orientale

Yang Huilin (Chine)

Professeur au Département de lettres chinoises, Université du Peuple chinois, Beijing

Li Zhiding (Chine)

Professeur adjoint à l'Institut des Sciences humaines et administratives, Université du Commerce extérieur, Beijing

Qi Hongwei (Chine)

Maître de conférences à l'Institut de littératures, Ecole Normale supérieure de Nanjing

Irving Babbitt (Etats – Unis)

Professeur de littérature française, Université de Harvard, Etats – Unis

Wu Mi (Chine)

Ancien professeur à l'Université Sud – Est, Nanjing

Paul Claudel (France)

Ecrivain français

Zhou Guidian (Chine)

Professeur et Directeur du Département de philosophie, Ecole Normale supérieure de Beijing

Wei Maoping (Chine)

Professeur à l'Institut de Langues Occidentales, Université de langues étrangères de Shanghai des auteur

（法文翻译 刘成富）

Members of the Academic Committee

Members from China

Ding Guangxun Ex – vice – president of Nanjing University, honorary president of Nanjing College, theologian, professor.

Ding Shisun Ex – vice – president of Beijing University, mathematician professor.

Ji Xianlin Ex – vice – president of Beijing University, honrary president of college of Chinese Culture, expert on East Indian studies, linguist, Professor.

Li Shenzhi Ex – vice – president of Chinese Academy of Social Sciences, expert on international problems, professor.

Li Yining President of the College of Management of Beijing University, economist, professor.

Pang Pu Research fellow of chinese Academy of Social Sciences, historian, professor.

Ren Jiyu Director of Beijing Library, philosopher, professor.

Tang Yijie President of college of Chinese Culture, director of Institute of Chinese Philosophy and Culture of Beijing University, philosopher, professor.

Wang Yuanhua Professor of East China Normal University, literary Critic.

Zhang Dainian chairman of the Confucius Association of China, professor of Beijing University.

Zhang Wei Ex – president of Qinghua University, academician of Chinese Academy of Engineering science, engineer, professor.

Members from Europe

Mike Cooley Chairman of Science and Technology council of Brighton University.

Antoine Danchin President of Science Council of Pasteur College, professor of biology.

Umberto Eco Professor of Philosophy Department of Bologna University in Italy.

Xavier le Pichon Academician of french Academy of Sciences, academician of American Academy of Sciences, professor and director of Geophysics Department of College of France.

Jacques Louis Lions Academician of French Academy of Sciences, professor and director of Mathematics Department of College of France.

Carmelo Lison Tolosana Academician of Spanish Royal Academy, professor and director of Anthropology Department of complutense University of Madrid, professor.

Alain Rey French lexicographer, chairman of the International lexicography Association.

Editorial Committee

195

(Artois University of France)

Address: 15 rue Victor Lousin, 75005, Paris, France

Tel: 0033 – 1 – 5624083   Fax: 0033 – 1 – 56240921

E – mail: jinsiyan@ aol. com

Li Guoqiang: executive editor, vice supervisor(Shanghai Culture Press)

Address: 74 Shaoxing Road, 200020, Shanghai, China

Tel: 0086 – 21 – 64372608   Fax: 0086 – 21 – 64332019

E – mail: Liguoqiang46@ yahoo. com. cn

Contents

List of the Authors

Umberto Eco(Italy)

Professor from University of Bologna

Roger Ames(US)

Professor of Philosophy University of Hawaii, US

Du Weiming(US)

Professor and Director of Harvard – Yenching Institute, Harvard University

Wang Ning(China)

Professor from The Department of English, Qinghua University

Jacques Gernet(France)

Fellow of France Academy

Qian Linsen(China)

Professor and Director of Institute of Comparative Literature and Culture, Nanjing Univeristy

Boris Riftin(Russia)

Researcher from Institute of World Literature, Russia Academy

Chen Jianhua(China)

Professor of Chinese Litertature, East – China Normal University

Koji Kawamoto(Japan)

Honorary Professor from University of Tokyo

Wang xiaoping(China)

Professor and Director of Institute of Comparative Literature and Culture, Tianjin Noemal University

Zheng Guohe(US)

Professor of Japanese Literature, Ball State University, Indiana

Zhang Hong(China)

Professor of Chinese, East – China Normal University

Yang Huilin(China)

Professor of Chinese, People's University of China

Li Zhiding(China)

Associate – professor from Beijing University of Economy and Trade

Qi Hongwei(China)

Lecturer from Literary School, Nanjing Normal University

Irving Babbitt(US)

late Professor of French Literature, Harvard University

Wu Mi(China)

late Professor from South – east University

Paul Claudel(France)

late French author

Zhou Guidian(China)

Professor of philosophy and department chair from Beijing Normal University

Wei Maoping(China)

Professor from Western School, Shanghai University of Foreign Studies

（英文翻译　陈静宇）

图书在版编目(CIP)数据

跨文化对话.10/乐黛云等主编.－上海:上海文化出版社,2002.10
(跨文化对话丛书)
ISBN 7－80646－449－2

Ⅰ.跨… Ⅱ.乐… Ⅲ.比较文化－研究－文集 Ⅳ.G04－53

中国版本图书馆 CIP 数据核字(2002)第 058038 号

责任编辑:李国强
封面设计:陆震伟

跨文化对话(10)　　　　　　　　　　　　乐黛云等 主编

上海文化出版社出版、发行　　　　　　上 海 绍 兴 路 74 号
电子邮件:cslcm@public1.sta.net.cn　　　　网址:www.slcm.com
新 华 书 店 经销　　　　　　　上海港东印刷厂印刷
开本 640×935　1/16　印张 13.25　插页 2　字数 170,000
2002 年 10 月第 1 版　2002 年 10 月第 1 次印刷

ISBN 7－80646－449－2/Ⅰ·400　　　　　　定价: 19.00 元

告读者　如发现本书有质量问题请与印刷厂质量科联系
T:021－59671164